顾七兮 等 著

爱相伴，念一世情长

内蒙古文化出版社

图书在版编目（CIP）数据

爱相伴，念一世情长 / 顾七分等著 . — 呼伦贝尔：
内蒙古文化出版社 , 2024.1
（中国好美文）
ISBN 978-7-5521-2416-3

Ⅰ . ①爱… Ⅱ . ①顾… Ⅲ . ①散文集－中国－当代
Ⅳ . ① I267

中国国家版本馆 CIP 数据核字（2024）第 046560 号

爱相伴，念一世情长
AI XIANGBAN，NIAN YISHI QINGCHANG
顾七分 等 著

责任编辑　白　鹭
封面设计　鸿儒文轩

出版发行　内蒙古文化出版社
地　　址　呼伦贝尔市海拉尔区河东新春街4 - 3号
直销热线　0470 - 8241422　　邮编　021008

排版制作　鸿儒文轩
印刷装订　三河市华东印刷有限公司
开　　本　880 mm × 1230 mm　1/32
字　　数　190千
印　　张　10
版　　次　2024年1月第1版
印　　次　2024年7月第1次印刷
书　　号　ISBN 978-7-5521-2416-3
定　　价　68.00元

爱相伴，念一世情长

Contents 目录

爱如绿洲

曲十一郎

　　在初二新学期开学那天，我们班上新转来一位女生，看上去比我们同龄的女孩都娇小瘦弱，一头短发枯黄，脸色暗沉无光，脸上还长着密密麻麻的雀斑，尽管衣着洁净，但一看就觉得她营养不良。

　　她的名字叫林恩言，在我们那个"玲""萍""芬""芳"泛滥的年代里，这名字起得也算是独树一帜了。不过那会儿大家伙儿并不觉得这名字有多好听，也不好奇这名字里是不是有着什么不一样的寓意，大家只是觉得这名字起得好生奇怪。

　　第一天晚上夜自修下课，看到林玉萍来接林恩言，我们才知道她们是姐妹，这消息一经传播便发酵成了当时最大的八卦新闻。因为镇上的人都知道林玉萍下面就一个小她十来岁的弟弟，这突然冒出来的妹妹着实让大伙感到惊奇。

　　林玉萍一家一直是我们镇上老百姓茶余饭后的谈资，林玉萍更是万众瞩目的焦点，她一直是我们镇上最美丽、最具有传奇色彩的女人。

　　早年，林玉萍的父亲在镇上的供销社当领导，在当时，这可是一份令无数人羡慕的工作；她的母亲经营一家裁缝店，因为手艺精湛，也因为他父亲的关系，生意极好。所以，当时的林家在我们镇也算得上是有头有脸的人家了。

　　自打我有记忆以来，我就觉得早我们一个年代出生的林玉萍就和同龄的女孩子不一样。因为家境富足，母亲又是缝制、裁剪的手艺人，所以，她的穿着打扮一直都非常时尚亮眼。

　　少女时期的林玉萍披着黑色齐腰的长发，戴着蝴蝶结发箍，穿着青草绿的绣花连衣裙，纤长的腿上套着透明的肉色长筒袜，脚上蹬着一双丁字凉皮鞋。当她骑着最新款的自行车，按着车铃，长发飞舞着犹如一只彩蝶般从我家门前经过的时候，幼时的我便开始向往自己长大后的样子。

　　林玉萍在无数女孩羡慕嫉妒恨的眼光下恣意地生活学习。上天仿佛特别厚爱她，不但给了她不错的出身，还赋予了她美貌和智慧，她的高考成绩在当时引起了强烈的反响，遗憾的是，她却没有上大学。

　　林玉萍上高三那年经历了人生最大的变故，老天爷仿佛是要给这个一路顺风顺水的女孩一个巨大的考验。那年，林父被查出患了癌症，五十岁都不到的男人、林家的顶梁柱说倒下就倒下了，林家不再风光无限，高昂的医疗费拖垮了林家，最终也没留住林父的性命。

　　那年，整个镇上的人都在谈论林家的事。

　　他们说，林父死了，林母病了，明明已经考上上海某名牌大学的林玉萍把自己关在家里，几个月后重新开张了她母亲的店，她就这么毅然地放弃了自己的学业。

　　许多年后，我问她："玉萍姐，你后悔吗？如果时光可以倒回的话，你还会这样选择吗？"

　　"我不后悔，如果时光倒回，除非我还有其他的路可选，如果无路可选，我还是会这么做的。"

　　是的，那时候曾经风光无限的林家只在半年间便败落，父亲病逝，母亲因为伤心忧思过度也卧床不起，年幼的弟弟才上小学。其实，这些还不足以让她动摇并放弃上大学，最后让她下定决心担起这个家的重担的是父亲临终前的忏悔和交代。

　　父亲在临死的前一天告诉她："在你之后，在你弟弟之前，我和你妈妈还有两个女儿，因为想要一个儿子，因为计划生育的政策，因为我是党员又有公职，所以……这件事我和你妈妈不曾向外人透露过，玉萍，最近，我时常梦见这两

爱如绿洲

个被我抛弃了的女儿，我很后悔。"

林玉萍回想起过去的十年间母亲的确有过两次关了店门长时间外出的经历，那时，父母只告诉她母亲要去杭州跟一个大师傅学习更为精湛的手艺，两次外出均是过了大半年时间才回来的。即便是弟弟出生那次的情况也是类似，母亲也是以同样的理由外出，直到弟弟出生父亲才将母亲和弟弟接回。彼时年幼，教她如何能想到母亲原是外出"逃生"了。

父亲咽气后，她悲痛万分，好多次她都想质问和斥责母亲当年的行为，可是面对已经一夜白头苍老的母亲，还有躲在她怀里尚不知人间悲欢的弟弟，她除了抹去止不住的泪水，只能将他们紧紧地拥在怀里。

"还有我呢，我会把两个妹妹找回来，让她们回家的。"她劝慰母亲。

林母是反对她放弃学业的，她知道这个出色的女儿本应前程似锦，她曾对女儿说："玉萍，等妈妈的身体好点儿，我是有能力供你上完大学的。"

林玉萍也希望如母亲所说，等母亲的病好起来，她愿意承载这样愧疚的恩情，只待他日学业有成再报亲恩。她想上大学，那里承载着她太多的梦想和抱负，她也曾为了这个梦想拼尽全力，因为这个梦想早已注入她的身体，和汩汩作响的血液融为一体，在她身体里流淌。

可是，父亲走后本来就有心脏病的母亲就再也没好起来过，也没有硬朗起来的任何迹象，有时，勉强支撑在缝纫机前顶多坐上半个小时，却也赶不出什么活儿来。

林玉萍在无数次的反复思考权衡后还是觉得自己应该去上大学，可是，母亲、弟弟及两个不曾谋面一直流落在外的妹妹成了她挥之不去的痛。最后，她决定从一趟一直奔跑前行的列车上跳车，然后换乘，踏上另一辆推动她义无反顾前行的列车，让自己成为他们人生的傍依。

也亏得林父在世时头脑活络，早年在临近供销社店铺旁给林母买了两间店面，自他去世后这里就成了他们孤儿寡母日后谋生创业的基地。十八岁的林玉萍就在人们的惋惜、质疑、敬佩，当然也有幸灾乐祸的眼光中支撑起了她母亲的店，从小耳濡目染加上她本就聪慧过人，竟然也将小店顺顺当当地经营起来了。

我那时还年幼，偶尔能从大人的嘴里听说她的事，我总是喜欢关注她，每次看到她，我就会想起那个骑着自行车从我们家经过的明媚似春的少女。

每天去上学我都会经过她家的店，因为时间尚早，店门还没打开，但我能看到微黄细长的灯光从门缝里挤出来，还有缝纫机的声音细细碎碎地踩破了清晨的寂静。

有时，也会碰到她刚好打开店门，然后笑着和我打招呼："这么早就去上学啦！"

我看着她，总是笑着点头。

多年后当我和她成为知己后，她曾对我说："那时候，我从那么小的你的眼里看到了对我的怜悯，我就知道你是个善良的孩子，你和我的小妹妹同年，看到你我就会想到她！"

最初的几年，因为她还是在学手艺阶段，缝纫店并没能给他们带来多大的收入，一方面要供弟弟上学，另一方面母亲的医药费也是一笔支出，日子过得捉襟见肘。但是，有些人仿佛生来就是勇士，穿上命运造就的铠甲披荆斩棘，一路高歌猛进。

她买来书籍日夜钻研服装设计，为了有更多的收入支撑家里的需求，她在店门前放了几个煤炉，煤炉上的不锈钢锅里煮着香气四溢的茶叶蛋，还有泛着白色盐花的烤土豆、炖年糕等。每每放学后都会有许多学生围成一团在她那里争着买这些小吃，她幼小的弟弟和体弱多病的母亲也会在这时候来帮着经营这份小副业。

那时候我能从她落寞的眼神里看到丝丝欣慰和对未来新的希冀，她知道她的梦想一定会在遥远的未来开花结果。她早慧聪明，又勤奋好学，自父亲死后看清世态炎凉，尝尽人间冷暖，被生活逼着披上坚强的外衣；她唯有热烈地去追求和生活，为自己，更为自己的亲人。

她在收入稍微稳定以后，开始审视自己未来的路。她已不再幻想大学生活，现实生活教会她沉稳，她要养家，但她也不愿屈就于这小小的缝纫店里，那里是蚕茧，她要破茧，她要蜕变。

她在县城报了夜大，她是我们镇上第一个考了驾照的女人，她买了一辆二手的摩托车，便于她在县城和家之间来回穿梭。她学习服装设计，省吃俭用也要外出学习，她如同一团火焰，能燃烧自己，也能照亮别人。

镇上的年轻女人总喜欢模仿她的穿着打扮，一件件由她自己裁剪的衣服穿在她身上，她自己便是最好的最具说服力的广告。原本清冷的小店逐渐热闹起来，每逢镇上集市，那里就会被围得水泄不通。林玉萍就是当时手艺最好的裁缝，能穿着她做的衣服在那会儿是一件可以炫耀的事。

我童年时期那条最美的碎花连衣裙——正是出自她的手，不同于那个时期女孩们喜欢穿花花绿绿的布料，她给我选了一块白底粉绿色碎花棉布料。

她给我量尺寸的时候对我说："我给你做的裙子不敢说是顶好看的，但一定是顶特别、顶出色的。"

裙子上半身用了四方小翻领衬衫的款式，胸襟有一排扣子，泡泡短袖，袖口镶了一圈粉绿边，下半身的裙摆百褶及膝。试穿裙子后的上身效果就如她所说的特别出色，最后，她又送给我一个发箍，是用做裙子剩下的边角料做的。

她一边给我整理衣服一边说："我觉得你应该也喜欢这样的发箍，因为我发现很多次当我戴着发箍的时候，你就会一直盯着我看。"

我一直折服于她的才貌品性，以至于我在日后学习阅读时，但凡见着形容女子美好的词汇，我都会在第一时间想到她。

林家的日子在她坚定有力的经营下逐渐好转，林玉萍扩展了店面，还把家里的二层楼房进行了改造和装修。母亲对她始终抱有愧疚之情，她把自己的这个女儿视若月亮，觉得她生来就应该被众星捧月，而非一颗没有星辉的小星星。

"玉萍，你赚这些钱不容易，留一点儿给自己。"林母看着已近适婚年龄的女儿，想起她一路的坎坷不易，于是将希望寄托于她的婚事上，她希望女儿能觅得良缘，余生都不要活得太艰辛。

林玉萍却告诉母亲："我想找回两个流落在外的妹妹，妈妈，我知道这是您的心愿，也是爸爸的心愿，你们只是不敢提罢了。"

被女儿戳中痛处，林母悲从中来，这两个被遗弃的女儿是她不敢提及的痛，这中间有愧疚，有难堪，有她想说又不敢说的希冀。

"这个罪过不应该让你来背，那是我和你爸爸犯下的错，玉萍，你一个二十出头的女孩已经承受得太多了，失去的也太多了！你不能再背负养育两个妹妹的责任了！"

"我虽不曾见过两个妹妹，但是她们是我的骨肉至亲，是我们在这世上最亲的人。妈妈，我无数次梦见她们，虽然身形面貌模糊，可是，我能感觉到她们的温度……自从爸爸告诉我我还有两个妹妹，要找到她们的念头就从来不曾消失，我如此拼命赚钱努力生活，除了要照顾好你和弟弟，我还想找回两个妹妹并让她们过上好日子！"

母亲只是哭，因为她知道自己没有资格拒绝，她已亏欠这个女儿太多，在过去的几年里她承受病痛，对生活充满无奈和恐惧，女儿成了她唯一的依靠，她们的角色早已互换。所以，她仰望自己女儿的时候就会对未来充满期待，会不自觉地跟随女儿的脚步，附和女儿的愿望。

当然，找回另外两个女儿也是她埋藏于心的愿望。

根据母亲的回忆，林玉萍觉得找到两个妹妹的下落并不难，这个悲剧虽然是被父亲重男轻女的思想累及，但父亲终究是个精明的人，当时为形势所迫无法抚育自己的亲生女儿，可是终归是自己的骨肉，想要她们在良好的生活环境下成长，故此，他几经辗转先后为两个女儿找了两户他认为还算不错的收养人家。

两户人家有共同点，就是经济条件尚可，夫妻成婚多年未有子女生育，并且就送在离家不远的相邻村镇上。林父不但掌握了那些外在的情况，他还通过一些手段知道那两户人家的姓名、工作单位和其他情况，他早早埋下线索，想来也是盼着有一天能找回这两个女儿。

林玉萍率先找到的是她的小妹妹，就是后来成了我们同班同学的林恩言，林恩言是突然出现的，她突然出现在我们学校，突然出现在我们镇上。她性格内向，总是低着头逃避别人异样的目光。她和林玉萍一点儿都不像姐妹，她的相貌普通，身形瘦弱，胆小内向，哪怕是穿着手艺精湛的姐姐亲手缝制的衣服也衬托不出丝毫少女应有的青春活力。

找到她很容易，但是将她带回家却不易，收养她的那户人家一开始正如林父所想一般，因为没有孩子，对这个来之不易的女儿是格外宝贝的。只是，好景不长，林恩言的养母在她四岁的时候生下了自己的儿子，这个养女的地位在家里就一日不如一日了。

林玉萍第一次看到林恩言时是一个初冬的早晨，寒露深重，她被村里人指引着来到村口的溪坑边上。透过一层薄雾，她看到一个小小的身影蹲在溪旁的青石板上洗衣服。浸泡、搓洗、洗刷、漂洗……整个流程下来一气呵成，动作流利敏捷，一看就知道这活干了不止一两日了。

林玉萍走近林恩言，看到她瘦长的手指冻得乌青发紫，形单影只地蹲着，双手用力揉搓，一边又将双手送到嘴边哈气。林玉萍强压住胸口的酸涩，故作笑颜问："小朋友，你怎么这么早来这里洗衣服，现在这个点水太冷了，你怎么承受得了啊？"

林恩言好奇这个陌生女人对自己的关心，她充满警惕，急忙抱起洗衣盆绕过林玉萍一路小跑着回了家。其实，林玉萍来之前就已经打听清楚了林恩言的所有情况，养父母自从有了自己的孩子以后就拿养女当小女佣使唤了。他们几次想让林恩言辍学在家帮忙照顾小弟弟，林恩言哭着跪着求着养父母给她一个上学的机会，并保证会完成所有的家务，再加上一些见林恩言可怜的亲友邻居的劝说才为她争取了继续上学的机会。

"不过我估摸着能让她上完小学算不错了，上初中是不太可能了！"这是带林玉萍来这里的大姐和她说的话。

回家的路上林玉萍折道去了父亲的坟前，她在父亲的坟前哭道："爸爸，我真是来怪你的，你看看世事岂能件件如你所愿，你以为给她找了个好人家，结果呢？她有可能连学都上不了了。"

她思及自己被命运折断的大学梦，继续哭着："我要带她回家，我会好好爱她！我要让她上学！我要她考大学！"

带回林恩言于林玉萍而言真像打了一场苦战，林恩言的养父母既然能抹杀和养女的十年情义，自然也就不是什么善类。他们一方面不想再承担抚养养女的义务，另一方面又不想白白放弃一个现成的小保姆，再加上十来年的养育他们花费了巨大的精力和财力，又岂会甘心让林玉萍带走林恩言。

在"万元户"即象征财富的年代里，林恩言的养父母虽然家境尚可，但是他们还是向林玉萍开口要一万元的补偿费。面对这笔巨款，当时的林玉萍欲哭无泪，这几年她虽然拼命赚钱，可是，为了能让家人生活得更好，虽赚得不少，但用得更多，积蓄所剩无几。她和林恩言的养父母一次次协商未果，她甚至提出给对方打欠条，让她先领回妹妹，然后再偿还一万元钱。

但是，林恩言的养父母坚决不肯让步，一定要求林玉萍给钱才能带走人。林玉萍不能怪他们无情，妹妹是被父母遗弃的，是他们带大的，他们要补偿也不算无理。林玉萍无路可走，只好私下见了林恩言，她对妹妹说："我和他们签好协议，你再给姐姐一年时间，你放心，姐姐一定能赚到一万块钱！姐姐一定能带你回家的！"

已经知道自己身世的林恩言，面对这个突如其来的姐姐还谈不上什么感情，可是，她能感觉到她对自己的真心。养父母对她已无情义可言，她虽年幼也知人情冷暖，对于亲生父母她有怨，但她还是想回家。

她什么也没说，只是对着林玉萍点头，然后"嗯"了一声。

林玉萍想着妹妹在未来的一年里可能还要忍受各种责难和苦力，她只恨自己能力有限，伤心不已，抱着妹妹说："我会拼命，我会拼了命凑到一万块钱的！"

林恩言被她的哭声和眼泪震动，应是与生俱来的骨肉亲情，她帮姐姐擦去泪水，然后轻轻地叫了声："姐姐！"

这一声"姐姐"鼓舞和激励了林玉萍，林玉萍接受了林恩言养父母提出的所有条件，林玉萍只要求他们不能虐待孩子，并保证让她继续上学，双方认同之后立好字据。

后来的回忆中林玉萍是这么形容这一年的："听过机械闹钟嘀嘀嗒嗒的声音吗？就是那种感觉，永无止境的声音，我踩着缝纫机就像那只上了发条的闹钟，不知道我是闹钟，还是缝纫机是闹钟，反正不能停止，也不敢停，睡着了，梦里都是这个声音，因为一分一秒都是妹妹回家的期盼和等待。"

那一年林玉萍辛苦异常，但对她的人生来说也是具有转折性的一年，要带回一个妹妹，再找回另外一个妹妹，她知道自己还需要更多的钱，光靠这个缝纫店，光靠她一个人的力量，即便夜以继日地做，她也不能让三个弟弟妹妹接受更好的教育，也不能让母亲的病得到更好的治疗，她对未来的五口之家的命运充满担忧。

从那时起，她有了大胆的想法和规划，店里新招了两名学徒，她新增了缝纫机、拷边机。人手和设备增多，效率自然也就大大提高了，加上这几年她的名声不断累积，外地的人也经常会过来找她缝纫衣服。她还接到一些工厂的单子，让她帮忙赶制一些半成品，和他们形成一套工业流水线。

一年的时间，她成功地赚了一万多，她接回妹妹，将林恩言的户口迁回，找好学校，还给妹妹改了名字。

她对妹妹说："恩言，你以后就叫恩言，我们要恩言于心，感恩命运让我找回了你。虽然你小小年纪吃了那么多苦，虽然父母有愧于你，可是，我们都要恩言于心，因为，你回家了！我们终究是团圆了！"

林恩言初回林家对姐姐林玉萍较为亲近，对自己的亲生母亲和弟弟还十分生疏。在学校，她更是独来独往，因为之前受了太多的苦，导致她的性格内向孤僻，学校里的同学也时常欺负、取笑她。林玉萍对这个妹妹本就充满愧疚之情，看到回家后的妹妹并不快乐，她是看在眼里急在心里。

爱如绿洲

　　某个周六的下午，学校放了假，我在家里写作业，林玉萍提着水果来我家找我，她拉着我的手说："恩言内向，自卑又敏感，我想在学校的时候你能帮我多留意关心她……"

　　她的笑很暖，能暖暖地融进心房，我对林恩言是羡慕的，那羡慕之情不仅仅是在那一年的那一刻，是往后余生。我一直都这样和林恩言说："恩言，我真是羡慕你们有这样一个姐姐，有这样一个姐姐应该能弥补你之前所有的缺失了吧！"

　　我能和林恩言成为朋友一开始当然是因为受她姐姐林玉萍所托，对她也有几分恻隐之心，后来我们的"革命友谊"是在持久相处、相互欣赏之后才慢慢建立起来的。当时为了让她能更好地和同学相处，每周六下午我都会邀几个要好的同学结伴去林恩言家里做作业。每每这个时候林玉萍都会用她所有的热情来欢迎我们，她给我们准备点心小吃，她的母亲为了讨好林恩言也会一直在旁边陪着我们，张罗着琐碎的事宜，她的弟弟也会过来亲近我们，来和我们一起做作业。

　　林恩言并非生性冷淡，只是后天环境导致她内心某方面有所缺失，这个缺失林玉萍希望用爱来弥补。本就渴望亲情和关爱的林恩言在林家人的努力下，脸上渐渐有了笑容，性格也日渐开朗起来。还有，仿佛林家的孩子天生都有学习优良的基因，林恩言虽然落后了一段时间，在适应了新环境之后成绩开始飞速进步。

林玉萍对林恩言说："恩言，这是你的家，你不是客人，是你自己可以做主的家，姐姐需要你一起来经营这个家，我们一起去找回你的另一个姐姐，让她也快快回家！"

其实林玉萍在找到林恩言尚未将她带回林家的时候，同一时刻已经在着手找另一个妹妹了，只是这个妹妹找起来可就没那么容易了。

根据父母亲之前留下的线索，林玉萍找到邻镇的王姓人家时，那家人早就人去楼空，向邻居一打听，说这户人家很多年前就搬去省城了。林玉萍又托人多方打听，找到那户人家的一个亲戚，不料那亲戚狠狠地训了林玉萍一顿："你们也太下作了，当年重男轻女想要儿子扔了女儿！现在倒好，人家养了十几年你们想着上门来讨人了！告诉你好了，你家妹子有福气，现在过得非常好，人家就是怕你们过个三五十年上门来讨现成的，才从这里搬走的！"

林玉萍知道人家说得没错，如果这大妹妹不似恩言这般不幸，在养父母那里生活得很幸福她倒也放心，毕竟人家当亲闺女养了十几年，哪能说要回来就要回来呢。

她回家和母亲商量，母亲忍着泪点头说："本来就是我们的不是，确实不应该这样跑去要人，这世上还是好人多，只要她过得不像恩言一样，对她来说也是好事，毕竟十几岁的人了，要是知道自己被亲生父母遗弃了，不是养父母亲生的，对她打击太大。"

林玉萍觉得母亲的分析在理，可是，她的心里总是志忐不安，她对母亲说："妈妈，我也是觉得她的幸福是顶重要的，可是，过得好不好只是那家的亲戚说的，我就想亲眼瞧瞧，如果她真的过得好，我们肯定是不去打扰她平静的生活！可是……我只要一想起第一次见恩言的情景，我这心里就难受，我真怕她过得不好，真怕她早就知道了自己的身世，怕她一直等着我们去找她，去接她啊！"

被她这一说，母亲也是心中不踏实，母亲看看外屋乖巧懂事的恩言，思及另外一个女儿更是悔恨难忍，悲从中来。

见母亲伤心，林玉萍只好收起自己的情绪，反过来安慰母亲："我会一直找人帮忙打听的，妈妈，她要过得好我们就祝她幸福，她要真的过得不幸，我就是拼了命也会把她接回来的！"

是的，林玉萍一直在寻找另外一个妹妹的下落，与此同时，她的小事业也被她逐渐干成了大事业。与她同龄的女孩，要么已经成家并生儿育女，要么就是大学毕业有了安定的工作或正谈着恋爱，享受着这个年纪的女孩应该拥有的一切美好。而二十四岁的林玉萍却成了一家民营服装厂的厂长，成了这个年代受人追捧的励志青年。

很多女孩幻想成为她这样的女孩，幻想过她成功之后拥有的生活，殊不知她为之付出的艰辛，殊不知她更想拥有其他女孩这样安定平淡的幸福。她的母亲在她成年独立之后一直托人给她介绍对象，母亲希望她不要太辛苦，希望有一个肩膀能和她一起承担生活的重担。

其实，她一直都是许多男人追逐的对象，在她还经营着小缝纫店的时候，就有许多仰慕她的男孩进出她的店。他们奉承她，追求她，她却不为所动，她告诉那些追求者，她有一个家要担，谁要和她在一起，不仅要抚养弟弟，赡养母亲，她还有两个流落在外的妹妹，找回她们，供她们上学，直到弟弟妹妹成家立业都是她这个做长姐的责任。

她只要开口说出自己的这些责任就会吓走一大半的男人，即便有些真心待她想要和她一起，承担往后生活的男人多半也会在家人的反对声下望而却步，渐渐地就没有了下文。

很多人都知道林家的这个女孩不一般，但是没有人料到能干的林玉萍能干到这种地步！二十四岁的林玉萍也算得上是功成名就了，在外人看来林家的门槛也越发高了，普通的男人只敢仰望美丽又能干的林玉萍，拥有她，那是无法触及的梦，所以，她的婚事反而就这样一直耽搁了。

她倒是一点儿也不着急自己的终身大事，她寄情于自己的事业，活得恣意潇洒。母亲的病情一直稳定，妹妹恩言已经考上了重点高中，上初中的弟弟成绩稳定又懂事。她唯一的遗憾就是还没有找到另外一个妹妹，按照年龄来算如果不出什么意外，那个妹妹应该是上高三准备高考了。她虽然不曾放弃，但有时也会悲观地认为，此生怕是难以和这个妹妹团圆了。

不过世事难料，林玉萍觉得被父母抛弃的孩子是不会主动寻找自己的亲生父母的，可恰恰相反，她的妹妹一直在找他们，她一直都在寻找回家的路。

林玉萍永远忘不了那年初夏的傍晚，她和工人们一起出货打包后回到办公室时，见着办公室门口站着一个十七八岁的少女，少女有着和她极为相似的五官，少女看着她，目光清冷，隐隐地透露着一股怨气。

林玉萍心有所动，她意识到了眼前的少女可能是自己的妹妹，只是她无法相信，她走近少女，开口问："你……找我吗？"

"林玉萍，是吗？"少女矮了林玉萍小半个头，她仰视她，满脸的不屑和嘲弄，"最为年轻漂亮的女企业家，哈，你的成长成功之路是不是用自己的手足之痛铺就的，你的父母抛弃了自己的小女儿才来成全你这个长女，所以你才取得了今日的成就是吧？你们在享受生活的时候，良心有没有痛过？"

"你……是？"林玉萍是欣喜的，少女和她有着极为相似的容貌，再联系她对自己激烈的言辞和不明所以的仇视，她可以肯定眼前这个个性倔强的少女正是自己苦苦找寻了多年的妹妹，"妹妹？"

"妹妹？"少女嗤之以鼻，"我叫王玉娇，十八年前被你们从林家抛弃后就成了王玉娇了！"

"玉娇……玉娇！"林玉萍喜极而泣，她拉着王玉娇，告诉她，"我一直都在找你，找了你好多年了，可是知道你的人都不肯告诉我你在哪里，他们只说你去了省城，我托人在省城四处打听，只是一直找不到你！"

王玉娇甩开林玉萍的手，仿佛听了一个好笑的笑话一般哈哈大笑起来："真是有心哪！我哪有去过什么省城？好，那我现在就来告诉你这些年我都经历了什么！"

王玉娇擦干自己的眼泪，说道："我没那么好的命在省城享福，我和养父母一直待在县城里，我啊，是个扫把星！你们把我送到王家没多久，我的养母就得了乳腺癌，动了手术，割除了乳房！后来我们就去了县城，我的养父本是做小生意的，从那时开始他就做什么亏什么，家里后来穷得叮当响！他们几乎每天都吵架，我的养父因为苦闷天天借酒消愁，有一天他醉酒后冲我骂，骂我是扫把星，我这才知道自己不是他们亲生的！去年，我的养母旧病复发，死了！我的养父几次对我不轨，我就从家里跑出来，一直在外面打工！"

"玉娇，"林玉萍又是心痛又是悔恨又是气愤，"那个人告诉我，你现在过得很好，我一直在找你就是想确定你过得好不好。对不起，玉娇，我若是知道你的下落，若是知道你过得是这种日子，我就是付出一切都会把你带回家的啊！"

"我八岁的时候就知道了自己的身世，我一直想着找回自己的父母，可是没人告诉我我是从哪里来的！我的养父母一直怕我离开他们，所以这些年连自己的农村老家都不敢回，骗亲戚们说我们在杭州！直到去年我养母死了，大概是可怜我吧，才和我说，让我回农村老家来找找线索。我也是前天才知道了你们，我四处打听你们林家的事，知道你是这里的风云人物，厉害得不得了！我也知道，我的亲爹已经死了，而你们过得非常好！"

林玉萍先是摇头，然后点头说："玉娇，你回来就好！回来就好！我们回家说，可以把这些年的事情慢慢地细说！妈妈在等你，她一直后悔，她身体不好！她最希望的是有生之年还能见你一面。"

王玉娇泪如泉涌，还是倔强地说道："我不会跟你回去的！一直以来，我想着找到父母就是想问问他们为什么不要我，是不是有什么苦衷，如果有苦衷我就会原谅他们！可是，现在我知道他们是重男轻女，为了生儿子才把我抛弃的！我不会原谅你们！永远都不会！即便，我现在穷得要死，我也不会跟你回去接受你们林家的施舍和忏悔！"

突如其来的惊喜，突如其来的无奈，林玉萍看着王玉娇愤然的背影，她不知道该怎样去化解妹妹心中的怨恨。她和恩言的成长环境看着有相似的地方，可是，她又比恩言悲惨得多。恩言在遇到她之前并不知道自己不是养父母亲生的，虽然可怜，但内心的绝望不会太大，在知道一切的时候她这个姐姐给予了及时的挽救和补偿并迅速将她带回，还有，恩言那时还年幼，心智尚不强大，人格尚未独立，失而复得的亲情温暖着她，让她重回了亲人的怀抱并迅速地接受了亲人的关爱。

可是玉娇不一样，她成长的环境极为恶劣，知道自己的身世这十年她的生活和内心受到了极大的伤害，她在整个过程中彷徨不安，她定是在无数个日夜中感觉到生活的无奈和绝望。继父继母给予了她狭隘逼仄的心理环境，她过早走入社会，得不到怜悯和关爱，所以，她很难宽厚容忍别人。

林玉萍知道，带玉娇回家的路并不好走，不是钱能解决的，她需要时间，需要爱和温暖，更需要深入灵魂的情感征服。她打听到玉娇在县城一家鞋店里卖鞋，她一次次去找玉娇，却一次次遭受她的驱赶。

"玉娇，跟我回家，你可以继续上学，你也可以到姐姐的厂里来帮忙，相信我，家里的每一个人都在等你，你的弟弟妹妹都是善良的孩子，他们会爱你尊重你的！"

"我知道回你们林家可以有富足的生活条件，我也才知道，原来在我下面还有一个妹妹也被你们抛弃了，现在你们找回了她并培养她让她有了完全不一样的生活！可是，我不会回去的！我不会如你们的意，我要我的存在成为你们喉咙的一根刺，出不来又咽不下，卡着你们，让你们难受一辈子！"

从不言放弃的林玉萍开始了和玉娇追逐的日子，她并不急着要玉娇回家，了解了她的个性后林玉萍知道逼得急只会适得其反。她暂时未将找到玉娇的事告诉母亲，她怕母亲来相认，以玉娇的脾气一定会对母亲进行言语上的攻击报复，母亲心脏不好，受不得刺激。

不过，她将这件事告诉了弟弟和妹妹，并带着他们去找玉娇，玉娇倒没有什么过激的言辞。林玉萍带着他们去县城开的第一家肯德基，玉娇不情不愿地答应了他们。

林家的孩子个个外貌出众，连当年营养不良看似相貌平凡的恩言也在几年后出落得亭亭玉立了，林玉萍看着他们便有一种苦尽甘来的感觉，虽然玉娇还不肯回家，但是，既然找到了她，回家便是迟早的事。

"二姐，你和我们一起回家吧！"趁林玉萍去点餐的时候恩言拉着玉娇的手，对她进行劝解。

也许觉得和恩言是同病相怜，所以，她对恩言较为亲近一些，但是仍是没好气地顶了恩言一句："我才不像你那么没骨气！"

恩言好脾气地笑着说："骨肉亲情重要还是骨气重要？再说了，爸爸已经不在了，妈妈对以前的事一直自责愧疚，所以她的身体一直也不好！至于大姐，她是世界上最好的姐姐，这几年她一直在找你，她这么拼命辛苦地赚钱就是希望我们能过上好日子！这原本是不需要她来承担的。所有人都觉得她活得潇洒，其实，她比任何人都辛苦都累，二姐，你即便不认她，也要尊重她！"

玉娇瞥了一眼不远处的林玉萍，其实她也说不出个所以然来，她觉得自己是嫉妒林玉萍的，这个大姐看上去那么美好耀眼，有时候她会想，如果当年自己不被送走，是不是也具有她这样的能力，活得这般光彩照人。

"她有你说的那么好吗？"时间久了，玉娇觉得自己也分不太清，自己这样仇视针对林玉萍是为了什么？为什么会把仇恨强加在她的身上？

"二姐姐，小姐姐，"上初中的弟弟林献话不多，是家里唯一的男孩，在某种程度上也可以说是为了他的出生才造就了两个姐姐颠沛的命运，"你们要怪就怪我，不要怪大姐姐！"

"我没怪过你！"林恩言说。

"是该怪你！"王玉娇说。

"二姐，你不要这样说，"林恩言摇头劝说，"阿献他也是无辜的，他什么都不知道，一切都不是他能把握的。"

"就你好心！按着你的说法亲爹死了不能怪，亲妈身体不好不能怪，大姐最苦最累不能怪，弟弟无辜不能怪！那是谁把我害成这样的？我该怪谁？难道是我活该？"

林恩言又摇摇头，一脸微笑，眼神清亮，有着别于她这个年龄的成熟淡定，她说："二姐，过去的已经过去，我们都知道你过得很苦，但是，那份苦，你是要继续吃还是翻过那一页全在你一念之间！其实，是非对错对今天的你已经不重要了，如果我是你，我会觉得很庆幸，至少未来的路要怎么走你还有选择的权利，你已不再是襁褓中的婴儿，你完全可以自己决定，真没必要把自己逼得这么苦。"

玉娇瞠目结舌，恩言比她小两岁，看上去胆小文静，内向寡言，可是……她转头看还在点餐的林玉萍，突然间就明白了林玉萍今天带着恩言一起来见她的目的了。起先，她一厢情愿地认为林玉萍想用林恩言的例子来说服她，林恩言是经她的手栽培打造出来的成功励志的样本，让她心向往之，然后乖乖地跟着她回林家。现在玉娇才明白，恩言不是样本，而是她的参照物，是她的一面镜子，照出了隐藏在她内心深处的自卑和黑暗。

"还有二姐，说得不好听点儿，也就大姐事事求和的性格才会被你左右，如果是普通的人面对现在的你只会任凭你去闹腾，在这之前大家只有名义上的亲情还没有实质上的情感，没了谁都可以将生活继续下去，毕竟，她是真的没有义务寻找和抚养被父母抛弃的妹妹的。"

"那我可不可以理解为你跟她回林家是为了自己的利益而非实质上的亲情？"玉娇觉得小小年纪的林恩言理性得令人害怕。

"一开始的确是像你所说那样，只是那时候还小，说不来什么利益不利益的，就是觉得和养父母在一起的日子太过无望，太苦了！大姐出现时，她那么温柔，那么温暖，她说要带我走，不让我吃苦，还要让我继续上学，我和她，那个时候还没建立起感情，但我就这么义无反顾地跟着她走了，因为，那时的我就向往正常的生活！"

"你可真是坦白！"玉娇冷笑。

"你不用觉得这有多好笑，二姐，无论一开始的缘由是什么，但是，建立在血缘之间的亲情是最容易被激活的，一旦你的生命里有了亲情，你便会觉得自己被注入了新的血液，就像是重新活过来一样！我想告诉你的是，也许一开始我和你一样，对林家，对妈妈，对大姐和弟弟都没什么感情，但是，我现在非常爱他们！有亲人爱、被亲人爱是很温暖的事！如果，你也像曾经的我一样，觉得这世界所有的人都是冷漠的，那么你就回来！但，终究还是看你自己的意愿，你若不愿意回来我们也不强求，但你不能再攻击伤害大姐！"

林玉萍对林恩言刮目相看就是因为她的这番言论，他们在回家的路上谈到玉娇的时候林献就把恩言对玉娇说的话转告给林玉萍。林玉萍一直觉得恩言的成绩虽然好，但是过于文静内向，一直在寻思纠结着考大学的时候应该建议她选择什么专业，因这一事，林玉萍还开恩言玩笑，说她思维敏捷，又这般能言善辩，说不定日后能做一名律师。

本是一句玩笑话，没想到还成了真，多年后的林恩言果真成了一位名气不小的律师，这自然是后话。

林玉萍听了恩言的建议后不再隔三岔五地跑去找玉娇，而是给了一段缓冲期让她来思考和选择自己未来的路。其实，对于林玉萍来说，虽然一直在为玉娇的事操心，但是从另一层面上来讲，她在恩言的身上看到了希望，这种希望让她倍感欣慰。

很多次，当生活的艰辛压得她喘不过气来的时候，她也

爱如绿洲

025

曾在心里埋怨过自己的父母，觉得造就自己劳苦命运的人是自己的父母。可当弟妹成长成熟后，当她在他们的眼里得到认可和尊重的时候，她又觉得自己何其幸运，因为她比别人享受到了更多的手足之情。

林母从他人的口中得知林玉萍已经找到玉娇的事，她问林玉萍，林玉萍只好将玉娇的事告诉了母亲。得知玉娇的过往这般困苦艰难，因为自责林母的身体状况又开始走下坡路。林母本就上了年纪，觉得自己时日不多，总念着能见上玉娇一面。

林玉萍为此又去找玉娇，玉娇的态度友善了许多，但是她仍然不肯跟林玉萍回家，更不愿意去看望生病的母亲。

林母明白玉娇不肯回家的原因，她求着大女儿带着她前去和玉娇相认，可是玉娇冲着母亲毫不留情地喊道："我不想见你！我更不会原谅你！以后，请你不要再来了！"

回去后的林母终日以泪洗面，她对林玉萍说："自从玉娇被送走后，我就没有真正地快乐过，后来又是恩言。玉萍，妈妈是罪人，而为我赎罪的人却是你！作为母亲我的后半生是得你庇佑而活，你说我凭什么？我有什么资格过现在这样的日子？"

林玉萍的劝慰抵消不了母亲累积了将近二十年的愧疚和自责，她承受不了那么多负面的情绪，终究还是倒下了。住院做了心脏搭桥手术，但是术后的恢复并不理想，似乎是预感到自己时日不多，母亲总是拉着林玉萍的手说："玉萍，妈妈希望在离开的时候能看到你结婚生子。"

自那以后林玉萍有意识地主动地去留意自己身边优秀的男士，她想了却母亲的心愿，同时，她明白这终究也是自己必须经历的。在适婚的年龄结婚，在适孕的年龄生育，这也许就是正确的生活方式和人生态度。

和林玉萍结婚的对象叫冯志刚，他是林玉萍的高中同学，他追求林玉萍多年，医科大学毕业后在县人民医院担任药剂师工作，父母都是公务员。林玉萍的优秀毋庸置疑，冯志刚的父母知道这个儿媳妇也算得是人中龙凤了，但是，隐约地又认为她总是在哪个方面高攀了他们冯家。

林玉萍结婚的时候恩言强领着玉娇来参加婚礼，她一直别别扭扭，吃了午饭就走人了，其间无论怎么劝说也不肯理会母亲。

几个月后，当玉娇再回林家的时候已是林母的弥留之际，林母终于牵着了玉娇的手，玉娇一直没有流眼泪，她只是觉得悲伤。

她后来对恩言说："说不出缘由的悲伤，似乎不是为了这个生了我不曾养过我的母亲，可是当她闭上眼睛的时候，我的心是痛的，我只是流不出眼泪！"

林玉萍依旧美丽出众，她那么年轻，又那么沧桑成熟，林母的离世逼着林玉萍变得更加独立坚强，也让她彻彻底底地成为弟弟妹妹们的"母亲"。

新婚不久的林玉萍便经历了丧母之痛，她来不及体会新婚的愉悦之情，更来不及抚慰丧母的悲痛之心就开启了人生的另一场决战。她要照顾丈夫，她要孝顺公婆，她要奔波事业，她要给弟弟妹妹们缺失的亲情和关爱。

"玉萍，对不起！妈妈对不起你！只是，我走了，你的担子就更重了！弟弟妹妹们就全靠你了……你会很辛苦，我可怜的女儿，我对不起玉娇和恩言，可是我最对不住的是你啊！玉萍，你要幸福！你一定要幸福！"这是母亲临走前一天对她说的话。

林玉萍觉得自己生来就是一个奔跑着的人，她没有时间停下来悲伤哭泣。她的工作业务量逐年增加，她要再次扩大规模，引进好的设备和人才，她自己也要学习企业管理；玉娇自母亲去世后与家里的来往渐趋频繁，但是几次劝说她回家她还是不肯接受，她还在原来的鞋店打工，和一个无业的小伙子谈着一场随时随地都能鸡飞蛋打的恋爱；恩言一直乖巧懂事，个性内敛自制，无须林玉萍过多操心，但是因为她即将面临高考，林玉萍还是会觉得头顶绷着一根弦，一刻也不敢放松对她的关心；同样，弟弟林献也面临中考，他是家里唯一的男孩，父母知道亏欠女儿们太多，平日不会太过明显地表现出对这个儿子的偏爱，但是林玉萍知道，他就是父母的命根子，她又岂会有违父母的愿望不重视这个弟弟？

冯家在婚前就为他们在县城准备好了婚房，但是她的丈夫冯志刚因为工作原因时常要在晚上加班，而自己的工厂在娘家镇上，弟弟林献也还在镇中心中学上学，恩言虽说住宿但周末还会回家，为了工作和照顾弟妹，她还是和未出嫁前一样住在娘家的时间居多，所以，林玉萍大多时候和丈夫过着分居生活。

其实，冯志刚曾提议将她的弟弟妹妹接来一起住，林玉萍自己有车来回工厂和县城家里也算方便。对于这个提议林玉萍也是心动的，但是她的公婆好像并不乐意，她也问了恩言和林献，弟弟妹妹怕她辛苦嘴上说由她安排，但她知道他们并不喜欢这样的安排。

这似乎是现实和电视剧里都会出现的情节，能力出众的女强人总是难以平衡兼顾事业和家庭，而林玉萍的身后还有三个让她操碎了心的弟弟妹妹，厚此薄彼之后就会产生家庭矛盾。婚后不久林玉萍和冯志刚因性格不合争吵不断，再加上长期分居缺少沟通，这段婚姻开始走向末路。

林玉萍怕影响恩言和林献考试，她是在他们一个考上某政法学院，一个顺利进入重点高中之后才告诉了他们她已经离婚的消息。

弟弟妹妹知道大姐的婚姻瓦解很大一部分的原因来自他们，可是他们无言以对，他们只有努力地学习，争取早日独立来帮大姐分担生活的压力，还给大姐一个属于她自己的人生。

恩言在上大学之前和玉娇有过一次深入的谈话，她说："二姐，你回来吧，我们的人生都有缺失，但是不管如何演变都改变不了我们是姐妹的事实，我想，往后余生，我们都需要彼此，你要回归正常的生活，你需要大姐，而我这一走，大姐更需要你。"

玉娇点头，自母亲去世后，她与林家的来往比起之前频繁了些许，她目睹了林玉萍的辛劳和为弟弟妹妹们的付出，特别是在林玉萍离婚后，玉娇总觉得好似有什么东西触动了她内心的某处。如果说，是父母造就了自己和恩言不完整的人生，那么同理，也是弟弟妹妹拖累了这个大姐的人生。

"恩言，你放心吧！我会回来帮助她的！"

林玉萍本想说服玉娇重返校园，补习复读再去参加高考，玉娇说："我觉得自己不再纯粹，内心也不再纯真，觉得自己不适合再去上学，大姐，上大学不是唯一证明自己价值所在的方式，你说对吗？"

打开心结并重新定义了自己的玉娇好似千帆过尽，她结束了之前那段不正常的恋爱关系，有心和灰暗的过往人生道别。

一直负重前行的林玉萍终于看到了微光，玉娇的蜕变让她在之前那段失败的婚姻之后看到了前路的光明。她教玉娇经商管理，玉娇本就聪明，加上一心向上对自己又有了新的要求，不久便成了林玉萍的左膀右臂。

"我觉得，你应该试着重新开始一段恋情，组织一个新的家庭。"有血缘基础的姐妹，在日积月累的相互扶持中很快就建立起感情，走进林玉萍的生活之后，玉娇才真正明白了恩言和林献之前对大姐的维护和尊重。

"玉娇，我似乎不会经营和维持一段男女的情爱关系，上一段婚姻不止我一人伤痕累累，对方也被我累及，我体会不到爱情的愉悦也不能带给对方幸福。"

离婚后的林玉萍同样不缺追求者，甚至前夫冯志刚也有复婚的意愿，林玉萍不想伤人累己，一再错过。

林玉萍四十岁那年，玉娇的女儿已经上小学三年级，恩言的儿子也已经上幼儿园，弟弟林献也已成家立业。过去的十几年，她在纺织业闯出了一片天地，还成立了自己的服装品牌。她成了知名女企业家，她的传奇人生几次被报纸、电视台报道。

但是她还是单身，她重建了林家的老宅，独自一人居住，节假日的时候弟弟妹妹们会带着家人来小住。她是他们的大姐，更是他们的母亲，他们尊重她、爱护她，希望她能重建一个家庭，希望她的余生能够不要太过操劳。

林玉萍明白他们的心思，但是第一段婚姻的阴影过重，到了这个年龄，她不怕被伤，却怕伤人，所以还是不肯轻易接受别人的感情。

她原本想自己也许会这样忙忙碌碌、孤孤单单地老去，她时常回忆自己的过往，觉得半生浮沉如越过万千重山，虽有艰险，所幸都安然越过。看着弟弟妹妹事业顺遂，家庭和睦，自己虽然孤身一人，但好在自由自在，她希望余生家人都能如此静好。

所以，当医生告诉她罹患子宫癌的时候，她怔在原地久久无法动弹，她觉得这是一场梦魇，难以相信，难以接受。玉娇陪着她一起去做常规检查，她拿着化验单，看着医生，想起幼年时养母患癌死去的情景，又想起生母临死时拉着她的手闭眼时的模样，最后，她泪眼朦胧地看着眼前的大姐，悲痛难掩，失声痛哭。

经历过大风大浪的林玉萍给了自己一个晚上的时间来接受和消化这个事实，弟弟妹妹们守着她开了家庭会议。第二日，恩言联系好上海的权威专家，和林献连夜开车将他们的大姐送往上海治疗，玉娇留守，临行前她抓着林玉萍的手说："我已经失去了两个母亲，大姐，我是如何都接受不了再失去一个母亲的，所以……"

"玉娇，我不是她们，我们现在有足够的经济条件和先进的医疗条件，还有，我相信自己对待病魔的良好心态和毅力，你帮我看管好家里的一切，让我无后顾之忧地接受治疗。"

林玉萍一直如此，她有旺盛的生命力，她曾说过，死亡终究是人的归宿，但是，我与我的归宿隔着一条漫长的路，癌症是我行过这条路的一条黑暗隧道，我要走出隧道，我要重获新生，再行归路，这才是我的意愿和真正的归属。

如她所说，癌症是她要穿越的一条黑暗的隧道，她用了两年多的时间在这条隧道踽踽独行。切除了子宫，多次化疗，永不间断的药物，她已不复当年的年轻美貌，但是气质温婉犹胜昨日。

医生告诫她不可再过度劳累，想要延续生命必须饮食规律，睡眠正常，她明白想要拉长自己的生命之路，她要学会放下。她会科学地对待自己的这场疾病，她只是控制住癌细胞的扩散，她并未完全康复，抗癌之路漫漫，由不得自己任性，否则即便有再强的求生欲望也没有用。

她已很少过问工作上的事，弟弟妹妹都是股东，家族企业如果能上下一心自然有利无弊，玉娇已经能够独当一面，林献在外企工作一段时间，在积累了诸多先进的管理经验后毅然辞职回到自家企业担起重责。恩言已是知名律师，和朋友一起有了自己的事务所，更兼职自家企业的法律顾问，为他们的前行护航。

他们如此优秀，他们也足够强大，他们似乎正在和一直守护他们的大姐进行一场角色的互换，林玉萍知道她的弟弟妹妹们无论从任何一方面都已完全独立，唯独在精神上还依赖于她，她不能过早地离开他们，他们将她视为母亲，她在，他们才能凝固。

所以，她要做的是一心抗癌，她要活得再长一点儿，更久一点儿。在病情得到控制之后，她还加入抗癌协会，成了一名志愿者，她拿出自己的钱财帮助许多的癌症患者。她以自己为例，分享抗癌心得，帮助大家建立良好乐观的心态。

另外，她还资助了贫困山区的失学女童，她思及恩言和玉娇是重男轻女观念下的时代产物，她们如此不幸又如此幸运地能回归家庭，还能在日后接受教育并走入社会实现了自身的价值。但是，还有许许多多的女孩仍在继续为一些旧观念承担她们本不该承担的责任，她们在一出生仿佛就注定了一场悲剧。

她依然忙碌，但感觉不到累，相反，她觉得此刻的自己才最为轻松，她脱下职业套装，时常一身轻便装束，一脸温和笑容地热衷公益。她定期去医院检查，配合治疗，大多数时间在抗癌之家做志愿者，传递着正能量。

她没想过余生还能收获爱情，特别是在生病之后，她已经彻底断了再婚念头，但是，有些缘分注定不会来得太早，也不会来得太晚。

祁东和林玉萍其实相识于1990年初，笔友，那个年代比较含蓄的一种交友方式。当年他们分别是两个学校的尖子生，是由双方的班主任老师引荐为相互学习的榜样。他们一直保持着书信的来往，约好要考最好的大学，最后却都经历了变故，没有进入大学校园。

祁东也是因为父亲得了重病，身为长子的他毅然决定退学参军，少年祁东虽然还没有见过林玉萍，但是仅凭书信交流就已经对林玉萍产生好感。只是家逢变故，以为对方一定已考上心仪的大学，参军之后就断了和林玉萍的书信往来，林玉萍不知情况还是坚持给祁东写了一段时间的信，一直得不到回应，也思忖着可能对方也已考入理想大学，思及自己的处境，也就不了了之了。

祁东是在一次电视采访中看到事业有成的林玉萍，才得知了她这些年的经历。人到中年，回忆过往，祁东感慨万千。他虽然知道了她的一切，只是，他已有妻儿，自然不能再有过多想法。

他们的相遇是在抗癌之家，祁东的妻子因为乳腺癌复发，在最后的日子里亏得有一群像林玉萍一样的志愿者陪伴才走得安详。祁东因为在电视上见过林玉萍，他认识她，她却不认识他。让他意想不到的是，曾经那么耀眼的林玉萍原来也是个癌症患者，他被她的坚强乐观感染，也为她的热情善良折服。

"林玉萍，我是祁东，你还记得我吗？二十多年前，我们曾是笔友。"

二十多年后与故人相逢却不相识，过往种种的回忆和经历都让两人感慨万千，林玉萍说："我曾经幻想过能和你考上同一所大学，然后在大学里重逢呢，真是世事难料啊！"

祁东告诉她，退伍回来他被分配到一家国有企业工作，后来逐步高升，现在是某机关单位的办公室主任，也算是功成名就。

受林玉萍影响祁东也和她一起加入了志愿者队伍，少年笔友，中年重逢，无论是三观和性格都合。只是一个碍于丧偶不久怕落人话柄，又怕家中独子难以接受，一个介怀于自己是个癌症患者，怕万一有什么变故，又得多拖累一个人。

玉娇从林玉萍的口中零零碎碎地知道了点儿她和祁东的事，她又多次观察，又和恩言反复研究，最后确定大姐和祁东是互有好感的。

她们最后在祁东那儿首先得到回应，祁东对她们说："对你们的大姐除了欣赏，我更多的是怜惜和爱慕之意，我觉得她太不容易，我和她兜兜转转二十余年再重逢，这是难得的缘分，不瞒你们说，我是刚刚做通了儿子的思想工作，正寻思着怎样和她开口，现在有你们的肯定和支持，我就更有底气了。"

祁东用最真诚、最朴质，也最为感人的方式打开了林玉萍的心，他让时光回到了二十多年前，他每天手写一封书信寄于她，一手用钢笔书写的漂亮楷书仿佛将青春往事回放，让时光变得缓慢而温暖。

林玉萍给祁东回信："我一直相信自己应该还能活得更久，可是，人生在世哪能不怕万一，祁东，我怕会有负于你。"

祁东回复她："玉萍，结束孤身前行的日子，让我陪伴你，人终究要抵达彼岸，我想我们都已经经历了太多，也看透了许多，如果有万一，即使我会悲伤，但我仍会一如既往地生活，你辜负不了我的。"

有些阴差阳错只是为了最终的等候，有些擦肩而过只为了最后的守候，他们觉得命运还是厚待了他们，最终，他们在亲人的祝福下走到了一起。

祁东随林玉萍一起住在林家，他每天开车来回上下班，周末他会将寄宿的儿子一同接回林家。林家的兄弟姐妹如果没有特殊情况都会在周末赶赴大姐家里团聚，一开始祁东的儿子是排斥这样的大家庭的。但是，林家的人在林玉萍的影响下都热情善良，他们是真心希望大姐幸福，自然将祁东及他儿子当作自家人。

林玉萍经历过丧母丧父之痛，多年来她不仅要照顾弟弟妹妹的生活，也要引导他们的心理。祁东的儿子丧母不久，面对父亲再娶，心里难免波动，林玉萍小心翼翼地和他相处了一段时间后取得了他的认可，周末他们甚至会带着他一起去做志愿者。

心存善念，又有相同经历的人迟早会被各自身上的特质相互吸引，祁东的儿子在走出丧母的阴影之后，林玉萍和祁东征得他的同意又收养了一名被遗弃的女婴。

玉娇和恩言时常会担心大姐的病情，林献却比两个姐姐乐观，他总说："大姐会一直坚持下去的，她不同于别的女人，现在又有姐夫的照顾和支持，我知道她一定能安然度过这几年的。"

生活仍在继续，有些人生来就如同绿洲，来掩盖荒漠，带来生的气息，创造生命的奇迹。

林玉萍还在继续她的人生轨迹，她仍是不懈地拉长着她和宿命之间的那段路程。

爱如绿洲

你的归途，我的来处

曲十一郎

　　我和我的母亲及我的外祖母，我们祖孙三代人共同生活了二十多年。

　　我外祖父在我母亲年少时便已去世，他和外祖母都是教师，他们品性清高，有着那个年代知识分子特有的传统保守的思想理念，母亲是外祖父母的独女，他们对她寄予厚望，一心想着将她培育成材，所以，自幼对她的管教是出奇地严格。

　　严格的教育理念有时是柄双刃剑，在这样的家庭环境下我的母亲自然是被培育得品学兼优，听我表姨说，那时候我母亲就是"别人家的孩子"的表率。她越是优秀，我的外祖父母对她的期望就越高，十五岁以前我母亲走着外祖父母为她规划好的路，活得中规中矩，如果不出意外，她会成为她们那个年代的女孩中最为耀眼的星星。

母亲的人生意外发生在她十六岁那年。那年她和小伙伴一起去剧院看了一场名为《追鱼》的戏曲之后便疯狂地迷恋上了越剧。其实，我的外祖父和外祖母也喜欢越剧，闲来无事，他们也能跟着旧式的电唱机哼哼上一段名曲选段。但戏曲于他们而言仅仅是一种兴趣，是用来消遣和娱乐的，它不能成为真正的爱好，更不能成为终身的职业或是事业。

乖乖女一般的母亲，之前的十五年默默地接受着父母为她安排的一切，表面看似温顺乖巧，内心却早已埋下叛逆的种子，时间将其发酵，只待时机一到，它便破土而出，迅速蔓延成长。

母亲对越剧已到了痴迷的地步，她对着各种影音资料惟妙惟肖地模仿名家的唱腔，表姨说我母亲真的是块好料子，我的姨婆也曾几次劝说外祖父和外祖母不要将他们的意愿强加给我母亲，行行出人才，让他们请专业的老师培养母亲成为一名专业的越剧表演者也是一件好事。

然而，外祖父和外祖母坚决不同意，特别是外祖父，他烧毁了母亲珍藏的有关越剧的所有影像、文字资料，包括我母亲用零花钱买下的衣裙水袖和一切与越剧有关的饰品道具。这也彻底引爆了多年来压抑在我母亲内心的所有不满情绪，她与父母开启了一场拉锯战，最后这场战争以两败俱伤宣告结束。

外祖父和外祖母几乎控制了母亲的人身自由，母亲不再认真地学习，她的成绩如滑铁卢一般跌到最低点。外祖父最好面子，母亲在此期间几次离家出走，想要去寻找一些小剧团演出学艺，最后都被外祖父寻回，他们之间的关系进入恶性循环，直到我外祖父脑出血猝死，母亲不得不屈从命运。但是从此她也背上了一个"活活气死亲生父亲"的罪名，和我的外祖母对峙较劲了大半辈子。

外祖母将外祖父早逝的责任归咎于母亲，母亲高中毕业后在一社区医院做护士，工作十分不顺心，她觉得是父母造就了她的种种不顺，母女之间心存怨念，她们的关系一直如履薄冰。

母亲二十岁时就生下了我，父亲大母亲十岁，是社区医院的医生，母亲不顾外祖母的反对偷偷拿了户口本就和父亲领了证，在我不到一周岁的时候，父亲最终受不了母亲的坏脾气，求着外祖母将女儿领回家。我是典型的爹不疼娘不亲的可怜娃，父母离婚时谁都不想争取我的抚养权，最后，还是外祖母决定将我领回家。

而我，就成了夹心饼干里最中心的夹层，貌似起到了黏合调节她们母女关系的作用，事实却经常被她们挤对得腹背受敌，有时甚至是血肉模糊。

自彼时起，我们这三代人就被命运捆绑，不管如何相爱相杀，终究逃离不了彼此的爱恨情仇。

自我记事起，母亲和外祖母隔三岔五就要吵上一架，每次吵完架母亲就扬言要搬出去单过，但是她经济能力有限，不依靠外祖母，生活质量势必下降。她依旧喜欢唱戏，但是她不敢在家里唱，因为她一唱就会点燃外祖母某根神经，这个家就会陷于水深火热之中。一到休息日，母亲就会去票友之家待上一整日。而我自幼由外祖母带着，就内心而言我很黏外祖母，但是她对我并不亲近，母亲很少管我，我也一直疏离她。

我自小就知道我的家庭和别人的家庭不太一样，一直渴望外祖母和母亲能和睦相处，更希望她们都能好好爱我，但是她们仿佛活在自己的世界里，我走不进她们的世界，她们也不愿待在我的世界里。

外祖母对我最为上心的就是我的学习成绩，上小学后，外祖母对我愈加严厉，亲自辅导我做作业，督促我学习，她最常说的："你千万不要像你妈妈一样自毁前程，她倘若能体会到父母当年的半分苦心就不会活得像今天这般窝囊了！"

我不是太懂外祖母的话，但我知道只要努力学习她就会觉得很欣慰，很多次，我在背书时抬头望她，与她四目相对时我就能看到她眼角难得的笑意，看到她笑，我也会很开心。

我的学习成绩一直都很好，有时，我会把我的好成绩与母亲分享，与外祖母不同的是，每次母亲听到我考了好成绩都黯然无语。

"外婆，为什么我努力了妈妈还是不开心？"

"她不是不开心，她是嫉妒你，嫉妒自己的女儿。"外祖母推着鼻梁上的老花镜冷冷地回答我。

"妈，你一天不挑唆我和小非的关系心里就不舒服，对不对？"母亲只要在外祖母口中听到诸如此类的话就会炸毛，"以后，我女儿由我亲自抚养教育，不要你管了！"

"你自己抚养教育？你不怕你女儿成为下一个你，被你亲手毁掉吗？"

"毁了我的不就是你和爸爸吗？我可不想我女儿成为下一个我！我记得，我小时候的成绩可是年年考全校第一的！"

战争一旦打响，怕被殃及，我会识时务地避之不及，这察言观色的本领是我打小就练就的。其实，那个时候的我特别急切地盼望快快长大，能够独立生活，我想离开这个家，因为我一直得不到温暖和爱。我们三代人彼此疏离、猜忌，我明白，如果长久下去，我也变得如她们一般冷漠，我总觉得自己的血液还是温热的，我不想被冷却。

我没有延续母亲的路，一直保持着优异的成绩，高考时报考了远在西南的一所师范大学，我有意而为之，我想离家远一点儿。我第一次出远门，坐四十八个小时的绿皮火车，在火车上吃不下任何东西，只是喝水都觉得幸福。

上大学后我勤工俭学，我不再拿家里的钱，因为母亲的收入一直有限，外祖母已经退休，我们虽然一直不亲近，但是她一直培育着我，比起母亲，在财力和精力上她都尽可能地满足了我，我不能再向她索取，我不应该是她的负担。

我偶尔能接到外祖母和母亲打来的电话，电话彼端她们有时会问一下我的学习和生活状况，更多的是彼此的抱怨，我已经习惯，一直保持着对她们清浅疏离的劝慰。大学毕业后我回到故乡，分配到县城里一所初中任语文老师，住在学校分配的宿舍里，我很少回家，只有逢年过节回去看看母亲和外祖母，会给她们买点儿东西，也会塞给外祖母一点儿钱。

外祖母虽然内敛寡言，但她素来清高，每次都会拒绝我给她钱，她会习惯性地推着鼻梁上的老花镜，如小时候一般严厉地说："我不缺钱，我也不需要你的回报。"

母亲知道后总说我偏心，我摇头苦笑，也只好象征性地往她手里塞钱，可真到了那一刻她又会生气，她会把钱甩给我："我没好好教过你，打小我也没给过你几次零花钱，你有今天我没付出过分毫，我没脸接受你的钱！"

然后外祖母的声音就会适时响起："你还有点儿自知之明啊！"

母亲暴跳如雷，她冲着外祖母怒吼："是啊！多亏有你这样的外祖母！我得替我的女儿好好地感谢你！谢谢你了！你没把我教好，却把外孙女教得这么出色！"

"大概是你爸爸在天上保佑吧，没让小非成为第二个你！"

我在争吵声中逃离，每次出门后我会站在不远处的转角看着这座小小的四合院，脑海里闪现出无数个不同时期的关于外祖母，关于母亲，关于我自己的片段。这小小的四合院被掩映在秋天落叶飘零的银杏树下，粉墙黑瓦内不休的争吵声沿着门前的鹅卵小径阻挡了我一次次想要回家的脚步。

成年后的我已经不再幻想家能带给我多少慰藉，不管在生活中或是工作中遇到什么困难，我都会独自面对和解决。我一直不敢恋爱，我觉得自己不具备爱人的能力，我不懂作为一个女人应该怎样去爱和被爱，但我的内心却不是荒芜贫瘠的，相反，我觉得我的内心一直是有热情在澎湃的，我想，终有一日我澎湃的热情会得以释放。

那一日到来的时候是我外祖母病危的时刻，其实，外祖母虽然逐年老去，但是她的身体一直还算硬朗，精神状态也保持得不错，她是因为一场秋雨过后，踩在园内的青石块上滑了一跤。不仅粉碎性骨折，更严重的是她的后脑勺磕到了台阶上，造成了严重的脑震荡。

母亲打来电话的时候我刚上完一节课，电话那端母亲的声音结巴不成调，我第一次在母亲的声音中感受到恐慌。母亲的生活态度一贯都是我行我素，似乎是没心没肺惯了。她在电话里一次次地唤我的名字："小非，小非，小非……"

我赶到医院时母亲已经办好各种手续，我在电梯口看到她靠在墙角哭泣，然后，我感受到温热的泪水布满了我的面孔，我的内心受到了震动，因为，我第一次发现我的母亲并非冷血无情。

我走近她，她抬头看着我，然后迅速擦干自己的眼泪，她说："走，去看看你的外婆。"

外祖母的形象早已镌刻在我脑海里，可是，我却是第一次这么仔细地看她，此刻的她不再古板严肃，不再冷漠疏离，她偶有呢喃，大多数时候都沉睡不醒，我看着她花白的头发低垂的眉眼，在那一刻，她终于成了一个慈祥的老人。

"囡囡……囡囡……"

很多次当她这样低声呼唤的时候，我就看到泪如泉涌的母亲，她说："我小时候，她就这么叫我。"

我握住母亲的手，然后她抬头看着我："小非，我从没有想过有一天她会离开我，我用一辈子在和她怄气，我只是不想她不理我，我无法接受她的轻视。"

她们用半辈子的时间来怄气，来吵架，来互相伤害，她们将自身的孤独和不幸都归咎到对方的身上，到头来却发现在这人世间唯有对方是自己的依靠。

"对不起，囡囡，对不起……"

　　我想倔强了一辈子的外祖母一定在梦境中看到了我母亲，她到底为了什么在和自己的女儿说对不起？

　　是因为年少时硬生生地掐断了她的戏曲梦想吗？还是因为将丈夫早逝的痛苦都发泄在她的身上？又或是因为这二十几年来对她的轻视和冷漠？

　　外祖母在医院住了半个月不大见好，最好的状况就是她有时会睁开眼睛看看我，又看看母亲，然后摇摇头。

　　母亲一声声地喊她："妈，妈妈，是我。"这是我有记忆来第一次听到母亲喊外祖母"妈妈"。我看到外祖母浑浊的双眼噙满泪水，然后沿着长满细密皱纹的眼角滑落，只是她说不出一句话。

　　我和母亲决定将外祖母接回家中照料，母亲向单位申请长假，批准后她便在外祖母床前铺了一张钢丝床，日夜照顾。因为她多年来从事医护工作，照料起祖母也不算困难，我除去上班时间都会留在家里帮忙，这也是我第一次直视了我母亲的坚强，还有她的脆弱。

　　母亲对我说："我不是不后悔年少时对父母的忤逆，我无数次地梦见你的外祖父，我一直不敢承认是我气死了他，其实那是个不争的事实！小非，我一直不肯承认，不肯服软，其实，我心里清楚，你的外婆想要的不过是我的一句道歉。"

　　外祖父是母亲的禁忌，她从来不主动提及，这一刻，我对她充满了怜悯之情，我犹豫着将泣不成声的母亲拥进怀里，我感受到她身体的瞬间僵硬，然后又不停地颤抖，于是我更为用力地抱着她。

那是，我第一次拥抱我的母亲，她是我最亲的人，一直以来也是离我最远的人。

然后，她挣脱了我的怀抱，她看着我，我也看着她，我心里觉得悲伤，觉得她依旧不愿靠近我，我转身去看身后的外祖母，想要以此来化解彼此的尴尬。

不料，母亲却从身后抱住了我，那一刻，我觉得自己的血液被凝固，她说："小非，多少年来我渴望着我自己的母亲能放下自尊，放下过往，能主动走过来抱抱我，我等你外婆的拥抱足足等了三十年，那么你呢？"

我泪如泉涌，我那全身被凝固了的血液只在瞬间便如电流般在我全身沸腾起来，被我苦苦压抑了多年的热情在我体内窜流奔腾，让我颤抖不已。

母亲一只手将我颤抖的身体紧紧拥住，另一只手抚上我的头顶，她将我的脑袋紧紧地按在她的胸口上。我听到了击鼓般的心跳声，我听到了血液在她的血管里汩汩作响，她滚烫的眼泪落在我的后颈处，顺着我的脊柱流淌。

"对不起，小非……"

迟到了二十几年的拥抱将我澎湃的热情彻底释放，我抬头，看到了母亲的脸。和那日在医院看外祖母一般，也是第一次如此近距离地凝视这张我最为熟悉的脸。这张脸，映刻在我二十几年的成长岁月里，许多次，我看到这张脸的时候我分不清是在现实还是在梦境，也分不清是愉悦还是梦魇。

我只知道，我一直爱着她，也一直恨着她。

可我终究还是爱着她，深深地爱着她。

她的脸已不似过往那样明媚动人，但她的眼神还是清亮如水，我们在彼此的凝望中看到彼此，然后，我开始真正地面对她，面对她的过往。

热血年少时的戏曲梦想被扼杀，和父母之间持续多年的战争，不停升级的矛盾，直至正值壮年的父亲离世，她的生活阵地开始不断流失，她将缺口放大，停止成长，和中年守寡的母亲相互伤害，在彼此的仇恨中找到自己的存在感。她像极了供养在玻璃瓶内的鲜花，日日绽放，却失去了根本，于是她在心智不成熟的时候开始追逐爱情，不到二十岁的时候和比她年长许多的男人结婚并生女。

她在还未担任好女儿这个角色的时候就妄想担任起妻子和母亲的角色，如果这是她人生的另一个舞台，仿佛早已注定她在还未成为主角时便会提前落幕。她仓皇逃离，因为落魄，终究无法逃离母亲，她回到起点，却回不到从前。

她无力地挣扎，她一直想要冲破束缚，但是她无能为力，她把这种无能为力归责于父母，归责于和她有短暂姻缘的前夫，也归责于她不想拥有却偏偏拥有的女儿。她不肯付出，她不爱任何人，她觉得这世上已无人值得她付出，她在日复一日中变得自私冷漠，变得极端狭隘。

几十年的光阴就这么过来了，她的母亲逐渐老去，她的女儿早已长大独立，可她还是不肯面对过往，也不肯面对未来。她以为只要掩藏好自己的羞耻之心，不让人窥视到她内心的自卑和狼狈，她就能维持这种不用付出情感却仍能得到亲人陪伴的平衡。

"小非，我知道我马上就要失去她了。"

"失去"，是多么令人懊悔疼痛的字眼，同样地，我在母亲的眼里看到了懊悔疼痛的自己，其实，我们这个由三代人组建成的三口之家像极了宿命轮回，我们同样的自私，用自私和冷漠包裹住自己，让它成为我们最大的保护膜，保护好自己不被其中的任何一个人伤害。

"小非，我不能让你失去我，我直到今天才知道失去母亲原来这么令人害怕！"

心尖被戳痛，我想起幼时某个夏末秋初的傍晚，雷雨刚过，空气还是潮湿闷热，我倚门而坐，母亲从我身旁走过。她穿着柠檬黄的连衣裙，裙摆拂过我滚烫的脸颊，我抓住她的裙角说："妈妈，我不舒服。"

母亲将裙角从我手心扯出，俯身用手背贴着我的额头，然后皱眉说："发烧了。"

然后她起身，不耐烦地看着我说："可是，我有事，我必须得出门去，你回屋躺一会儿，等下你外婆就回家了，她会带你去打针吃药的。"

我看着她的窈窕的身影越走越远，直至消失在大门口，我开始默默地流泪，我无力地倚着门框，院子里湿漉漉的青石板块泛着清清冷冷的水光，石块与石块之间的缝隙间有小草钻出尖尖的嫩芽，我觉得小草都能被两块石头保护，我却找不到妈妈的怀抱。

暮色四起的时候，当廊檐下的水珠不再嘀嗒，当屋顶上褐棕色的松瓦被风彻底吹干，我才等到了外祖母回来。

我就是从那时起不再喊她"妈妈"，我将她从我幼小的心灵里剔除，我自认自己是失去母亲的孩子，我将她视为仅仅是一个一起过日子的人。

"小非，我一直想抱抱你，抱抱我的女儿。"

我原以为，此生我会善待她，但我不会原谅她，因为我没想过我们还能跨越彼此的心灵鸿沟，我不会怜悯名义上的母亲。可是我疏忽了自己贫瘠的情感，就好似缺水干涸的沙漠，可以承受荒芜，却亟待雨露。

亲情是我的雨露，母爱是我的雨露，当我的母亲向我张开怀抱的时候，二十多年的怨恨便灰飞烟灭了，我一味地吸收雨露的甘甜，直至它浸透了我心中的那片荒原。

建立在血缘之上的亲情是世上最为神奇的黏合剂，除非一个人能自始至终地做到心如钢铁，否则不管曾经如何地质疑、猜忌、伤害，甚至想要推翻，只要内心有一处是柔软的，亲情便会如枯木逢春，烂漫余生。

外祖母在我和母亲的悉心照料下终于苏醒过来，醒来后像极了一个智商只有四五岁的孩童，她的生活无法完全自理，大小便时常失禁。有时会胡话连篇，会用难听的话语来骂人，还会摔东西。医生说，她已无可能恢复如昔，她最后的日子只能这样度过。

在外祖母生病前，我是如何都不会相信母亲能这样服侍年迈病重的母亲，她从不在我面前抱怨，也不会喊累。我时常看着她和衣躺在外祖母的身边，她侧着身，一手支着脑袋，看着外祖母，眉眼尽是温柔，她说："妈妈，我一直都爱你。"

外祖母口齿不清，我基本上听不出她在说什么，但是，我能听到她经常喊："囡囡。"

母亲每每听到这两个字便会笑逐颜开，应声："哎！"

外祖母在这个时刻就会手舞足蹈，然后母亲会抓着她的手，抚摸她老去的脸庞，她掉下眼泪说："妈妈，给我弥补的时间。"

我站在窗前流泪，银杏树叶一直不停地飘落，我从小小的四合院抬头看天空，一方澄蓝清澈透明，我就坐在窗下的石凳上，不敢去打扰我的母亲和她的母亲。

暮色四起的时候，我还如幼年时一般仰头看屋顶上褐棕色的松瓦迎风而立，这个时候手机会有信息提示音响起，母亲发来微信："不是说好回家吃晚饭的吗，怎么还没回来？"

"我就坐在外面啊。"我回复。

母亲从厨房的窗口探出脑袋，我看到她绾着头发，系着蓝黑相间格子围裙，面有倦色，却一脸笑容向我招手。

"小非，晚饭有你喜欢的葱油大虾。"

这是以往曾出现在我梦里的画面，我的内心变得越发柔软，比起从前更爱掉眼泪了，爱触景生情，但是内心毫无悲伤可言。

母亲时常看着我，把好吃的菜挑到我碗里，然后欲言又止地对我笑，我会轻声地问她："妈妈，你想说什么？"

"小非，你应该谈恋爱了。"她说完会笑，最后，我也跟着她一起笑。

"你没有中意的男生吗？"她总是小心翼翼地问我。

放下过往，她的内心亦变得平静柔软，她只是一个寻常妇人，关心儿女的婚姻大事，又怕我会顾念以往种种，所以不敢过多干涉。

"上大学的时候，我喜欢过一位学长，他应该也是喜欢我的，他后来和我的一个同乡说我的性格有点儿古怪，不够阳光，所以最后决定不和我表白了。"我轻描淡写，那不过是一场似是而非的情感往事，并没有在我心里留下多大的创伤和阴影。

母亲的手覆盖着我的手，她看着我，眼里有内疚，我以为她会说"对不起"。

不料她却说："谢谢你！小非！"

我摇头，不明所以。

她说："谢谢你在这样的环境下还能自强自立，谢谢你不像我一样轻易地放弃自己的追求和人生，谢谢你让我不用太过自责。"

我还是摇头，我说："妈妈，你的前半生已过，我无法干预，但是，我不希望你的后半生活在忏悔和赎罪中。"

这次换作她摇头，她别过额前的头发，笑着说："忏悔和赎罪是难免的，但更多的是重新认识了自己，摆正了心态，小非，我们都错过了太多的东西，特别是我，我在人生的每一个阶段都没有做该做的事。但我觉得自己还是幸运的，我最终还是找到了突破口，我还有后半生，我还可以弥补你，还能给你迟到的母爱。"

母亲的话让我想起了外祖母，我坐在外祖母的床前，她冲我呵呵直笑，我问她："外婆，如果你还能康复，还能成为原来的那个你，你会弥补妈妈缺失的母爱吗？"

"不会不会……"她挥舞着双手，还是乐呵呵地笑。

母亲在厨房洗碗，我走过去，从背后抱着她，她人生的某个缺口将无法弥补，这个缺口是我无法替代的，终将成为她的遗憾。

外祖母在第二年的春天永远地离我们而去，她离去的前一晚绵绵的细雨下了一整夜，第二天院里的银杏树就长出了星星点点的新芽。

母亲给外祖母熬了米汤，她端着洗脸水准备叫醒她，发现外祖母的面容比往日安详，她的身体仍是温暖又柔软，鼻尖也尚有余温，却无气息。

母亲给我打电话，我赶回家时看到母亲正在为外祖母清洗身体，然后为她穿上层层寿衣，我上前帮忙，她挥手制止。我看着她，她无悲无喜，她专注于每个穿衣的细节，她将怀中死去的母亲视为初生的婴儿一般，生怕将她弄疼，将她惊醒。

她最后将外祖母轻轻地放置在床上，我给我们为数不多的亲友一一打了电话，家里陆陆续续地来了很多人，他们帮忙安置灵堂，打点琐碎事宜。

三日后，外祖母的遗体火化，葬礼前后三日我都不见母亲掉过一滴眼泪，她没有吃过东西，却一直精神抖擞。葬礼过后，宾客散尽，原本就清静的小四合院变得越发清静，我担心她，抱着她："妈妈，现在，你可以哭了。"

她放声大哭，像是发泄，像是倾诉，更像要哭尽这些年的委屈和悔恨，她跪在外祖母和外祖父的灵像前，她说："爸爸妈妈，从此，我的人生已无来处，只剩归途了。"

我请假在家陪伴母亲，我们合力打扫房子，一起去超市添置日用品，然后重新布置我和她的房间。母亲看着焕然一新的家，黯然地说："我在这里生活了四十多年，但我从来没有用心地对待过这个家，我的心似乎也没有在这里真正地停歇过。"

外祖母走后母亲一直不敢进她的房间，我知道她在逃避，她还是无法真正放下过往。梅雨季节将至，雨水不断，空气潮湿，我们居住的老房子里散发着腐朽的气息。

难得一个天气晴朗的周末，我打开外祖母的房间，想着再不整理她的遗物怕雨季一过会损坏不少东西。外祖母一直是个严谨的人，房间的收纳归类也可以推断出她的性格，她的东西井然有序地存放着，需要整理和打点的东西其实不多，她生前喜欢阅读，房间的书柜存放排列着许多的书籍。我将这些书搬到院子里晒，然后做了些简单的擦拭打扫，母亲大概是犹豫了许久后才决定过来帮忙。

写字台的抽屉里存放着一个小木盒子，上了锁，没有钥匙，在外祖母生病的时候母亲说过不知道里面是不是存放着什么重要的东西，我和母亲将角角落落寻了个遍也没找到钥匙，最后我们决定撬开它。

打开盒子我们率先看到的是一封信，旧式的牛皮信封，却没有写收信人的名字，我拿起信封递给母亲，我有强烈的预感这是外祖母写给她的信。

我看着母亲眼眶里闪烁的泪花，她应该和我一样，知道这是外祖母留给她最后的话，她接过信封，抽出信纸，用钢笔书写的一手漂亮小楷赫然入目。

　　囡囡：我想当你看到这封信的时候，我应该与你的父亲在天上相遇相聚了，你一定会奇怪我怎么会留下这样的一封书信，是我早知自己归期已至吗？

　　不是的，我一直觉得自己身体硬朗，应该还

能活上个三五十年，但我时常思及你猝然离世的父亲，害怕人生在世总会有个意外，我想我应该要写这么一封信给你，权当是防患于未然，但愿不为所用，如有所用，权当人生常态吧。

囡囡，对不起。

原谅我在过往的日子里一直没有觉得对不起你，相反的，我一直将你父亲的早逝归责于你，觉得是你对不起我。在你父亲离开的三十余年里，我们彼此割断了世间最为温暖的情感，然后将这种畸形的情感状态延续到了小非的身上，造就了她寂寂悲凉的过往。

你无情吗？

我了解我的女儿，你并不无情。

二十年前的那个傍晚，小非发烧，你看似无情拂袖而去，却又偷偷求人将我叫回，那个夜晚，你三次摸黑起身去看小非，你有爱的本能，却失去了爱的能力，而让你失去爱的能力的人是我。在我、你，还有小非这三代人中，我是第一代人，是第一个母亲，我率先失去为人母应有的榜样，而你在潜移默化中效仿了我，再延续到了无辜的小非身上。

我想我应该要剪断这条变色变异的纽带，不让它继续在小非的身上再往下一代延续，我们每一代人都将成为母亲，母爱将会影响子女最为原始的感情观。

过往三十年已在弹指间匆匆而过，我无数次地想过弥补和修复我们的感情和关系，然而三十年的时间我好似也失去了爱的能力，我不知道应该如何迈过这道坎。

对不起，我可怜的孩子！

原谅你冷漠自私又胆小的母亲，我只能用另外一种方式来弥补了。

我和你父亲早年留下一些积蓄，你父亲走后我卖掉了我们老家的两间房产，加上我这些年的积蓄，我在小非上大学的时候在县城买了一套二居室的房子，这套房子将作为她婚前的财产留给她，房款我已一次性付清。给她买房，是想着我总要比你先去，他日你又比她先去，她是个女孩，无父母手足傍依，我怕她万一遇人不淑也不至于无家可归。

留给你的就是这座小四合院了，还有我存折里的一些存款，加上你自己的工资，我想应该能够应付你日后的生活了。

对不起，我可怜的女儿！

你的人生本不该如此灰暗，我细数过往，发现自己给你织了一张网，再用网网住了你的青春梦想，网住你本该绚丽多彩的人生就别无他求了。

孩子，你半世任性，只因尝尽人世孤独，希望这封信能给予你这一生为数不多的温暖，还能让你感受到些许母爱。其实，我更希望你看不到这封信，因为，如有一日我撕毁这封信必然是我尚在人世之时就已迈出一步，化解了我们母女多年的恩怨了。

这一生太长，但又过得太快，我有许多的话想同你讲，到最后发现说再多的话已无他用，我最终的目的不过想要你原谅我这个和你一样，同样具备爱的本能却失去爱的能力的母亲罢了。

孩子，好好地爱小非，放下昨日种种怨念，将爱延续，不能如我一般在古稀之年才觉人生匆匆，不足我你补过往诸多的遗憾事。

母亲将外祖母留下的书信紧紧抵于胸前，她再一次放声大哭，不同于上次，我在她的哭声里听到了些许的释然。

我和母亲从未想过外祖母会以这种方式与我们进行最后的对话，我看到写信的日期离她摔倒那日正好一个月。我猜想，她在写下这封书信之前定是因为发生了什么事让她看透了之前一直困扰着她的许多事情。书信如她所说只是以防意外，她更多的是想要用行动来化解这半世不算恩怨的恩怨。

我们同在屋檐下共同生活几十年，视彼此为最亲近的陌生人，我们在日积月累中知晓彼此诸多的生活习惯，但我们都看不穿彼此之间的爱。

在这之前我永远不会明白外祖母清冷的外表下藏着如此

深沉的爱和睿智的头脑，她用一生的积蓄为我买下一套房，其实是为我的人生买了保险，不管日后遇到什么事，我的身后永远有一条退路；她在简短的书信中侧面替母亲向我解释二十年前那个傍晚发生的事情，因为她在二十年前就看穿了年幼的我对母亲埋下了怨恨的种子。

而母亲一定会因为这封信而得到救赎，她所介怀的，她所后悔的，以及她所期盼到也会因为这封信而得到慰藉。

信中外祖母说，我们这三代人是她率先失了为人母的榜样，如果真如她所说她是悲剧的制造者，那么她也是悲剧的终结者，她最终还是将母爱弥补给了我的母亲，再由母亲延续到我的身上。而我，总有一日也会成为母亲，我一定会以爱温暖和引导他们的人生。

母亲在外祖母去世的第二年和认识多年的戏迷朋友组建了业余越剧团，她们时常在休息日下乡演出，我如果没有什么特别重要的事情也会陪着她，做她的观众和摄影师。

我在台下仰望犹如获得重生的母亲在笙歌婉转中挥舞着水袖，在高歌低吟间身着翩翩蝶衣，云鬓添香里更是藏着她不悔的青春痕迹，然而，又有谁知晓她在回眸转身后曾为了守不住胜似繁景的愿望而流下绝望的泪水呢？

她不是这世间最美的女子，她也不是这世上最伟大的母亲，可是，她是我的母亲，独一无二的存在，不管她曾经如何任性妄为，也不管她曾经如何疏离漠视我，余生即便终会迎来归途，但她在，便是我最为温暖的来处。

我有一个爱钱的妈妈

风咕咕

距离高考仅剩十三天，状元楼的一角亮着朦胧的灯光，一个纤细瘦弱的身影依然在自习室埋头苦读，四周静悄悄的，时而传出沙沙的笔声。

忽然，一阵急促的手机铃音划破了静谧的夜晚，吴婉清下意识地按掉了电话。她小心翼翼地捂住电话，不好意思地左右张望。这时，她才发现整个自习室只剩下她一个人，同学们早就被父母接回家了。

而无家可回的她，只能留在学校，坚持到最后一刻。

其实，这也算不了什么，吴婉清早就习惯了这种被遗弃的生活，寄宿学校不就是她的家吗？她在这里从小学一年级读到高三，足足十二年了。她盯着电话里既熟悉又陌生的名字，索性关了机。

此时，窗外已是万家灯火，自习室空荡荡的。吴婉清走到窗边，带着几分凉意的风吹进她的手心，她努力地合拢双手，窗外的灯光渐渐地变得模糊。

"好冷啊！"吴婉清的眼底泛起点点泪光，那张清秀的小脸上涌满了无声的孤独、渴望，还有愤怒，她似乎又回到了那个秋季……

四岁之前的记忆是那样美好，爸爸辛苦地在外工作，妈妈留在家里照顾她。妈妈是那样的温柔，总是贴心地照顾她，呵护她，生怕她受到一点儿委屈。

可是美好的记忆是那般短暂，在那个多雨的秋季，她的生活发生了天翻地覆的变化。

那年小婉清四岁，上幼儿园中班。晚上放学时，妈妈没有按时来接她，这是从未有过的事情，她一个人孤零零地坐在小椅子上，着急地朝窗外看。淅淅沥沥的秋雨吹打在大象滑梯上，直到她看不清象鼻子，也没有等来妈妈，是爸爸将她接回了家。

小婉清问爸爸："妈妈去哪儿了？"

爸爸不高兴地说："从此以后爸爸照顾你！"

小婉清很高兴，在她的记忆里，爸爸每天很晚才会回家，还总出差，从来没有单独带她玩过。她是被妈妈带大的，可是妈妈越来越凶，总是逼她学各种兴趣班，或许爸爸照顾她，就不用上兴趣班了。

她高兴地搂着爸爸的脖子睡着了，那天晚上，她做了一个可怕的梦，妈妈变成一朵白云被风吹走了，她不停地追赶，白云变成乌云，下起了倾盆大雨，她站在雨中不停地喊。

"我要妈妈——"

小婉清哭闹不停，爸爸板起脸，不耐烦地骂了一句："你妈妈只爱钱，她走了！"

"妈妈——"小婉清哭得更厉害了，爸爸没有像妈妈那样温柔地哄她，自己一个人呼呼大睡。

第二天，小婉清的嗓子哭得沙哑，好在妈妈回来了，妈妈显得很疲惫，眼睛里布满了红血丝，她匆忙地和爸爸说了几句话，爸爸的态度很差，脸上挂着幸灾乐祸的不屑。妈妈将一个黑色笔记本塞进背包，便着急地要出门。

小婉清仰着头，拉扯着妈妈的衣袖，几乎哭出来："妈妈，别走！"

妈妈迟疑地顿住，爸爸冷冷地瞄着她有些弯的后背，仰起鼻孔。

妈妈听到了那声轻蔑的"哼"，她立刻挺直了背，深吸了一口气，才转过身，抱住小婉清。

"乖，妈妈挣到了钱，就回来接你！"

小婉清来不及抱住妈妈，妈妈已经决然地推门离去。

"听到了吗？你妈妈只认钱！"爸爸狠狠地指向空荡荡的门口。小婉清听到一阵急促的脚步声，她还听到了妈妈的哭声，那天她上幼儿园迟到了。

从此以后，小婉清的生活变得一团糟，爸爸取代了妈妈，妈妈变成了爸爸，无论她走到哪里，都会有人小声嘀咕："真可怜啊，她有一个爱钱的妈妈。"

"钱是什么？"小婉清偷偷地问好朋友可可。

可可贴在她的耳边说："钱能买好多好多娃娃。"

"我有一个爱娃娃的妈妈？"小婉清糊涂了，爱娃娃不好吗？

就在她困惑的时候，出差好久的妈妈回到了家，妈妈变得和从前不一样了，她穿上了细细的高跟鞋，不再穿那双洗得发白的布鞋，她的脸好白，嘴唇很红，头发亮亮的，香香的。

小婉清都快认不出妈妈了，她躲在爸爸的怀里，将鸡窝般的头发埋在脏兮兮的睡衣里。

"问题都解决了，账上有钱了。"妈妈迟缓地坐在沙发上，时不时地敲打着落满烟灰的茶几。小婉清透过缝隙看到了妈妈漂亮的红指甲。

爸爸的态度很反常，他用力地推开小婉清，怒气冲冲地指向妈妈："你得意了？哼！我不花你的钱！"

"那你有钱吗？"妈妈丝毫没有退缩，她强势地站起来，抱住小婉清。

爸爸冷笑着抖动手臂："我倒要看看，你是怎样一边带孩子，一边挣钱的！"

爸爸怒气冲冲地摔门而去，小婉清明显地感觉到妈妈的手臂搂得更紧了。

"清清——"

"妈妈——"小婉清那晚睡得很香，她终于可以像从前一样搂着妈妈睡了。

不过，残酷的现实让小婉清变得低落、伤感，甚至迷茫。

爸爸拎着皮箱离开了家，他要去很远的地方上学，家里只剩下她和妈妈，妈妈却不再像从前那样贴心地照顾她。

妈妈实在是太忙了，忙得小婉清总是幼儿园里最后一个被接走的小朋友。起初，她还会噘着小嘴，指着妈妈的鼻子说："哼，你下次再来晚，我就扣你钱了！"

妈妈会捏着她的小鼻子："清清，妈妈就是在给你挣钱啊。"

钱，钱，钱！现在小婉清从妈妈口里听到最多的字眼儿就是钱！妈妈每天从早忙到晚，都是为了挣钱！从前的妈妈去哪了？

她真的有一个爱钱的妈妈！

渐渐地，小婉清习惯了妈妈的忙碌，也习惯了忙碌的妈妈，因为爸爸好久不回家了，她能依靠的只有妈妈。

邻居黄叔叔说："清清的妈妈最厉害了，为清清买了大房子。"

是啊，真的是大房子，小婉清和妈妈两个人住在二百多平方米的大房子里，既安静又冷清。打扫房间的阿姨总是满脸羡慕地说："清清的家，真大！"

小婉清却觉得这不是家，仅仅是大房子！她年纪虽小，却能从旁人异样的眼光中读出不一样的意思，她从未和爸爸妈妈一起去过游乐场，也没有一家人高兴地去旅游，爸爸很少给妈妈打电话，奶奶还会莫名其妙地问她："家里有没有来过陌生的叔叔？"

没有啊，连灯坏了，都是妈妈一个人修的，哪里有陌生叔叔呢？大人们都好奇怪。

小婉清也终于明白：再也找不到从前的妈妈了。唯一的安慰就是妈妈依然陪着她，妈妈在身边，她才睡得安稳。

很快，这份微薄的安稳不见了。

小婉清六岁的一天，妈妈很早就带她出了门。天空飘着细雨，小婉清撑着兔耳朵的小红伞坐上妈妈新买的宝来车，妈妈的车开得很慢，听话的雨刷一笔笔划过模糊的雨水，她清清楚楚地看到了道路两旁的红叶，比她的小红伞还红呢。

"妈妈，我们要去哪里啊？"小婉清抱着毛茸茸的小兔子玩偶，露出白白的牙齿。

妈妈没有搭理她，她在接电话，语气一会儿强硬，一会儿低沉，还伴随着恳求。

"李总，您高抬贵手吧，价格压得那么低，我的生意怎么做呀？我是要养孩子的……"

小婉清盯着迷蒙的秋雨，不小心咬了一下柔嫩的嘴唇，酸酸的，酥酥的，有点儿疼，牙齿还活动了一下。

这种感觉好像她对妈妈的感觉呢，她依赖妈妈，害怕妈妈，也讨厌三句话不离钱的妈妈。有时，她想离开妈妈去找爸爸，可是爸爸总是粗心大意，每次都害她生病，她又会听到爸爸妈妈吵架。有时，她想去奶奶家，可是坐轮椅的爷爷脾气很差，总是骂人，她只能跟着妈妈。

如果妈妈温柔些该多好！小婉清偷偷地瞄了妈妈一眼。

这时，妈妈放下了手机，看了一眼后视镜里的小婉清。

"清清，你刚才说什么？"

小婉清没有说话，一直用小舌头舔牙齿。

妈妈露出难得的笑容："清清，妈妈送你上学。清清长大了，要上一年级了。"

"可可怎么没来呢？"可可是小婉清最好的朋友，她忍不住地问。

"嗯，可可去了另外的学校。"妈妈转动方向盘，拐过泥泞的路口。

"不嘛，我要和可可一起上学。"小婉清倔强地摇头。

妈妈立刻板起严肃的脸颊，语气强硬地命令："这是最好的学校，不准胡闹！"

小婉清的大眼睛里窝着委屈的眼泪，等她和妈妈下了车，来到寄宿学校，她才知道自己哭早了，哭的日子在后头呢。

她刚迈进寄宿学校的大门，就被剪去了长长的小辫子，换上了难看的校服，连整日陪自己睡觉的小兔子玩偶都被没收了。

小婉清感觉天都塌了，外面下着雨，老天爷都在为自己流泪，她成了全班哭得最厉害的女孩儿。她甚至认为妈妈从此不要自己了，她追到操场中央，大声哭喊着："妈妈不要走，妈妈不要扔下我。"

但是，妈妈的心比石头还坚硬，头也不回地扔下一句话："学费交了，不能退钱，你要好好学习！"

又是钱！小婉清用力地攥紧小拳头，不停地捶打地面，她眼睁睁看着穿着高跟鞋的妈妈走出学校大门，离开自己的视线。

妈妈的心好狠啊，眼里只有钱！小婉清第一次对妈妈产生了陌生感，始终想不通妈妈为什么会如此狠心地将她一个人扔下。

她能怎么办呢？当晚，她就哭喊着不肯睡觉，不肯吃饭，夜里便生了病，额头烧得像个小火炉，贴心的宿管老师抱着她，同寝室的小伙伴们顾不上离家的伤心，轮番给她换凉凉的湿毛巾。

她盼望着妈妈像往常一样来接自己，背着她去拥挤的医院。哪怕妈妈一手举着吊瓶，一手打电话乱喊，她也不愿意住在一个人都不认识的寄宿学校。

可是小婉清没有等来妈妈，她睁开眼睛看到了好久不见的爸爸，爸爸的打扮很古怪，一眼看过去，比幼儿园里的体能老师——可乐哥哥还年轻呢。

"爸爸——"小婉清嘟囔着小嘴，门牙疼得厉害。

爸爸带她去了医院，医院里的人很多，爸爸没有像妈妈那样背着她，而是独自一人楼上、楼下地跑来跑去，差点儿弄丢她。她依然觉得还是爸爸好，她恳求爸爸多陪陪她，不要送她去寄宿学校。

爸爸答应了她，可是回家后，妈妈坚决不同意！

躲在房间里的小婉清听到了爸爸和妈妈无休止的争吵。妈妈说得最多的就是"钱"！爸爸说妈妈掉进了钱眼儿里，气愤得摔门而去。

"砰"的一声门响吓得小婉清浑身颤抖，她咬紧了牙关，嘴里忽然多了一个硬硬的东西，一股腥甜的液体涌出了嘴角，那是醒目的红色。

小婉清没有哭，她勇敢地吐出嘴里的牙齿，寄宿就寄宿，她要离开这个大房子，离开只认钱的妈妈。

从那时起，她就很少回家了，每天住在学校，吃在学校，睡在学校，能在学校多待一天，绝对不会回家。她在寄宿学校慢慢地长大，变得自立、自强，又优秀，她身边有许多好朋友，同学老师都喜欢她，她也变成了大姑娘，内心却愈发的孤独。

当然，这些年变化的不仅是她，还有爱钱的妈妈、爱玩的爸爸。妈妈开的车从宝来变成奥迪，又变成路虎，爸爸毕业之后整天游荡在各大商场，也不知道他在做什么工作。

唯一不变的是他们一家三口依然住在大房子里，三个人拥有各自的房间，各不妨碍。

小婉清能妨碍谁呢？她在寄宿学校，极少回来，妈妈总是出差，爸爸的房间总是关着门，挡着厚厚的窗帘。

家里没有一丝烟火气儿。

"真冷啊！"吴婉清的思绪冷得宛如冰窖，她盯着远处的校门，重复着说过的话语。

其实，她一直想亲口问问妈妈："你们是不是离婚了？"但是她没有勇气，她偷偷翻过妈妈和爸爸的卧室，根本没有找到离婚证，这给了她一分希望。

她甚至幻想着某一天，妈妈和爸爸一起来接她回家，一家人温馨地围坐在餐桌前吃饺子，那才是家啊！

或许，那一天永远不会到来。又或许，这都是她的贪恋！

参加高考是她执意争取来的，因为妈妈为她准备好了资金，要送她出国留学。出国留学并不是稀奇事儿，在这所寄宿学校里，有一半以上的同学都会选择出国。

而她不想，发自内心不想。

她厌倦了一个人在寄宿学校的日子，不想再一个人孤零零地在国外念书，虽然她长大了，她依然想回到幼儿园，每天坐着小板凳，等待妈妈来接她，哪怕是最后一个。

世间最无力抗争的就是时间。

那样美好的日子一去不返，终究定格在找不回的童年，如今人人都知道她有一个爱钱的妈妈。

妈妈爱钱，不爱她！

吴婉清狠狠咬着嘴唇，决然地转身离去，模糊的玻璃窗上留下两个淡淡的字。

"妈妈——"

吴婉清抱着一摞厚厚的书走出自习室，教室的走廊很长，每走一步都渗透着诡异的声音。此时状元楼只剩下她一个人，空旷的走廊令人产生惧怕，她下意识地摁开了手机。

一声接着一声的振动比她的心跳还快，是妈妈打来的，吴婉清牵动着嘴角，她还记得读寄宿学校的女儿吗？

她不由自主地加快脚步，却不小心地踩空了两节楼梯，整个人滚了下去。

"哎哟！"吴婉清的左脚踝疼得厉害，她想扶着墙壁站起来，左脚踝却使不上力气，尝试几次都失败了，只能靠着墙壁大口喘气。

四周依然那般寂静，她看着空荡荡的走廊和楼梯，嘲笑自己真是自作自受，多少年都这样过来了，现在是高考前的非常时期，害怕什么呢？

吴婉清勉强地挪动着刺痛的左脚，支撑着靠在墙角。

世界很大，吴婉清的世界却很小，小得只剩下孤独的自己。谁能来帮她呢？她不想麻烦老师、同学，想来想去，手机屏幕里出现妈妈的号码。不过，她很快打消了打电话给妈妈的念头。

妈妈忙着挣钱，只会给她很多很多的钱，就像那个很大很大的家一样，住在里面的三个人各自取暖。

吴婉清真是好留恋从前的妈妈啊，小时候，不管她遇到任何事情，哪怕是尿床了，她也会嘟着小嘴喊一声"妈妈"，妈妈会贴心地将她抱到干爽的地方，轻轻地拍着她入睡。

冰冷的现实是：疼爱的美好已经一去不复返，如今妈妈只爱钱，不再爱她！

沉重的岁月无情地重压在吴婉清的心头，多年的孤独和无助令她陷入了前所未有的悲伤，刺痛的脚踝和痛苦的无助压倒了她所有的坚强，她终于呜呜地哭了出来。

哭声中释放着无限的渴望，她又喊出了心底那两个抹不去的字。

"妈妈——"

"清清！"马丽满意地看着公司第一季度的财务报表，终于可以喘口气儿了，她将车停下，用最快的速度跑进空旷的校园。

校园很大，分为小学部、中学部、高中部，这时，她才发现根本不知道自己的宝贝女儿在哪栋楼里。

自从十二年前，送女儿上小学一年级之后，她从未来过学校，女儿住在哪里，在哪间教室，在哪里吃饭，她一无所知。她只知道不停地为女儿赚学费，赚更多的钱，将女儿养大。

可笑的是，女儿长大了，她却不知道女儿是如何长大的。她甚至连女儿月经初潮的时间都不知道。难道她也走了丈夫的老路？

微冷的秋风吹过，马丽无助地抱着双臂，羞愧地走进一栋灯火通明的宿舍楼。宿管老师告诉她，高中部在西南角，高三年级的学生住在状元楼，目前临近高考，高三的学生都被家长接回家了，状元楼已经空了。

"没空啊！"一个六七岁模样的小女孩儿伸出手指，央求宿管老师为她剪指甲。她仰起尖尖的下颌，"状元楼里住着一个小姐姐呢！"

马丽愣住了，她直勾勾地盯着小女孩儿，仿佛看到了从前的女儿，那时，清清也是这般大，清清也来过这里剪指甲吗？

她从未问过，她从未说过！

她似乎错过了很多……

不对啊，清清上幼儿园的时候，每天放学之后都会告诉她好多好玩儿的事情，她也会问清清在幼儿园的表现，那可是她和清清睡觉前的秘密呢。

从什么时候开始，她们母女间变得如此生疏了？

一年前？二年前？三年前？

四年前？五年前？六年前？

七年前？八年前？九年前？

十年前？十一年前？十二年前？

实在记不得了，她太忙了！

忙得忘记了时间，忘记了吃饭，忘记了休息，忘记了女儿……

"清清……"

马丽哽咽着喉咙，含糊地喊出刻在心尖儿上的两个字。她对女儿最深的印象似乎还停留在小时候，那时的清清才四岁啊！

"清清……"马丽一遍遍地自责。

这时，宿管老师已经为小女孩儿剪完了指甲，她轻轻地吹过小巧的指甲刀。

"是啊，是吴婉清小姐姐住在状元楼。唉，这孩子啊，什么都好，就是有一位爱钱的妈妈。"

"有钱不好吗？"小女孩儿的嘴角扯起两个浅浅的小酒窝，"我爸爸、妈妈每天都为钱发愁呢。"

"哈哈，钱是好东西。"宿管老师点着小女孩儿的鼻尖儿，"但是钱买不来陪伴啊。那位小姐姐啊，从小学到高中，每年的暑假、寒假，连春节都是在学校过的。"

"天啊！"小女孩儿变了脸色，"太可怕了！还好，爸爸、妈妈每周都来接我回家。"

马丽也惊变了脸色，内疚的心被无情的现实狠狠地抽打、揉碎，留下一个深深的烙印。她慌乱地说了声"谢谢"，不知所措地转身离去。

她清楚地听到了宿管老师一声长长的叹息！

马丽的思绪早已穿越到了多年前，她拼命地搜索着记忆中的每一个春节、暑假、寒假，还有所有节日。

在清清上小学的前两年，正是公司最艰难的时候，清清会去可可家过春节，和可可一起参加暑假、寒假的补课班，然后作为照顾清清的补偿，她会给可可妈妈一笔钱当作酬劳。虽然可可妈妈一再拒绝，她还是执意给了，因为她不想欠人情，更不想清清受到怠慢。

后来，清清不愿意去可可家，她只能送清清去奶奶家。再后来清清会在节假日主动提出和同学去旅游，参加各种夏令营、冬令营，她只管付钱就好。

最近几年，清清提出去国外旅游，她能做的还是付钱。她自以为是地认为清清从小读寄宿学校，非常自立，比同龄孩子强，这也是她引以为傲的事情。

在所有家长每天为钱奔波、为辅导孩子写作业大发雷霆的时候，她都在庆幸自己当初送清清去寄宿学校的决定，这样她可以争取更多的时间去放手挣钱！

可是！可是！！可是！！！

清清一直在骗她，这些年，她哪也没有去过，只是一个人孤零零地住在学校。

一想到清清在学校长大，马丽的心从万米高空跌落到万丈深渊，不可饶恕的罪恶感和强烈的内疚感交替地倾轧着她。

难道她错了？

马丽站在空荡荡的操场上，模糊的身影映在绿色的塑胶跑道上，这里正对着校园的大门，清清是不是也曾孤独地站在这里，一次次地盼望着她的出现？

她猛然间想起第一次送清清上学的情景，清清就站在这儿，大声地喊："妈妈，不要走——"

当时，她着急去机场，必须赶最后一班航班去往外地投标。那次她中了标，一举拿下了三百万的订货合同。

等她从外地回来时，清清生病了，清清的爸爸从正义的高度命令她去履行母亲的职责。

笑话，他有什么资格要求我？他履行父亲和丈夫的职责了吗？

女人当自强，尤其是结婚、生子的女人！

人人都说她爱钱，爱钱有错吗？她真的爱钱吗？

马丽摸着苍老的脸颊，再贵的遮瑕霜也无法遮盖她眼角的皱纹，再珍贵的补品也无法扭转她亏掉的气血。

一直以来，她总是自以为是地认为，再拼几年，先把公司亏空填上；等公司活下来，她又想将公司运转下去；等公司运行正常，她想攒够清清的学费；等攒够清清的学费，她还要养全家；等养了全家，她还想让清清过得体面，让清清过上更好的生活……

她的确爱钱啊！

她的钱都是她辛辛苦苦挣来的，用仅剩的青春拼来的，用清清的成长换来的！

"清清……"马丽一边流着泪，一边走向灯光黯淡的状元楼。

不堪回首的往事让她不得不面对现实，她错过了清清最重要的成长，她的记忆定格在美好而平静的从前。一转眼，一个轮回逝去，清清长大了，她老了，她和清清之间只剩下一堆冷冰冰、毫无温度的钱！

她真的应验了清清爸爸的话，变成了另一个版本的他！

可是，她有什么办法呢？她拼尽浑身气力，赔上清清的成长，换来了所有人的体面！

她这辈子最对不起的就是清清，还有自己！

马丽抹去风干的泪痕，咽下苦涩的泪水，挺直了瘦弱的后背，走进了状元楼……

马丽一眼就看到靠在墙角的人影儿，她的五官还是小时候的模样，只是高高的额头变得平坦，鼻子更高挺了，不过，嘴角的那颗美人痣还在，还是那般可爱。

"清清……"

吴婉清蜷缩在墙角，哭哭啼啼含混不清地喊着"妈妈"两个字。她哭成了小花脸，仿佛老天爷听到了她痛苦的低吟，为她指引了光明的方向。

当她惊讶地盯着妈妈那张充满歉意的脸颊，豆大的泪珠再次涌出眼眶。

马丽不顾一切地抱住她，吴婉清却冷冷地推开了她。

"你来做什么？我的钱还没有花完！"吴婉清的语气很冰冷，她偷偷擦干了温热的眼泪。

马丽有些尴尬，她顾不得说话，立刻张开双臂，试图抱起她的宝贝女儿。但是，她使出所有的力气，发现自己根本抱不动女儿了。

但是她没有放弃，反而更用力地去尝试，结果累得气喘吁吁，吴婉清依然平稳地坐在地上。

"我已经九十五斤了！"吴婉清看着狼狈的妈妈，心有怨气地提醒了一句。

马丽抹过额头上的汗水，含着热泪看着长大的女儿。是啊，她忽略了女儿的成长，还以为清清是小孩子，她已经是十八岁的大姑娘了。

她也五十岁了！

她用女人最光鲜、最成熟的十二年打拼了事业，女儿却没有享受到最无忧、最快乐的成长，她就这么悄无声息地、丝毫不受重视地长大了。

"清清……"马丽深情地盯着女儿，她坚信自己能扛起负债累累的公司，也能扛起女儿。不管女儿多大，她多苍老，她依然是女儿的妈妈！

马丽不服输地拉起吴婉清的手臂。

"别怕，妈妈带你去医院！"

这次，吴婉清没有刻意地避开，因为她听到了熟悉的话语。小时候，只要她生病，不管是白天还是深夜，妈妈都会背起她，安慰她。

"别怕，妈妈带你去医院！"

一句久违的话语拉近了母女间的距离，母女俩缓慢地走出状元楼，一路上，两个人谁也没有说话，马丽的鼻尖儿泛起薄汗，她在咬牙支撑。

吴婉清尽可能地减轻压在妈妈身上的重量，还不时地偷瞄妈妈。她发现妈妈的眼角多了几条交叉的皱纹，那些皱纹很深，组成了两个不规则的菱形。

原来妈妈也不是她记忆中的模样了！

她长大了，妈妈老去了！

吴婉清悄悄地拉紧了妈妈的手。

母女俩互相搀扶着走出学校。

站在门口的瞬间，吴婉清无意间回头望了一眼。

璀璨明亮的灯光照亮了她的眼眸，她恍然大悟，原来窗内也是万家灯火。

是她看错了吗？

马丽用最快的速度送女儿到了医院，当确认左脚踝是小扭伤，没有大碍之后，她才放心地松了口气。一顿折腾下来，吴婉清的肚子咕咕叫。

"清清，饿了吗？妈妈带你去吃好吃的。"马丽系好安全带。

吴婉清这时候才发现，妈妈的车从路虎换成了卡宴。

"这车很贵吧！"她的声音很小。

马丽转动方向盘，没有像往常一样骄傲地报出车价，她一直盯着熹微的前方，仿佛那是她追逐的希望。不过，发烫的喉咙里依然挤出了三个字。

"不值得！"

"不值得？"吴婉清以为自己听错了，爱钱的妈妈怎么会说出这三个字？她不是总说越贵越好的话吗？

车内一度变得安静，母女间的气氛变得莫名的奇怪。

在拐过一个个冷清的路口后，马丽将车停在一家二十四小时营业的粥店前。

粥店的女服务员热情地迎了上来。

"马姐今晚又加班了？"

马丽微笑："没有啊，今晚没有加班，是带女儿来喝粥。"

"女儿？"女服务员这才注意到一瘸一拐的吴婉清。

吴婉清低着头，跟随妈妈走进粥店。

粥店的客人不多，母女二人坐在靠窗的座位上，不一会儿，女服务员端来了热气腾腾的排骨粥和一碗鸡蛋羹。

吴婉清疑惑："我们还没有点菜啊？"

女服务员微笑："马姐是店里的常客，她每次来都会点这些。"

吴婉清看着漆黑的窗外，现在是深夜，妈妈总加班吗？怎么从来没听她提过？她迟疑地看着妈妈。

我有一个爱钱的妈妈

马丽低下头吹了吹热气腾腾的鸡蛋羹。

"很好吃的，尝尝。"她将鸡蛋羹推到吴婉清面前。

"我不喜欢吃鸡蛋羹了！"吴婉清将排骨粥拿了过来。

马丽怔怔地盯着鸡蛋羹，脸色变得很差。

这时，女服务员又端来一碗热粥。

"马姐，你总失眠，胃疼，这是百合粥，最适合你的身体。"

"谢谢！"马丽露出苍老的微笑，额头映出深深的纹络。

吴婉清喝了一小口热粥，心生疑惑，妈妈失眠？胃疼？她怎么不知道呢？妈妈不是只知道挣钱吗？

她抬起头看向妈妈，发现妈妈也在看着她。

"粥好喝吗？"

"粥好喝吗？"

母女俩同时开了口。

女服务员抿嘴微笑："马姐真厉害，养了这么聪明的女儿！"

"她怎么知道我聪明？"吴婉清倔强地问，马丽笑而不语。

母女俩开始埋头喝粥。

这注定是一个不寻常又温馨的夜晚。

离开粥店时，吴婉清惊喜地发现马路对面正是她曾经的幼儿园，难道妈妈喝粥的时候会想起从前的她和她？

"马上就要高考了，这些天，就在家里住吧。"马丽的语气里带着几分恳求。

吴婉清低头想了想："我要去超市买点儿东西。"

"我陪你去。"马丽踩下油门。

十分钟后，马丽的豪车停在超市的地下停车场，吴婉清坚持要自己去买东西。她慢慢悠悠地下了车，踏上通往二楼的滚梯。

"小心些，我等你。"马丽盯着女儿的背影，胃猛地抽动了一下，她习惯地用拳头抵在胸前，将身子靠在方向盘上。

吴婉清此时正在顺着货架四处张望，她总觉得周围的人都在看她，她有什么特别吗？她低头看了看寄宿学校的校服，校服上写着学校的名字，这是最普通的校服啊。

这时，一位抱着宝宝的阿姨指着她："宝宝乖，将来像姐姐那样优秀啊。"

优秀？粥店的女服务员似乎也说过同样的话，自己优秀吗？吴婉清不好意思地转过身，假装去拿货架上的桃罐头。

只听阿姨继续说道："中山是本市最好的学校啊，等咱们有钱了，也将宝宝送到中山去上学。"

"做梦吧，中山的学费太贵了。"一位叔叔微笑地推着购物车，一家三口缓缓离去。

吴婉清愣住了，这是她从未考虑的问题。原来在中山读书是件可望而不可即的事情，寻常人也想努力挣钱将孩子送入中山。

她想到了身边的同学，其实，很多同学的家庭条件都很普通，从他们父母开的车就能看出家庭情况，有几个同学家连二手车都不买，只为交够中山的学费。相比之下，她的确很幸福，她从未因为钱而苦恼，她苦恼的是妈妈太爱钱，眼里只有一件事——挣钱。

妈妈的确挣了好多钱，保证了她的衣食无忧，让她活成了老师和同学眼里的"冰公主"，让她和童年的伙伴可可越隔越远！

这都是钱的魔力！

吴婉清这才意识到自己痛恨的不是寄宿，因为她的很多本领，包括她的很多好习惯都是在寄宿学校养成的。她在意的是陪伴，是家的温暖。

毕竟寄宿学校每周有两次回家的机会，周末也可以回家，再加上各种节日、寒假、暑假，回家的机会有很多。可是身边的同学谁也不像她这般孤独，她的妈妈实在太忙，忙着挣钱。

她真想穿越到四岁前，找回温柔的妈妈。

妈妈到底经历了什么？她为何不在家照顾她，变成了爱钱的妈妈，她究竟是怎样的妈妈啊？

吴婉清低着头，走到食品的货架前，顺手拿了一盒苏打饼干。结账时，她又吸引了一群人羡慕的目光。她怀着猜不透的疑惑走到停车场，回到车上。

马丽正在焦虑地等她。

"清清——"

吴婉清将苏打饼干扔在后座，刻意地说了一句："吃苏打饼干可以缓解胃疼。"

"谢谢！"马丽的眼角牵起深深的皱纹，开动了车子。

坐在后座的吴婉清寂寥地盯着座椅口袋里的文件夹，上面几个醒目的红字刺痛了她的双眼，原来又是钱！

她偷偷将文件夹塞回座椅的口袋，变得异常伤感。

"今晚为什么来学校？"

"来接你啊。"马丽不假思索地回答。

"哦！"吴婉清苦涩地看向车窗外，虚拟的风景转而消逝，连个影子都抓不住。

马丽似乎觉察到什么，她放缓了车速，解释道："我请几天假，陪陪你！"

"爸爸又出门了？"吴婉清露出无所谓的表情，在她的印象里，妈妈没有假期，只有爸爸有大把的时间。

不过，爸爸不管她，她对爸爸所有的记忆都是争吵、冷战，还有懦弱的逃避。爸爸在做什么，她不知道，或许爸爸也在花妈妈的钱，这是不能说的秘密……

吴婉清的心烦透了！

马丽也是一样，她不时地看着后视镜，话到嘴边又生生咽了下去。

就这样，母女二人经过一个个无人的路口，一个个孤独

我有一个爱钱的妈妈

的交通灯，走走停停地回到了所谓的家。

马丽习惯地打开门厅的夜灯，吴婉清习惯地从鞋柜里拿出属于自己的拖鞋，回到自己的房间。母女俩再无交流。

夜深人静，吴婉清睡得很沉，还做起了梦。在梦里，她听到爸爸、妈妈的争吵声，还意外地闻到鸡蛋羹的香气，穿着围裙的妈妈笑眯眯地看着她。

"清清，看看鸡蛋羹里有什么？"

小婉清兴冲冲地拿起汤勺挖开滑嫩的鸡蛋羹，里面藏着一个大虾仁。

"小心烫哟！"妈妈小心翼翼地提醒。小婉清满足地咬了一口大虾仁，小嘴塞得满满的。逗得妈妈"咯咯"地笑，这是属于她和妈妈之间的秘密。

自从妈妈变成爱钱的妈妈，鸡蛋羹变了味道，她再也没有吃过鸡蛋羹。

昨晚妈妈的那碗鸡蛋羹里有大虾仁吗？吴婉清揉着眼睛从睡梦中苏醒，她真的闻到了鸡蛋羹的香气。妈妈真的留在家里陪她，没有去挣钱？

"清清，吃饭吧。"马丽在厨房忙碌。

吴婉清看着餐桌上的鸡蛋羹，想起文件上的那几个字，眉宇间透出几分冷意。

妈妈爱钱，在她眼里，什么都是交易吧！她慵懒地坐在餐桌前，又一次推开鸡蛋羹。

"清清，吃点儿吧！"马丽执意将鸡蛋羹推到她面前。

吴婉清固执地推开，马丽再推过去，吴婉清再推开……

母女俩就像拉锯战一般，将鸡蛋羹推来推去，吴婉清实在忍不住妈妈的虚伪，她用力将鸡蛋羹推落在地。

"我已经不喜欢吃了！"她大声地喊。

鸡蛋羹飞溅一地，一只干净的大虾仁蹦了出来，马丽的眼底噙满热泪。

"清清——"

吴婉清不愿面对妈妈的眼泪，冲回到自己的房间。

不一会儿，她听到了门响，大房子安静下来。果然，爱钱的妈妈又走了，陪她的话语都是唬人的。

吴婉清伤感地躺在床上，轻轻地揉着左脚踝，昨晚就不疼了，明天可以回寄宿学校了。

可是，不一会儿，她又听到了门响。

"爸爸回来了？"吴婉清竖起耳朵。

"清清——"马丽拿着一瓶红花油推开房门，"这是我让公司小刘去北城买的，刚送过来。"

"我的脚已经好了。"吴婉清站了起来，"我要回学校。"

"让我看看。"马丽耐心地蹲下，不放心地卷起女儿的裤脚。

"我真的好了。"吴婉清像躲避瘟疫一样，退了一大步。

"清清，我——"马丽的心被狠狠地刺痛。

我有一个爱钱的妈妈

吴婉清长舒了一口气，她实在不想再被欺骗，与其怄气，不如说出来让彼此痛快，反正已经断了最后的念想，摊牌吧。

"把文件拿出来吧，我可以签字！"她皱着眉头。

"清清——"马丽颤抖地站了起来。

吴婉清心冷地摇头："你昨晚来接我，不就是让我做你和爸爸离婚官司的筹码吗？只要我跟着你，爸爸就可以净身出户了。"

"你爸爸没有净身出户，我会为他缴纳保险，分给他一套房子，一辆车，六十万的现金，每月还会付给他一笔钱。"马丽争辩。

吴婉清笑出了苦涩的眼泪，她紧紧盯着妈妈的双眼，喊出了压抑多年的痛苦。

"为什么？为什么？为什么？这么多年都过来了，你为什么要逼爸爸离婚？你眼里真的只有钱！"

"不，不，不是这样——"马丽不停地摇头。

吴婉清怒吼："我不要一个爱钱的妈妈！"

马丽涨红了脸颊，额头的皱纹牵扯着微微下垂的眼角，就仿佛她凌乱的心情，她之前所有的庆幸和祈祷都消失不见了，清清果然看到了那份离婚协议。

是啊，她昨晚去学校不就是为了争取清清和自己站在同一条战线上吗？这些年，她算了又算，拼了又拼，使出了浑身的气力和本领，依然没有保住这个家。

如今到了这个地步，她实在无力维持、无法忍受丧偶式的婚姻了。

她放下身段去求过，去哭过，她的尊严被一次次地践踏在泥潭，她只能挣扎着站起来，就仿佛从未摔倒过。

她真的不能再继续强颜欢笑，捆绑自己、女儿和曾经的爱人。

"我——"马丽垂头丧气地流下眼泪，"其实，我早该让你知道！"

"让我知道什么？你是女强人吗？"吴婉清含泪质问，"你是怎么成为女强人的？是爸爸的成全，还有抛弃我！"

"妈妈没有抛弃你，真的没有！"马丽的情绪变得激动，胃疼得厉害，她感到有一盆炙热的炭火烘烤着自己干涸的躯体。

"我——"她在昏迷前的最后一刻，十分庆幸自己昨晚接回了清清，有清清在，她很知足。

吴婉清惊慌失措地盯着妈妈苍白的脸颊，害怕又自责地抱住她。

"妈妈——"

医院的手术室外嘈杂而拥挤，吴婉清和爸爸站在冰冷的角落，默不作声。

吴婉清已经一年多没有看到爸爸了，爸爸的状态很好，至少从外表上看，他比妈妈年轻至少十岁。

我有一个爱钱的妈妈

"妈妈从未说过自己的病吗？"吴婉清不停地缠绕着手指，在生死面前，那些所谓的抛弃、孤独，甚至背叛都算不了什么。有妈妈在，才有家啊！

吴婉清的爸爸重重叹了口气。

"清清，你长大了，有些事，并不是你想的那样。"他盯着手术室的门，"你妈妈不爱钱，她太要强了。"

"到底怎么回事？"吴婉清瞪大双眼。

"这都是爸爸的错……"爸爸缓慢地讲出了当年的赌局。

吴婉清小的时候，爸爸经营一家贸易公司，吴婉清的妈妈负责照顾家。夫妻俩分工明确，男主外，女主内，一家三口，幸福美满。

可是，这种美好和平静很快被现实打破，爸爸经受不住灯红酒绿的诱惑，渐渐迷失了自我。

妈妈一而再，再而三地忍让，等来的是一张离婚协议。

妈妈为了给吴婉清一个完整的家庭，执意不肯离婚。爸爸便想方设法地逼她，他甚至虚构出巨额债务引诱妈妈离婚。没想到弄巧成拙，虚构的巨额债务变成了真的。

爸爸上了当，公司岌岌可危，原本富庶的小家也时刻面临风餐露宿。

这时候，爸爸将一切归结为妈妈不肯离婚，根本不承认自己的错误，更找出各种借口为自己开脱。

那天，他歇斯底里地对妈妈喊："你懂什么，我在外面辛苦赚钱养家，你做了什么？"

"我也能赚钱养家！"心灰意冷的妈妈狠狠地回了一句，"你以为在家带孩子轻松吗？你如果在家带孩子，我也能赚钱养家，而且比你做得更好！"

"就凭你？"爸爸不屑。

"我们赌一把，你管孩子，我挣钱！"妈妈咬着牙说出赌气的话。

当晚，她接手了债务累累的公司，开始了马不停蹄的不归路。

事实证明，妈妈的确很出色，很快，她不仅偿还了公司的债务，还拓展了公司的业务，公司越做越大，钱越挣越多。但是爸爸将家管得一塌糊涂，尤其是吴婉清，一个乖宝宝变成了爹不疼，妈不管的孩子。

最后，爸爸彻底甩手了，他提出去上学，妈妈痛快地同意了。

从此，妈妈变成了两个人，既要管孩子，又要管公司。她变得忙碌不堪，根本没有时间吃饭、睡觉、休息，她恨不得自己的一天有四十八个小时，二十四个小时用来工作，二十四个小时用来陪孩子。

但是，这仅仅是妈妈的设想，在几经权衡之后，她做出送吴婉清去寄宿学校的想法。爸爸虽然不同意，但是他也没有能力管束，只能顺从妈妈的决定。

从此，妈妈彻底走上女强人的道路，她要挣钱，挣更多

我有一个爱钱的妈妈

的钱。

她肩膀上的担子实在太重了，她要扛起一个家！

她越要强，吴婉清的爸爸越懦弱。

他毕业之后，并没有找到心仪的工作，反而沾染了养尊处优的性子。他拿着妻子分给自己的公司分红四处游走，逛商场，买名牌，他理所当然地认为如果自己不花钱，这些钱就会花到别的男人身上。

事实证明，吴婉清的爸爸错了，辛苦挣来的钱都花到了他和吴婉清身上，那个可怜的女人只拥有那一辆辆充门面的汽车。

"我输了，我不如她！"吴婉清的爸爸捂住脸，"清清，别怪你妈妈，我以为她挣到钱也会变。可是她没有变，变的是我。这次离婚是我提出的，我不想拖累她，耽误她。其实，她不想送你出国念书，她告诉我，这些年她太累了，她想陪着你去念大学，弥补这些年对你的亏欠。是我逼她离婚的，她怕你高考受影响，提出让你出国留学。谁知道，你太倔强，执意高考。你啊，真的很像你妈妈……"

吴婉清听着爸爸忏悔的话语，胸口像堵了一块沉重的石头，千言万语哽在灼热的喉间，说不出一句话，止不住地流泪……

良久，她才从伤心、悔恨、忧伤、自责中缓过神。原来是爸爸提出离婚，是爸爸爱钱，是爸爸让她失去了从前的妈妈……

这些年，是妈妈在支撑这个残破的家啊！

"爸爸，你为什么要和妈妈离婚？妈妈如果嫌弃你拖累他，她早就……何必拖了这么多年？"

吴婉清的爸爸羞愧地低下头，他拿出手机，吴婉清看到了一张纯净、年轻的脸，她的肚子鼓鼓的。

瞬间，她明白了妈妈到底承受了什么，坚持了什么！其实，她还有很多事不知道，当年，爸爸根本不想要她，是妈妈执意生下她，生她那天，爸爸在走廊外不停地给其他女人打电话，妈妈的心都碎了。

为了她，妈妈忍受了一切婚姻带来的耻辱，又为了她，妈妈拼了性命地去赚钱。

她一直以为妈妈不懂她，其实妈妈最懂她的心思，为了给她一个完整的家，她一直在默默承受。她一直以为妈妈最爱钱，其实妈妈最爱的是她。妈妈没日没夜地加班挣钱，都是为了能够给她更好的生活，为了维持家的体面，为了供养挥霍的爸爸。

妈妈还是从前的妈妈，妈妈的初心从未变过，改变的是她，还有她所谓的爸爸！如今妈妈病倒了，她也终于明白了所有的真相！

当年，爸爸选择了逃避和放弃，如今，他又有什么资格回家呢？她做不到妈妈的大度，更做不到妈妈的宽容。

她可以不恨，但做不到不怨！

我有一个爱钱的妈妈

"你走吧，我会照顾妈妈！"吴婉清转过身，倔强地擦干眼泪。

吴婉清的爸爸一时无语，他找不到面对女儿的方式，更找不到留下的理由。他终是输了，输了自己圆满的人生、家庭，还有难得的妻子。他用所谓的大男子主义为龌龊的自己找了无数的借口，在现实和女儿面前是那般的脆弱，那般的不堪一击。

在婚姻的这条路上，他越走越偏，越走越远。要强的妻子领着女儿一直在原地等他，盼着他，他却狠心地没有回头。

他回不了头啊！

"我不配，不配！"他迈着沉重的步伐，挤进拥挤的人群，他的背很弯，再也不能意气风发地抬起头，面对曾经的爱人和最亲的女儿。

吴婉清蜷缩着弱小的身子，做出祈祷的手势。陈年往事一幕幕浮现在模糊的眼前，她花的钱是妈妈用健康换来的，她能用钱买来妈妈的健康吗？

手术室的门依然紧闭着，她能做的只有一遍遍地忏悔和祈祷……

或许老天爷真的怜悯这对可怜的母女，手术室的门开了，疲惫的大夫摘下口罩。

"幸亏发现及时，手术很成功，病人已经醒了。"

吴婉清一个箭步地冲了过去。

"妈妈——"

躺在病床上的马丽欣慰地看着初长成的宝贝女儿，那双被岁月侵蚀的眼睛里涌满了温热的泪花……

我的传奇家族

风咕咕

我叫岚糖，在十八岁之前，从来没有见过父亲，对父亲没有一丝印象，一直和母亲生活在北方的小县城。

县城真的很小，四面环山，以山得名，这里消息闭塞，民风淳朴，百姓们过着自给自足的生活，俨然是一个既原始又自然的小社会。

不过，小社会里有万花筒，令人看不透的花花筒子里藏着老祖宗留下的宝贝——铅矿。听说打仗的时候，县城里的百姓为此付出了血的代价，差点儿变成了无人县，幸亏一位姓洪的先生救了全县的人。

据县城里上了年纪的老人们讲，当年，开拓团的勘探队在大山深处发现了铅矿，铅可是紧俏的好东西，尤其在战争年代，是用来做弹药的。自从在大山里发现了铅矿，百姓从此遭了殃，家家都要出人去矿上干活，没有男的，就抓女的，阴森的矿洞里每天都会抬出来几具或是累死，或是中毒的尸体。

可是，苦难才刚刚开始，县城无路，开采出来的铅矿石单靠山路运输太慢，为了将铅矿石大批地运出去，开拓团特意劫持了一位留过洋的铁路工程师——洪先生，让他设计一条穿山而过的铁路。

洪先生在县城住了大半年，亲自测量了当地的地形，设计了一条穿山而过的铁路线。不过，他亲眼看到一个个鲜活的生命因采铅矿石而死，看到一个个活蹦乱跳的孩子因铅矿的污染而染病，他背地里做出一个大胆的决定：将穿山洞两端铁路桥的高度完美地错开。

所以山洞凿成之后，精彩的事情发生了，本应该连接在一起的铁路，因为有数米高的落差而无法平行对接，也根本没有补救的措施，一条铁路就这么废弃了。

开拓团恼羞成怒，残忍地将洪先生一家三口推下桥头的山崖，连褓褓里的婴孩都没有放过，可怜的洪先生保全了国家的资源，保护了县城的百姓，却连累了妻儿，一家三口连个尸首都没有留下。

后来，因为无路，大量的铅矿石运不出去，矿洞里还传

我的传奇家族

出了野人吃人的流言，开拓团不得不离开县城，恨恨作罢。从此，县城逐渐恢复了平静，百姓得到了应有的安宁。

老人们都说，是洪先生救了大家，否则县城就绝种了。所以，每到清明节，百姓们会自发地到洪先生一家三口遇害的桥头去烧几个金元宝，祭拜拯救县城的大恩人！其实，他们在祭拜洪先生的同时，也在祭拜铅矿洞里的野人，希望野人不要出来闹事。

很多人都信誓旦旦地说亲眼见过野人，说野人浑身是毛儿，身后还拖着长长的尾巴，野人吃人，还喝人血呢。

再后来，流言越来越多，祭拜的人也越来越多，除了野人的事情，还有求子的，求财的，求姻缘的，求健康的，求长寿的……

总之，洪先生成了县城的守护神，善男信女们还在桥头的山崖前修了一座纪念碑，以此纪念洪先生。不过，因为山里有野人的缘故，纪念碑修得很慢，足足修了两年。

我就是在纪念碑落成之后出生的，大家都说我是母亲和野人生的"野种"。

他们为什么这么说呢？因为县城很小，彼此熟悉，竟然谁也不知道我的父亲是谁。而母亲是独居的老姑娘，三十多岁还没有结婚，总是无缘无故地往山上跑，所以，更是落人口实。

纷纷扬扬的流言有N个版本，流传最为广泛的就是母亲上山祭拜洪先生祈求姻缘，被野人掠去，失去清白，生下了我。

据说我出生的时候，母亲怕生下一个怪物，不敢去医院，她也没有找接生婆，而是一个人挺着大肚子上了山，在洪先生纪念碑前生下了我。

他们都说我生了一双比山猫还厉害的夜眼，浑身白色的绒毛，还长着像孙猴子一样的尾巴，等等。

流言真是传得神乎其神，漫天乱飞。对此，我的母亲从不解释，她总是抱着我躲得远远的，生怕我被人当作妖怪抢走。

我怎么会是妖怪呢？我长着和母亲一样的大眼睛，头发乌黑油亮，哭声也很洪亮，周围的小孩儿都没有我漂亮呢。

可是，流言并没有放过我们母女，有母亲在身边护着我的时候，日子还算好过。我一个人的时候就惨了，无论我走到哪里，都会有人指指点点，偷偷嘲笑，还有好事的大姨扒开我的裤子找尾巴。

我哪有尾巴啊？

"我不是'野种'！"我又哭又闹地在地上打滚。

这时，不甘心的大姨会一边摇头念叨着"怎么可能？"的话语，一边从口袋里掏出一块亮晶晶的橘瓣儿糖塞到我的嘴里。

哭声立刻停止了，我从地上笑嘻嘻地爬起来，一溜烟地跑走了。

大姨拍打着胖胖的大白腿，直呼："真是个野种！"

其实，当个"野种"也挺好的，有糖吃，还没有父亲管，还很逍遥自在呢。一来二去，我似乎接受了自己"野种"的身份，也习惯了挨打、白眼和嘲笑。

不过，也有不习惯的时候。记得有一次在幼儿园，邻班的小男孩打着挑战"野种"的旗号，将我拽到操场，把我打得鼻青脸肿，所有人围住我，喊我是"野种"。

我越哭，他们的喊声越大。我感觉天都塌了，拼尽全力挤出人群，跑回了家，委屈地扑到母亲怀里大喊着要去找野人父亲，让父亲去幼儿园帮我出气。

母亲轻轻地叹口气，用毛巾包了一个煮好的鸡蛋在我瘀青的额头前滚来滚去。她轻柔地安慰我。

"你的父亲不是野人，他去了很远、很远的地方。"

"要坐火车吗？"

"是啊，还要坐大飞机呢。"

天啊，真的好远啊！胆小的我放弃了找父亲的想法，糊里糊涂地躺在母亲的怀里睡着了。夜里很安静，我梦到了下雨。温热的小雨点一滴滴地落在我的脸上，湿湿的，咸咸的。

第二天，我兴冲冲地对母亲讲起昨夜的梦，母亲的眼睛红红的，眼神也变得忧郁。那时我太小，不懂母亲的苦衷。如今想来，母亲一定背着我流了一夜的泪。

那时，母亲在临街的拐角开了一家糕点铺，她做的糕点香甜可口，糕点铺的周围总是飘着香喷喷的味道，让每个路过的客人流连忘返。因此，糕点铺的生意很好，足以维持我们母女俩的生活开销。

母亲还给我取了甜甜的名字——岚糖，名字虽好，但不吉利。

就这样，我在一句句伤人的流言下长大。后来，稍稍明白些道理的我开始刻意地疏远母亲，我总是不理解母亲当年到底做过什么不为人知的事情，也连累了我的名声。

我们母女俩的关系随着岁月的流逝变得微妙、紧张，还有些对立。

母亲平时很节省，她总是将最好的给我，我在她的精心呵护下长成了亭亭玉立的大姑娘，并且以优异的成绩考上了高中。

母亲很高兴，她特意带我去了洪先生的纪念碑前还愿，我有些忐忑，生怕自己也掉入桥头的山崖，被野人吃掉。

母亲的目光里闪烁着明亮的光，她告诉我不要怕！我反倒觉得更毛骨悚然，同时也陷入了深深的困惑，难道我真的是野人的孩子？

这是我和母亲之间的芥蒂，对于神秘的父亲，她已经不能像从前那样哄我了。

有几次，我锲而不舍地追问父亲的下落，她一直沉默寡言，一个字都不肯说。

渐渐地，我也不再在意谁是父亲，父亲在哪里？只想尽快参加高考，离开母亲，离开环绕着洪先生光环的县城，到一个没人知道我是"野种"的地方去生活！

不过，人算不如天算，在高考前，我倒在了当年母亲生我的地方。

我、失、恋、了！

那年，我喜欢上了班里新转来的男生，他也喜欢我。我们一起上学，一同放学，更是许诺考同一所大学。

这是我有生以来最幸福、最快乐、最轻松的时刻，我完完全全地摆脱了"野种"的身份，我和普通人一样，只是一个渴望爱，渴望被珍惜、被肯定的小女孩儿。

可是，我最担心的事情还是发生了。不知道哪个嚼舌根的小人将我的身世告诉了他，懦弱的他吓得落荒而逃，他的父母更是将他转到了隔壁班。

我的爱情还没有开始，就仓促地结束了。我来不及绽放自己的美丽，就被粗鲁的流言蜚语连根拔起，扔进了万丈深渊。

这一切都因为我是"野种"，因为我那个不负责、不检点的母亲。

我愤怒地扔掉了母亲端来的所有的糕点，跺着脚将地上的糕点一个个踩碎。母亲无助地流泪，我狠心地关上了门，将自己关在房里。

人失去时，最想挽回，希望再次得到，我实在是不甘心啊！

忽然，我想起了守护县城的洪先生，人人都说他特别灵验，他能守护我吗？

压抑在胸口的痛苦终于找到了释放的出口，我顾不得纷飞的大雪，失魂落魄地跑到了洪先生的纪念碑前，对着连绵起伏的青山放声大哭。

我对着风化残缺的铁路桥一遍遍地大喊："我不是野种！我不是野种！！我不是野种！！！"

母亲脸色煞白地来追我，她只穿了一件单薄的衬衫。显然，她会错了我的意图。

她慌张地张开双臂，像一只企图保护幼崽的孤鹰。

"岚糖，别做傻事啊。"

我痛苦地看着母亲，从小到大受到的不公、痛苦和逝去的美好的爱情在眼前一一闪过，都是因为她，一切都是因为她，我就是有她这样的母亲，才变成所有人口中的"野种"！

我究竟做错了什么？凭什么受到如此多的偏见、嘲弄、辱骂，还有抛弃？

"都是因为你，我不要做你的女儿了！"我使出浑身的气力指着肩膀落满雪花的母亲。

母亲一动不动地看着我，眼底露出一丝惊恐。她捂着唇，颤抖着单薄的身子，说不出话来。我不知道她看到了什么，猜不出她想说的话，只感觉身后吹过一阵寒风，留白的雪地上闪过一道模糊的身影。

"野人？"我立刻想到那个可怕的传说，铅矿洞里住着一个吃人的野人。我不敢回头看,更不敢乱动,早把野人父亲的事情抛到脑后。

这时,母亲朝我挥手,我惊慌失措地扑向她的怀抱。

"妈妈!"

母亲拂过我额头上的雪花儿,含着泪说了一句:"对不起!"

"说对不起的应该是我!"一句陌生的声音像流窜在阴间的鬼魅从纪念碑里传出来。

我吓得不停地颤抖,母亲的手臂也僵硬地停在半空,漫天飞舞的雪花蒙蔽了她的双眼,她的眼底湿润了,我又尝到了咸咸的味道。

我知道,这不是做梦,而是母亲的泪!

"对不起!"沉重的声音再次传来,母亲已经开始低沉地抽泣。我透过十指间的缝隙真的看到了一个"野人"。他长得很魁梧,浑身长满了茂密的毛发。

随后,母亲发出了一声痛苦的哭喊:"啊——"

我听到扑通一声,似乎有东西落在雪地上,激起一片纷飞的雪花。

母亲顾不得寒冷,急匆匆地冲到前面。

"真的是你?"

"是我,我回来了,我回来接你们母女了!"

这是家乡的口音啊!我胆怯地回头张望,哪里有什么野人,母亲的面前站着一位身材笔直,双鬓斑白的男人,雪地上堆着一件狍子毛的皮袄。

直觉告诉我，他极有可能就是我的……

"妈妈，他是——"我激动地问。

"岚糖，他就是你的父亲！"母亲拉起我的手，走到父亲面前。

"父亲？"我直勾勾地盯着眼前的男人，纷纷扬扬的雪花缠绕在他的周围，让我有种身处梦境的错觉。

潘多拉的宝盒终于开启，十八年来的疑团在这个雪夜变成了一道多彩的烟花，毫无保留地绽放着神秘的色彩。

我们父女就这般安静地望着彼此。

"洪先生真的显灵了！"我泪流满面地说道。

父亲温柔地为我抹去泪水："岚糖，你姓洪，你叫洪岚糖！"

我愣住了，我姓洪？是洪先生的洪吗？洪先生不是死了吗？这到底是怎么回事？一连串的疑问让我困惑，父亲指向冰冷的纪念碑。

"洪先生就是你爷爷，我的父亲！"

啊？！原来，我不是"野种"，而是洪先生的孙女！是县城的恩人呢。一个又一个的惊喜让我从深渊飞入云端，我好想立刻将消息告诉所有嘲笑过、捉弄过，还有抛弃过我的人。

让他们睁大眼睛好好看一看，我的父亲是谁！

"您怎么才回来啊？""爸爸"还叫不出口的我委屈地

拉紧父亲的手臂，胸口激荡着起伏的喜悦心情。

或许是太激动了，我竟然虚弱地倒在父亲的怀里。

父亲抱着我，讲述了那段传奇的经历……

当年，洪先生勇敢地做出废弃铁路线的决定的时候，就已经预料到自己和妻儿悲惨的命运。他绞尽脑汁想自救的办法，竟然真的想到了。

他在山崖下意外救了一位深山独居的猎户，他拜托猎户在崖下布置了猎雀的大网，并且利用平生所学严密地计算出下坠的轨迹，尽可能地多布置救命网。

独居的猎户不识字，自幼生活在深山老林，不懂国仇家恨的大道理。洪先生救过他的命，他认定洪先生是好人。不仅替洪先生保守秘密，还尽可能地利用打猎工具为洪先生保命。

虽然做好了一切准备，但是洪先生知道，这是一着险棋，只有一成保命的把握，毕竟山崖太高，林内的情况复杂，况且他的孩子不足一岁，是死是活，只能听天由命了。

说起来，他最对不起的就是妻子，当初他被开拓团挟持而来，做梦也没有想到妻子已经有了身孕，他想方设法地想将妻子送回江南老家，几经辗转计谋都被开拓团识破，并以此作为要挟，最后妻子冒死生下了他们的孩子，取名——洪铅生。

这是一个在铅洞里出生的孩子，那一声洪亮的啼哭给了所有人无尽的希望！

国破山河在，洪先生做好了随时舍生取义的准备，但是对于妻儿，他真的不甘心，不甘心，不甘心啊！

他愧对妻子，愧对儿子！

妻子是善良的女子，她放弃了优越富足的生活与他一路颠沛流离，由一个娇滴滴的大小姐变成一个每天为生活奔波、为性命担忧的妇人，他拿什么回报她？

而铅生刚来到这个明亮而美好的世界，他还没来得及品尝人生百味，没来得及看到胜利的那天，怎能就这么白白送死了？

死，可怕吗？

可怕！真的可怕！

铅矿洞里每天都会抬出残缺不全的尸体，山坳里埋满了不知姓名的孤魂野鬼，那曾经都是一个个活生生、有温度的人啊！那一座座坟包的背后是无数个流离失所的家庭和亲人的泪啊！

他也是人，他也有父母、妻儿、兄弟姐妹，他怎能不怕？

可是，如果用一家人的死换来更多人的生，他还怕吗？

父母会怪他吗？妻子会怪他吗？年幼的儿子会怪他吗？

在凿通山洞的前一天，他怀着惭愧的心，对妻子坦陈了一切。妻子的情绪很平静，她抱着吃奶的铅生，哼着家乡的小曲儿，安静地听着丈夫的话。这个坚强善良的女人没有流一滴眼泪，没有一句埋怨。

铅生睡着了，红扑扑的脸蛋贪恋地贴在她的胸前。

她弯下腰，轻轻亲了一口，坚定地说道："值得，我们一家人一起生，一同死！"

洪先生抱着妻儿泪如雨下，有感动、有内疚、有无奈，也有无畏！一家人对着江南老家的方向叩了三个响头。若不能魂归故里，望苍天带走赤子之心的问候。

那一夜，洪先生和妻子一夜未睡，他一次又一次地告诉妻子跳山崖的位置，落地的姿势，保护自己的事项，等等。他生怕少说了一个字，白送了妻子的性命。妻子仔细地听着，恬静的脸上带着淡淡的笑意，她一直将熟睡的铅生抱在怀里，不时地亲吻着他的小脸。

为了铅生更安全，夫妻二人还在他的身上绑了一件鱼鳔衣，衣服的内衬里缝了一封身世信函。

谋事在人，成事在天！

父亲缓慢地讲述着这段惊心动魄的往事，眼角闪过点点泪痕。

我的心提到了嗓子眼儿。

"这么说，洪先生，不，爷爷和奶奶没有死，活了下来？"

母亲捡起地上的狍子毛，抖了抖零星的雪花儿，披在我的身上，我闻到了山林间厚重的味道。

父亲盯着埋在雪中的纪念碑，沉闷地叹了口气……

人算不如天算！洪先生自以为计谋天衣无缝，可是他低估了开拓团的兽性，那是一群嗜血的畜生，他们怎能轻易相信洪先生一家人跳崖身亡？

看不见沾满鲜血的尸首，他们不会善罢甘休。

洪先生的妻子心思聪慧，早就算出了这一点。她选择用自己的血骗过那群畜生。

在洪先生抱着铅生跳下山崖之后，她对着空旷的山野喊出对丈夫和儿子的眷恋，一脸决然地纵身跃下。

可是，那不是丈夫事先告知她的方向，而是只有坚硬岩石的死亡绝壁。她用白花花的脑浆和鲜艳的血染红了那片山岩，成功地骗过了畜生满足的双眼。

她将一成把握的生机，留给了最爱的人！

"奶奶——"我热泪盈眶地望着模糊的纪念碑，原来纪念碑上应该同时刻上奶奶的名字，她也是县城的大恩人啊！

"那爷爷呢？"我着急地又问，"爷爷他——"

父亲闭着眼睛摇了摇头，坚毅的脸颊闪过一丝无奈，他拍了拍袍子上的雪花儿。

"走吧，我慢慢告诉你！"

我兴奋地点点头，握住父亲粗糙的手，十八年来第一次感受到父亲的温暖。

我们回到温馨的家，心灵手巧的母亲端来了最精致的糕点。

我和父亲围绕在餐桌前，在明亮的灯光下，我第一次看清楚了父亲的脸。

我的传奇家族

父亲很老，几乎可以当我的爷爷，不过父亲的身体很健硕，和母亲极为般配。

害羞的母亲似乎看出了什么，她红着脸："你父亲只比我大十岁。"

十岁？母亲生我的时候三十七岁，父亲当时应该是四十七岁？这么说父亲一直生活在县城，没有离开过？

那这些年，他去了哪里？为何不来找我和母亲，不与我们一起生活？

难道他没听说过那些难听的流言蜚语和中伤我和母亲的话吗？他到底去了哪里？

我有些糊涂，有些怨气，又有些费解。

父亲内疚地抚过我的头："有些时候，生活比故事还精彩呢！"

"啊？"我错愕地抬起头，清楚地看到父亲的下巴上有一道狰狞的疤痕，好像那条错开的铁路线，让掩埋的真相从细微的裂缝中无情地进出……

悲壮的那天，强大的山风吹散了洪先生和襁褓里的婴孩，洪先生落入山涧的深潭，被下游的渔民救了性命。但因山崖太高，他摔坏了头，落下每日头痛、性情偏执的病根儿。

婴孩幸运地落入猎户事先准备好的大网中，身上又穿着鱼鳔衣，除了下巴被锋利的树枝割伤外，几乎毫发无损。

父子俩死里逃生，却都不知道对方还活着。命运将一家人无情地分割，夫妻阴阳两隔，父子骨肉分离，母子永生难见！

洪先生心灰意冷地逃离了伤心地，回到江南老家，日夜饱受头痛的折磨。

父亲被独居的猎户收养，猎户也认为洪先生和妻子都死了，他活捉了一只怀孕的母鹿，父亲就是喝鹿奶、吃狍子肉长大的。

后来，老猎户死了，在临死前，他告诉了父亲全部的真相，唯独少了洪先生的生死。从此，父亲套上狍子皮，在深山里继续生活，被人误认为是"野人"。

父亲虽然没有读过书，但是他知道孝道。他时常去桥头祭拜洪先生，祭拜素未谋面的父亲。

给洪先生立纪念碑的时候，他还主动来干活，在夜里也穿着袍子卖力地搬石块儿，因此认识了母亲。

母亲是这里出名的老姑娘，没有父母，没有兄弟姊妹，被人嘲笑是扫把星的绝户命。她和父亲都是孤独的人，渴望被拥抱的人。两人一见钟情，彼此相爱，定了终身，母亲本想和他一起去深山里生活。

可是，她来晚了，林间的树屋空了，只留下一张用铅石块儿画的图，意思是：等我回来接你！

母亲颤抖地拿出了那张发黄的画纸，小心翼翼地展开。我瞪大了双眼，那是一家三口手拉手的画面。

"爸爸，妈妈——"我同时牵起了父亲和母亲的手。

父亲默默注视着母亲，深情的目光里裹着歉意，母亲流下了幸福的泪。

我忽然意识到这根本不是一个山野村夫的眸光，父亲这些年去了哪里？难道是……

我激动地站了起来："爷爷还活着？"

"他的确还活着！"父亲欣慰地笑了，"他回到江南老家不久，饱受头痛的折磨，便辗转去国外看病，一直生活在国外。或许他不敢面对曾经苦难的过往，不敢面对死去的妻儿，没有勇气回来。直到纪念碑落成的那年，他才偷偷地回来。他凭借记忆找到了林子里的那间树屋，意外地找到了失散半个世纪的我。"

"是爷爷带走了父亲？"我不可思议地张大嘴巴。

"是啊，他将我带回败落的江南老家，祭拜祖先之后，又将我带到国外。"父亲低垂着头，脸上闪过一丝淡淡的惆怅。

屋内陷入了一种极致的安静，我想问问父亲，这些年，他过得好吗？爷爷过得好吗？母亲使了眼色，拦下我。

我很难想象过惯了"野人"生活的父亲如何适应国外那般高速运转的生活？

他怎样重新学会生活的？

这种困惑我很快就深刻地体验到了，因为高考失利，我跟随父亲一同出了国。母亲因为不愿离开县城，没有同来。

在离开之前，我和父亲又来到洪先生的纪念碑前。

我问父亲："爷爷为什么不告诉县城的百姓，他还活着？"

父亲低头想了想："或许，他认为自己真的死了，现在活着的只是一缕厌世的灵魂。"

厌世的灵魂？我冷不丁地打了一个寒战，突然觉得纪念碑上的字比血还红呢。

"岚糖，你要坚强些，不必在意别人的话、别人的嘲笑、别人的眼神，甚至责骂，也要学会忍耐！"父亲耐心地教导。

我苦笑地摇头，自从出生以来，我不是一直承受这些吗？如果我和母亲不坚强，我们早被唾沫星子淹死了。

"走自己的路，让别人说去吧。"

"很好！"父亲露出慈祥欣慰的笑容。

不过，我总觉得那笑容的背后有隐隐的不安、担忧，还有焦虑。父亲在担心什么？

最后，一切都应验了母亲当年哄我的话，我和父亲坐着大飞机离开了故土。

我离开了熟悉的县城，踏上了陌生的国度，父亲带我来到了童话书里出现的美丽庄园。

我以为从前苦难的过往都结束了，我将来可以和父亲、母亲幸福地生活在一起。

而现实总是残酷的，苦难或许才刚刚开始。

爷爷是冷漠的庄园主，连那根手杖都渗透着无情和冷酷。他苍老的脸颊布满了老年斑和皱纹，左脸不停地抽动，仿佛是一条离开河水、拼命挣扎的鱼尾。

这就是县城的大恩人——洪先生？

我有种穿越的错觉！

他没有一丝爷爷的亲切，只是高高在上的洪先生。

洪先生没有说话，他慢悠悠地抬起手杖指了我一下，便

转身离去。

他身边的两个男子高调地说了几句客套的英语，也扬长而去。父亲曾经告诉我，洪先生在国外娶妻成家，他们是我的叔叔。

我从他们的眼神中看出了深深的不屑，那是对我和父亲不可调解的隔阂和防备。

我满腔喜悦的重逢和期待都化作了冷漠的风，飘然而去。同时也想到了当年随洪先生前来的父亲。

我毕竟年龄还小，而他是年近半百的大人啊。

难道父亲当年比我更诧异吗？

他是如何度过这紧张得令人窒息的十八年？

父亲小心谨慎地牵起我的手，跟在洪先生身后。

当晚，我和父亲住在洪先生的别墅。父亲告诉我，两位叔叔都已经结婚成家，他们分别住在庄园里的另外两栋别墅中。

我很困惑，父亲是洪先生的长子，他为何没有独立的别墅呢？

我很快明白了财产的意义！

洪先生对待父亲的态度简直比对用人还恶劣，没有一丝亲情。父亲耐心地听着他的吩咐，生怕做错事。

两位叔叔对父亲也毫无尊重，父亲白天在庄园干些零活，夜里偷偷学习。

我问父亲："为什么要过这样的日子，不如回国生活，逍遥自在。"

父亲摇头："我一个人在山林间久了，有时都忘记了自己是个人，总觉得自己还不如跟着母狼的小狼，是你母亲的出现让我体会到了情谊。而洪先生是我的父亲，让我知道，我还有亲人！"

"他们也配是亲人？"我气恼地站起来。

"骨子里流着同样的血，自然是亲人。"父亲合上厚厚的英文大词典，"咱们洪家是书香门第，都是读书人，今后，你也要努力读书，不能给洪家丢脸。"

"我宁愿不姓洪！"我走出那间压抑的房间，不想走父亲那种讨好的老路。

同时，我也琢磨着如何劝说父亲回国，我们一家三口守着县城的糕点铺也能很好地生活。不过，事情总是变化很快，洪先生和他的两个儿子终于露出了冷酷无情的真面目。

那天，他们拿出一摞厚厚的文件，要求我和父亲签字。

我的英文虽然不好，也看懂了几个熟悉的字母，那是一份放弃财产协议。

我的传奇家族

我的父亲犹豫了一下，还是拿起了签字笔，我愤怒地拦住他。

两位叔叔愣住了，开始了趾高气扬的游说。

"你在国内连大学都没有考上，在国外怎么生活？还是回国的好，留给你们的钱，在小县城可以衣食无忧。"

"是啊，你们不要太贪婪，惦记这些财产。你们知道吗？这些财产是父亲和我们的母亲一起挣来的，我们分到的是母亲留下的遗产。"

他们将我们两个字咬得极重，清楚地表明了立场，言外之意，他们和洪先生是一家人，而我和父亲是外人！

这真是天大的侮辱，既然不承认父亲的身份，何必带父亲离开大山，又何必费心地逼迫父亲用十八年的时间来苦心学习？又何必允许父亲回国带回我？

难道就是为了这一刻的放弃？

我涨红了脸颊，像一只不服输的小麻雀，愤怒地瞪了他们一眼，他们丝毫没有在意我的态度。

我低头一想，在大家族里一奶同胞的亲兄弟都有家产纷争，更何况是不同国度、不同文化，又有天壤之别的兄弟？

他们争，他们闹，不都是情理之中的事情嘛！毕竟他们自以为身上流着高贵的血液，那洪先生呢？

他可还记得在那战火硝烟的年代里，他的一腔热血和妻子的舍命成全？

他还记得凭借一己之力捉弄了开拓团，挽救了全县的百姓吗?

"为什么?"我不解地盯着洪先生那张饱经沧桑的脸。

"没有为什么,你们本就不属于这里。"洪先生指着书桌上的一沓现金,"这是给你们的,拿了钱之后,你们今天就搬出去。"

我的胸口顿时蹿出一股火气,愤怒地转向冷漠的洪先生。长期以来,洪先生一直对父亲如此不公!他从深山老林带回"野蛮"的父亲,却没有给他应有的尊重!

父亲为了不给世代书香的洪家背负不孝子的名声,努力地学习认字、写字、学英语,积极努力地融入华丽的生活,成为洪家的一分子。而这些在洪先生眼里都是极其寻常的,应该的。他几乎看不到父亲任何的努力,看不到父亲眼睛里对亲情的渴望,他只有无尽的冷眼和深深的防备。

这对父亲公平吗?对死去的奶奶公平吗?

我生气地将在一块硬邦邦的铅矿石扔在奢华的地毯上,质问洪先生:"你还记得这个吗?"

"这是?"洪先生抖动着干涸的唇,试图捡起铅矿石。不过,他的手到半空忽然停下了,眼底的那抹光芒瞬间退去。

"这是什么,拿走!"

"你看清楚,这是从铅矿洞里挖出来的矿石!"我大声喊道,"难道你忘记了桥头的山崖吗?"

"我忘记了!"洪先生冷漠地抬起手杖将铅矿石推到角

落，"我早就忘记了。"

"忘记了？山崖上还立着纪念碑呢，当年，是你抱着父亲跳下山崖的。如今你就这么对待父亲？你对得起奶奶吗？"我一针见血地指出洪先生的痛处。

洪先生的眼睛里迸发着血丝，疯狂地摇头："我后悔了，后悔了，我失去了妻子，失去了家，还失去了健康，我每天都承受着强烈的头痛，过着生不如死的日子。我真的后悔当年的决定，我后悔了！"

他蜷缩着身子，半个脸颊不停地抖动，好像是一只砍去了翅膀的秃鹰，再也无法展翅翱翔。

"岚糖！"父亲激动地拉住我，"不许不尊重爷爷。"

我发出鄙夷的笑声："爷爷？不，他不是我爷爷，他是洪先生，他是县城的大恩人——洪先生啊！"

这真是个笑话，如果县城的百姓听到洪先生这番后悔的话语，他们是否还会为洪先生立那块圣洁的纪念碑？那些念了一辈子洪先生恩情的老人是否会蓦然觉醒？

世上哪有什么恩人？哪有无畏的舍生取义？只有利益、金钱，尤其是心生贪婪的人！

我从未想过继承巨额财产，过上公主般的生活，只想证明自己的父亲不是"野人"。当父亲真的出现了，听到了父亲传奇的经历，我绝对不允许如此努力的父亲被亲人抛弃，甚至一无所有！

既然洪先生不念亲情，休怪我和父亲狠心。

虽然我没有考上心仪的大学，却看过很多关于法律的书籍，尤其是国外法典。既然遇到了不公事，就要运用法律的武器。

　　"我们法庭见吧！"我转过身，冷冷地说道。

　　"什么？"父亲着急地拉住我，"岚糖，你说什么？你疯了？怎么能告爷爷？"

　　我拉住父亲粗糙的手："父亲四十多岁才开始的人生，怎么能轻易放弃？"

　　"我——"父亲顿住了，他想到了不堪重负的过往，不忍地看向一声不吭的洪先生。

　　洪先生的脸色很复杂，说不清是笑还是气，他的眼底翻滚着熊熊烈火，照亮了晦暗的脸颊。

　　"好，法庭见！"他吃力地弯下腰，摸索着地毯的花纹，捡起了那块坚硬的铅矿石。

　　当晚，我和父亲搬出了毫无人气的庄园，利用仅有的积蓄租住了一间小公寓，我们还联系到一位华人律师——刘律师，他非常同情我和父亲的遭遇，表示会尽全力帮助我们。

　　对于和洪先生打官司，父亲总是犹豫的，在他看来，财产并不重要，重要的是一家人和和美美地一起生活。他更倾向回国，与母亲团聚。

　　其实，我对官司也没有必胜的信心，洪先生在商场摸爬滚打数十年，在他眼里，我和父亲不过是弱小的蚂蚁。

　　但是蚂蚁也有尊严，为争一口气，为父亲争回辛苦的付出，为县城的百姓争回心中仰慕的大恩人！

我咬着牙，硬着头皮走到了法庭。

没想到在法庭上，一切都比我和父亲想得顺利，洪先生积极应对了法庭上对他的控诉，我和父亲激动地讲述了彼此的身世，再加上刘律师提供的证据，我和父亲竟然赢得了这场官司，连坐在旁听位置上的两位叔叔都放弃了上诉的机会。

这是我和父亲始料不及的事情。

在我和父亲拥抱庆祝时，洪先生落寞地离去了。

当天，我作为庄园的半个主人回到庄园，洪先生正孤独地站立在一块洁白的墓碑前，墓碑上刻着洪唐氏的名字，墓碑的一角放着一块铅矿石，是我从老家县城带来的那块。

"我和父亲赢了！"我大声地说道。

"是啊，你们赢了！"洪先生颤抖地坐在墓碑前，从口袋里掏出一块旧帕子仔细地擦着墓碑上的名字。

这时，父亲带着刘律师来了，洪先生痛快地在墓碑前签下了分割财产的协议。签字之后，他将头埋在墓碑前，发出一声痛苦的嘶吼。

"父亲！"我的父亲忏悔地跪在墓碑前。

"这是我们应得的。"我抿着唇，倔强地坚持。

"其实，不是你们想象的那样。洪先生——"刘律师的话没说完。

洪先生突然倒地，那根手杖横在他和墓碑之间，那一杖距离成为他和妻子最近的路。

洪先生去世了，享年九十三岁！

葬礼上，两位叔叔体面地介绍了我和父亲的身世，他们对我们的态度发生了截然不同的变化。

刘律师也说出了洪先生最后的遗嘱，他要求将骨灰埋在我和父亲出生的县城。

我的父亲失声痛哭，哭得像个孩子。

我惊愕地盯着刘律师，不敢相信自己的耳朵。

刘律师又怀着悲痛的心情重新读了一遍，他缓缓地合上文件夹。

"岚糖小姐，你错怪洪先生了。他没有变，他一直是洪先生！"

"啊？"在我的震惊声中，刘律师还原了一个真实而传奇的洪先生。

洪先生一刻也没有忘记过在县城度过的那段悲惨而精彩的岁月，更没有忘记过逝去的妻儿。

他在国外的第一桶金就是妻子留给他的嫁妆，他利用这笔钱建立了庞大的商业王朝。他的再婚也实属无奈，毕竟商业王朝需要继承人，洪家也需要传承香火。

这些年，他不敢回县城，不敢面对和承受失去妻儿的痛苦。后来，他好不容易下定决心去祭拜妻儿，竟然意外发现了尚在人间的父亲，他当时欣喜若狂，恨不得折损所有的阳寿，将所有的一切都给他。

我的传奇家族

119

但是他意识到这几乎是不可能的，他的两个儿子分别占据了公司的重要位置。即使当时分给父亲巨额财产，以父亲的情况和资历也无力经营。所以，他做出了一个艰难的决定，他要弥补对父亲的遗憾，用十八年的时间磨炼父亲，让父亲成为一个足以在商业圈运筹帷幄的优秀管理者。

父亲果然没有让他失望，比他想象中的更好，更棒！

下一步就是重新分配财产，他试图激怒父亲，希望父亲主动告他，这样可以重新分配财产。可是重孝道的父亲不忍伤害他，又注重手足亲情，一而再，再而三地避让。

情急之下，洪先生想到了我，他早就从刘律师的电话里知晓了我的个性，他改变了主意，提出让父亲带回我。

我的到来彻底搅动了死水般的大家庭。洪先生故意激怒我，让我对他产生仇恨和敌意，并成功地利用两位叔叔守财的死穴临门一脚。

我不顾父亲的反对大声说出"法庭见"的那一刻，洪先生终于露出久违的笑容，刘律师也在恰当的时间出现在我和父亲面前。

一切正如洪先生当初的设想，他败诉了，让我和父亲赢了官司。他的财产重新进行了分配，我和父亲拿到了应有的份额。

两位叔叔也明白了所有的一切，理解了洪先生的苦心，他们开始尝试接受我和父亲。

"我已经为你联系了语言学校，你可以随时来找我。"

"谢谢!"我心情沉重地接过叔叔递来的文件。

最后,刘律师语调低沉地叹了口气:"其实,洪先生都是为了你和你的父亲啊。"

我和父亲震惊地看着洪先生的遗像,迟迟难以回神。

"父亲!"父亲哭泣着跪倒在地。

"爷爷!"我也跪在地上,喊出了心底的那句称呼……

不久之后,我和父亲再次踏上返乡之路,那年刚好是奥运年,我们带回了爷爷的骨灰,也带回了这段传奇家族的传奇故事……

我的传奇家族

小豆芽儿的原生家庭

风咕咕

"正月十五雪打灯"，元宵节的夜里真的下雪了，雪越下越大，仿佛整个冬天的雪都留到了今夜。

大片的雪花夹带着寒冷的北风打在小豆芽儿的脸上，疼得她睁不开眼睛。她哆哆嗦嗦地跪在四处漏风的柴房里，小脸冻得红通通的，如今这里已经布置成了简易的灵堂。

小豆芽儿穿着素白的粗布孝衣，孝帽上沾着黑黑的纸灰和鸡蛋黄留下的残渣。她几乎哭哑了平日里洪亮的嗓子，还在执着地戳着腰上的孝带。

一年前，她同样跪在这里送走了病弱的母亲，今夜又送走了埋在煤矿洞里的父亲。

她才十二岁啊！

小豆芽儿蜷缩着瘦弱的身子，靠在枯黄的树枝上，压抑的胸口填满了怨恨和愤怒，她深吸口气，痛苦地闭上了双眼。万千世界瞬间变得安静、漆黑，还有深深的无助和恐惧。

她的瞳孔里竟然映出一双虚幻的眼睛，有人似乎在另一个世界里同样注视着她。

这是一种错觉吗？这是属于小豆芽儿一个人的秘密，冥冥之中仿佛有另一个她在黑暗的边缘看着她。

她努力地去感受那目光里流露出的感情，是怜悯、同情，还是挑衅、试探？

不，那明明是一种说不出的伤！是嵌入黑夜的影子，默默关注着同样伤痛的她！

"啊！"小豆芽儿猛然间睁开双眼，惶恐地盯着只剩下半个房顶的夜空。今年的元宵节没有圆圆的月亮，没有甜甜蜜蜜的汤圆，陪伴她的只有死去的父亲，如今父亲就躺在棺材里，再也不会醒来骂她了。

小豆芽儿缓缓地从贴身的口袋里拿出一张照片，照片里有四个人：父亲、母亲、哥哥，还有她。如今父亲和母亲都过世了，哥哥也不会回来了，她还有亲人，还有家吗？

她将珍贵的照片捧在胸前，照片上的每个人都变成了一块千斤重的石块，重重地压在她的心头。

从前，父母在世时，总认为她是家里多余的人。但是，他们可曾想到，偏疼儿子不得济！在他们人生的最后一刻，是她陪伴在他们身边，也是她为他们送终摔盆，不是那个叛逆的儿子，足足大她十二岁的哥哥——马腾飞！

马腾飞是个多好的名字啊！从她记事起，哥哥已经是能扛起五十斤大米的小伙子了。

他是全家人的焦点，家里最好的都要留给他。可是，哥哥总是逃学，每天回家很晚，他天天在镇上的游戏厅、录像厅里闲逛，她还在哥哥的身上闻到过呛人的烟味。

即使这样，他依然是父母眼里的骄傲。

哥哥有一个大大的行李箱，行李箱上了小锁，里面都是他的宝贝，从来不让她碰。有一次，小豆芽儿去偷看行李箱里的东西，被哥哥无情地推倒在地上。

她不服气地去向父亲告状："哥哥是大马，我是小马，为什么大马的东西，小马没有呢？"

父亲瞪了她一眼，板着阴沉的脸："哥哥是男孩儿，咱们老马家的腾飞全靠他，你将来也要靠他呢。"

小豆芽儿不懂为什么每次考试都是第一的自己要靠倒数第一的哥哥？她到底哪里比不上哥哥？她才是老马家的希望啊！

不过，这仅仅是她一厢情愿的想法，在父母眼里，尤其是父亲的眼里，哥哥永远都是第一位的。哥哥从来没有因为逃学而挨骂、挨打，更没有因为闲逛被责怪。

父亲管教的只有她，她是没人疼的小豆芽儿。

真奇怪，她和哥哥一样都姓马，属马，是父母亲生的孩子啊！为何差距如此之大？连名字里都透着深深的鄙视和不公平！

"小豆芽也能腾飞！"小豆芽儿从小立志，一定会比哥哥更优秀，眼睛里住着的另一个她也支持她呢。

披麻戴孝的小豆芽儿愤怒地将照片撕成碎片，发出伤感的嘶吼……

外面的雪越下越密，柴房内阴冷透风，小豆芽儿拢了拢散落的纸钱，鼓起双腮用力地吹，"砰砰"几声之后，黑乎乎的灰堆里泛起无数个小火虫，微弱的火光照亮了她的脸。

她抿着唇，想起了童话书里卖火柴的小女孩。她也会像小女孩那样，点燃一根饱含希望的火柴去追寻心中的梦吗？

小豆芽儿有梦吗？

她攥紧小拳头，心底聚集着无数说不出的痛……

小豆芽儿的名字就是她的命！

自从她出生起，人人都叫她小豆芽儿，因为名字还被同学嘲笑，她气不过地与同学争吵，同学的父母找上门，正在喝酒的父亲不问青红皂白，狠狠地骂了她，要不是母亲拦着，父亲还要抢起酒瓶打她。

同学的父母吓得跑远了，从此他们逢人就说："老马家的女儿像小豆芽儿一样又瘦又小，不值钱呢！"

从此，她再也无法摆脱小豆芽儿的名字了，所有人都叫她小豆芽儿。渐渐地，她也忘记了自己的名字，习惯了做一个没人疼、没人爱的小豆芽儿。她还学会了忍耐，学会了讨好。

可是，她越是忍耐，越是讨好，那个酒鬼父亲越是对她不公平，唯唯诺诺的母亲更是盲目地顺从父亲，她只有闭上眼睛和另一个她述说内心的苦闷。

她告诉她：自己的苦日子才刚刚开始。

因为哥哥的胡闹，家里的日子一天比一天差，月末的几天，家里连粥都快喝不上了。傍晚，母亲坐在炉灶前抹眼泪，父亲独自喝着掺着水的劣质白酒。

小豆芽儿不敢吭声，更不敢对母亲说出想买本故事大王的生日愿望。

这时，哥哥总是哼着走音的歌曲回到家，眉飞色舞地和父亲述说白天里的见闻。父亲听得非常认真，他撑着涨红的脸颊，满足而骄傲地对哥哥竖起大拇指："腾飞好样儿的，我老马家的儿子。"

小豆芽儿鄙夷地瞟了一眼："哼，重男轻女！"

哥哥机灵地朝她眨眼睛："小豆芽儿，困难都是暂时的，等哥攒了钱，给你开一家书店，让你天天看书。"

"吹吧！"小豆芽儿白了他一眼，不服气地在心底嘀咕，"等你攒了钱，我早就饿死了。"

哥哥就会拍打着他的宝贝行李箱："别怕，我都替你攒着呢。"

"我才不稀罕！"

小豆芽儿嘚起小嘴，她一直很困惑为什么别人家的日子都过得蒸蒸日上，隔壁邻居黄婶子家连生三个孩子都比她家好。

在她的记忆里，父亲和母亲并不是懒惰的人，父亲在镇上的煤矿上班，是最辛苦的矿工，每天都要下到千米以下的地下采煤，母亲四处打零工贴补家用。镇上花销不多，为什么别人家都住上了楼房，她家还住在烧煤球的平房里呢？

周围的邻居都是外地来镇上打工的外乡人，父亲可是正经国企煤矿的职工呢。

而且，家里只有她和哥哥两个孩子，从小到大，她没有穿过一件新衣服，连校服都是穿哥哥剩下的。为了怕父亲不让自己上学，她拼命努力学习，年年都是学校的三好学生，这样就可以免学杂费和书本费。除了这张嘴吃饭，她没有任何开销，家怎么会落魄到这份田地？

这一切都因为她那个不学无术的哥哥——马腾飞，父亲眼里寄予厚望的儿子！他一次次地向父亲要钱，父亲纵容他；他一次次地和母亲要钱，母亲溺爱他，家里的钱都被他以各种名义挥霍了。

起初，他四处逃学，总想着去大城市学手艺，每次都会上当受骗，连张回家的火车票都买不起，父亲就会厚着脸皮拜托城里的远房亲戚将他送回家。

后来，他彻底不上学了，跟着镇上那些小老板学做生

小豆芽儿的原生家庭

意，开了镇上第一家电脑房，电脑房里整天挤满了逃学的学生，他着实光鲜了几天，可是没过多久，他被那些家长围堵在厕所，差点儿将他的头塞进马桶，电脑房也关了门。

再后来，他学会了照相，在镇上开了一家明星艺术照相馆，还拉着小豆芽儿和父母照了一张全家福，那张全家福摆在橱窗最显眼的位置，逢人就说他的照相技术好，还让小豆芽儿穿着袒胸露背的衣服，学着明星的姿势给他做模特。小豆芽儿懒得理他，他偷偷告诉了父亲，父亲像抓小兔子一样将小豆芽儿抓到照相馆，用命令的口吻训斥道："你要支持哥哥的事业！"

小豆芽儿真是欲哭无泪，不情愿地套上那些可耻的衣服，没有一丝笑容地配合哥哥。

哥哥将那些照片洗出来，摆在照相馆里显眼的位置，逢人就说："小豆芽儿很酷！"

小豆芽儿羞愧得差点儿钻进地缝儿里，每天路过照相馆时都低着头，生怕有人认出自己。

可是，即使全家通力配合哥哥，小豆芽儿又牺牲了自尊和颜面，哥哥也没有就此腾飞，成为老马家的骄傲。那些来照相的姑娘都说哥哥是流氓，哥哥被抓进了派出所，父亲连夜去大城市请了教哥哥照相的大师傅过来才解释清楚，哥哥恢复了自由，照相馆却开不下去了，家里的钱也折腾得所剩无几。

在小豆芽儿的眼里，哥哥就是个败家子儿，他用短短两年的时间就花空了父母积攒一辈子的钱，他还能腾飞吗？

没想到接连受挫的哥哥并没有气馁，他竟然四处托关系搞到了银行贷款，母亲劝他在镇上开一家百姓都爱吃的酱菜铺，他却要带着这笔钱去大城市做生意。

"如果又赔了，怎么办？贷款怎么还？"自从哥哥三番五次地创业失败，母亲着急得整晚失眠，头发白了一半，如果哥哥再创业失败，母亲会卧床不起的。小豆芽儿打从心底讨厌这个哥哥，他简直是上天派来的妖魔鬼怪，克了她，克了全家！

"不会的，小镇人少，目光短，大城市人多，眼界宽，我早应该去大城市打拼。"哥哥信誓旦旦地表着决心。

"哼，小镇的水太浅，你飞不起来，快去大城市飞吧。"小豆芽儿端来了母亲的汤药，狭小的房间里弥漫着苦涩的味道。

母亲有些担忧，却不敢劝阻。她没有接小豆芽儿端来的汤药，犹豫着红了双眼："腾飞啊，城里离家太远，银行贷款要是还不上……"

这时，父亲将房本重重地拍在桌子上。

"别婆婆妈妈，还不上，就卖房子！"

小豆芽儿吓得手一抖，满满的一碗汤药都洒在地上，她当时很怕，真的很怕，她怕重男轻女的父亲有一日会为了哥哥，将她卖掉。

"妈！"她哇的一声大哭起来。虚弱的母亲一边安慰她，一边激动得咳嗽不止。

哥哥却依然一副笑嘻嘻的样子，他歪戴上一顶鸭舌帽，吊儿郎当地说道：

"放心吧，这次，如果不成功，我就不回来了。"

他迈着大步，拖曳着贴满港台明星相片贴的宝贝行李箱走出了家门。随后，小豆芽儿听到了一阵刺耳的噪声，那是行李箱的滑轮摩擦门槛的声音。

"这人懒得连门槛都迈不动了。"小豆芽儿埋怨了一声。

父亲狠狠地瞪了她一眼："咒骂哥哥，晚上不准吃饭。"

小豆芽儿扭头，家里的米袋已经空了，哥哥带走了家里所有的钱，哪还有饭吃？她听到母亲一声凄凉的叹息，让昏暗的小屋陷入了无尽的沉寂。

忽然，屋外传来一声长调吆喝："老马家出来接米啦！"

小豆芽儿惊愕地看向母亲，急忙和父亲走了出去。只见家门口堆满了大米、面粉、豆油，粮油铺的伙计擦着额头上的汗爬上了脏兮兮的三轮车。

"是腾飞让我送来的。"

父亲摸着堆成小山的米袋子，布满皱纹的脸上笑开了花。

他训斥小豆芽儿："学学你哥！"

小豆芽儿吃惊地盯着远处的人影儿，这时，她才发现，哥哥也很瘦，那个行李箱似乎比他还重呢。

这是小豆芽儿最后一次见到哥哥！

因为哥哥的生意又赔了，准确地说，哥哥的财路不顺，他的生意伙伴卷走了货款，哥哥成了众人的靶子，他根本没有能力偿还银行贷款，更没有货款赔偿客户，他根本没脸回家。

银行催得厉害，父亲咬着牙兑现了当初的诺言，家里的房子抵押给了银行，一家人住进了荒废的茅草房，母亲更是低三下四地向亲戚借钱，以解哥哥的燃眉之急。

也就是那个时候，母亲染上了重病，她舍不得花钱去医院看病，只是在田里采些廉价的草药，让小豆芽儿熬成汤药喝，不足半年，母亲就过世了。

过世那天，母亲还在念叨哥哥的名字，她告诉小豆芽儿不要让哥哥回来。

小豆芽儿知道，母亲是担心债主找哥哥算账。

母亲到死都在惦记哥哥，哥哥在哪里？而父亲不停地用喝酒麻痹自己，他喝了一夜的酒，碎片铺了满地。

活人、死人的眼里都只有哥哥，那她呢？

谁能记得这个家还有一个叫小豆芽儿的女儿？那年她十一岁了，还没有穿过裙子。她只能在孤独的夜里痛苦地追问另一个她：既然自己可有可无，所有人都不在意她，父母为何在人生最艰难的中年生下她呢？

他们应该只有哥哥一个儿子就够了，那是让他们骄傲、让老马家腾飞的儿子！可惜另一个她没有给她答案，也不会给她慰藉。

这似乎变成了小豆芽儿一个人的臆想。她愈加痛恨哥哥，母亲因他而死，他最好永远不要回来。结果，他真的没有回家，没有见到母亲最后一面。听哥哥的同学说，哥哥去南方要账了，春暖花开的时候才能回来！

小豆芽儿厌恶地诅咒他，最好让父亲也断了念想。只有痛彻心扉的觉醒，父亲才会清醒地看到所谓的腾飞不过是他一厢情愿堆枳的噩梦。

可是，腐朽固执的父亲始终不愿从噩梦中醒来，他连承认失败的勇气都没有。

工资卡被债主们拿走了，小豆芽儿跟着他过上了有上顿没下顿的日子。

小豆芽儿的学习成绩也一落千丈，父亲拿着她的成绩单耍起酒疯，破口大骂，差点儿将她的书包扔进门前的小河。

"书念成这样？还念啥？还不如你哥！"

小豆芽儿站在冰冷的小河里，死死地抱着书包，发出了人生中第一次顶撞和怒吼。

"哥哥？我有哥哥吗？这些年，他把家弄成了什么样子？他眼里还有这个家吗？他在哪里？"

那天，父亲的眼神变得迷离，他怔怔地看着眼前像豆芽儿一样的女儿，她已经这般大了。她的眼睛很大，红红的脸蛋上还有一对甜甜的梨窝。她又是那样弱小，抵挡不住任何风浪。

不知从何时起，她明明就站在眼前，他却忘记了她。她明明离他很远，他却看得清晰无比。

"豆芽儿，豆芽儿……"父亲呢喃着倒下。

父女二人浸泡在冰冷的河水里抱头痛哭，父亲第一次温柔地抱起小豆芽儿，回到了一无所有的家。

从此，父亲再也没有提过不让小豆芽儿念书的话，也很少喝酒。他变得很忙，忙着赚钱，有时，连睡觉的时间都没有，小豆芽儿知道他在替哥哥还债，父亲是个倔强的人，怎么可能承认哥哥的错误呢？

她必须努力，比从前更努力。很快，她又回到全校第一名的位置。老师说过只有知识才能改变命运，小豆芽儿憋着一股劲儿，她要逃离这个毫无温度的家，逃离重男轻女的父亲，逃离自私的混账哥哥！

可是，命运不肯放过受苦难的人，总是一次又一次地将心存希望的小豆芽儿无情地扔在冰冷的水里。

这一次，没有父亲抱她回家了，父亲倒在了即将退休的工作岗位上，她再没有亲人了。

小豆芽儿抹着眼泪，颤抖地看着缠绕着白绫花的棺材。从前，她对父亲只有不满、愤怒和埋怨，现在一个人面对父亲的遗体时，她才知道，永远的失去才是最无助、最痛苦、最可怕的事情。

自从母亲走后，父亲对她不像以往那般差了，她曾经天真地以为会和父亲相依为命地过一辈子，可是父亲实在太累了，他的肩膀上始终扛着腾飞的哥哥。

从此，只剩下小豆芽儿一个人了，另一个她还在吗？

雪一直在下，纷纷扬扬的雪片变成了一片片寄托哀思的纸钱打在小豆芽儿弱小的身上。她根本没有注意到，在黑暗的深处一双泛红的眼睛正目不转睛地看着她，看着被雪片掩埋的碎照片……

小豆芽儿不停地抹着眼泪，这时，迎来了一位客人，老邻居——黄婶子抱着保温饭盒来到清冷的灵堂，她带来了小豆芽儿最喜欢的花生馅的汤圆，也带来了覆灭小豆芽儿希望的消息。

"你说哥哥领走了父亲全部的抚恤金？"小豆芽儿的手一滑，一个汤圆落入晦气的灰堆，再也找不出原来的颜色。

"他怎么能这么做？他害死了母亲，害死了父亲，还拿走了死人的钱？"小豆芽儿愤懑地扑到棺材上，"父亲，你睁开眼睛看看，这就是你的儿子，你用性命保护的儿子！"

黄婶子拉住她："小豆芽儿，你别着急，以后就住在黄婶子家，咱家的三个孩子都在外地打工，你过来，也好跟我做个伴儿。"

受尽委屈的小豆芽儿悲痛地倒在黄婶子的怀里，从此以后，她再不准任何人叫她小豆芽儿，她有自己的名字——马媛媛。

马媛媛谢绝了黄婶子的好意，独自一个人住在家里，没多久，她以优异的成绩考上了镇上的高中，申请了助学贷款，之后，又考入心仪的大学。

　　在离开镇子的前一天，她去父母的坟前哭了一整天，在父母面前，她依然是那个没人疼的小豆芽儿……

　　第二天，马媛媛坐上了火车，离开了伤心的故乡，来到了陌生的大城市。

　　她和寻常女孩一样，在校园里肆意地绽放着美丽，努力地学习着技能，最后她以优异的成绩争取到一家著名企业的实习机会。

　　她搬出了校园，在市中心租到了一个价格非常美丽的房子，她每天乘坐同事的顺风车上班，下班之后会去喜欢的书店看书，她的美丽人生才刚刚开始。没有人知道她是曾经可怜的小豆芽儿，她也忘记了世上还有一个叫腾飞的哥哥。

　　陪伴她的只有另一个无法探知存在的她！

　　又到了一年一度的中秋节，马媛媛习惯了一个人的团圆，她来到每天必来的书店，这家书店离她住的地方很近，人少又安静，奇怪的是这家书店没有名字，只在橱窗上挂了一个老气的"书"字。

　　马媛媛选了几本专业书籍，来到了收银台，她将书店的VIP卡递了过去。

　　收银台的小姐姐正在打电话，只听她微笑地说："我今天才知道书店的名字，哈哈，书店竟然叫小豆芽儿爱读书。"

"小豆芽儿？"马媛媛愣住了，捧在怀里的书落在了地上。

小姐姐收起电话，诧异地盯着她递来的VIP卡，"你不知道吗？这家书店的名字叫小豆芽儿爱读书啊，我新来的，刚刚知道呢，小豆芽儿这个名字好可爱啊。"

马媛媛越听越糊涂，这些年，她独来独往，已经适应了一个人的生活，谁还记得小豆芽儿的名字？一定是误会，她羞愧地捡起地上的书。

"对不起啊！"

这时，整理书架的男孩儿走了过来。

"小豆芽儿啊，你真糊涂啊，这是你的书店啊。"

"我？"马媛媛立刻想起当年那个混蛋哥哥笑嘻嘻地对她说过的话。

"小豆芽儿，困难都是暂时的，等哥攒了钱，给你开一家书店，让你天天看书。"

这些年，她尝试忘记他，忘记不堪回首的往事，她一直以为自己做到了，可是当尘封的记忆无意识地窜出来的时候，假装忘记是那么可笑。

其实，她很想知道混账哥哥在哪里腾飞，他过得好不好，他为什么不回家。

她还想当面问问他，是否想念过世的父母，是否还记得有个叫小豆芽儿的妹妹？

或许他早忘记了。马媛媛想起了为父亲守灵的那个夜晚，那夜的雪还不够大吗？不够冷吗？她受过的伤害还不够深吗？

如今，熬过了最艰难、最痛苦的日子，她还不清醒吗？

可是那个男孩儿接下来的话让马媛媛的心掀起了万丈巨浪，淹没了所有的一切……

"小豆芽儿，一切并不是你想象的那样，腾飞大哥是好人，他成功了，也兑现了当年的诺言。这些年，你上学的贷款都是腾飞大哥还的，他怕伤害你的自尊，没有告诉你，你的实习机会也是他帮你争取的，你租住的房子是他买下来，故意租给你的，包括你上下班搭同事的顺风车都是他私底下安排的。这些年，你的每次考试，每次生病，人生中每次最重要的抉择，包括你喜欢吃的糕点，你偷偷喜欢的人，他都知道。他一直在默默地关心你，照顾你啊！"

马媛媛震惊得像风化的石像，这究竟是真，是假？她所憎恨的哥哥就在自己身边，他一直在帮她。既然如此，他为什么要卷走家里所有的钱，抢走父亲的抚恤金？

他所做的一切是良心发现的忏悔？

"小豆芽儿，回家吧，腾飞大哥在家里等你！"

马媛媛怀着巨大的疑惑，用最快的速度来到火车站，坐上了最近的一班火车，心情复杂地回到了熟悉而陌生的小镇。

多年不见的哥哥在火车站接她，哥哥变化很大，他的脸上不再洋溢着满满的自信，而是饱含沧桑，他的额头还有一道像蜈蚣一样的疤痕，马媛媛没有说话，她在心底默默地盘算着哥哥的年龄，他已经三十六岁了。

一路上，兄妹俩谁也没有说话，直接去了父母的坟前。

那是一座长满荒草的坟包，两个人心照不宣地卷起衣袖，拔光了杂乱的荒草，马媛媛还采了一把野花放在坟头，哥哥带来了一瓶名贵的白酒，还拽来了当年离家时带走的行李箱，行李箱上依然是那把记忆中的小锁头。

如今，老气的行李箱已经配不上光鲜装扮的哥哥。马媛媛疑惑：行李箱里到底装着什么？

只见哥哥正在用帕子小心翼翼地擦拭着当年的珍宝。

"小豆芽儿，对不起！"哥哥终是开了口。

马媛媛从哥哥的眼底看出了痛彻心扉的苦，她直视哥哥的双眼："为什么？"

哥哥跪在坟前，哭得像个孩子。他抽泣着说道："父亲、母亲，小豆芽儿长大了，应该知道当年的事了。"

马媛媛的心一颤，他在为曾经犯下的罪恶洗白吗？

纵然如此，她也不会原谅他！

这时，哥哥掏出胸前的吊坠，那是一把小巧的钥匙，马媛媛瞪大了眼睛。

哥哥慢慢地打开了行李箱，眼含热泪地从里面拿出一件件漂亮的裙子，一个个美美的布娃娃，一双双红色的小皮鞋，还有一盒盒干涸的彩笔、涂满颜色的图画书……

这些都属于一个只在世界上活了七年的小女孩儿，她是马媛媛的姐姐，哥哥的另一个妹妹！

"你和她长得很像，她叫豆芽儿……"

哥哥拿出了一张发黄的照片，一遍遍地摩挲着照片上笑眯眯的小女孩儿……

马媛媛的瞳孔里盛满了伤感的震惊，哥哥讲述了一个悲伤的故事。

那时候，没有小豆芽儿，家里只有父亲、母亲、哥哥和豆芽儿，一家四口其乐融融地生活在一起。可是老天残忍地扔下剥夺生死的命运包，砸中了这个不幸的家庭。年仅五岁的豆芽儿患上了致命的白血病，父亲和母亲并没有重男轻女，他们倾其所有，甚至卖掉了家中仅有的房子为豆芽儿看病，哥哥也经常请假去医院照顾豆芽儿，被误认为逃学，因此耽误了学业。

一家人辛苦的付出并没有感动上苍，亲人的骨髓配型都失败了，骨髓库里也没有找到合适的配型。豆芽儿的病越来越重，最后，在主治医生的建议下，父亲和母亲决定冒着高龄的风险再生一个孩子，就这样，体弱的母亲又怀孕了。

"那个孩子，是我！"马媛媛伤感地看着哥哥。

哥哥哽咽地点头："是啊，豆芽儿非常乖巧，做治疗时那么疼，她从来不哭。后来，她的头发都掉光了，我为了陪她，也剪成了光头。我们两个小光头围绕在母亲身边，豆芽儿摸着母亲的大肚子，当时你在肚子里还踹了她一脚，逗得她咯咯咯地笑。小豆芽儿的名字是她起的，她说，她是豆芽儿，是姐姐，你是小豆芽儿，是妹妹！"

哥哥将手中的照片递给马媛媛。

马媛媛紧紧盯着照片上那双熟悉的眼睛，伤心的眼泪夺眶而出，她忽然意识到经常看到的那双眼睛就是她的姐姐——豆芽儿啊。可是，从小到大，没有人告诉过她，她有个姐姐，家里更是没有豆芽儿的一丝痕迹，这是不是意味着她是多余的人，她并没有救活姐姐。

"我，我……"

哥哥朝马媛媛摇头，他的眼底闪过晶莹的泪花："这不能怪你，这是豆芽儿的命啊。她去世那天，你刚出生，她没熬过去这道坎啊。我记得，她走时很安详，她说还会回到这个家。我和父母都认定，你就是豆芽儿，豆芽儿又回来了。可是，你不是豆芽儿，豆芽儿是在父亲的怀里过世的，他眼睁睁地看着豆芽儿没了气息，慢慢地变冷，他恨不得拿自己的命换豆芽儿的命，但是他毫无办法，只能死死地抱住豆芽儿，不肯放手。"

哥哥的语调愈加低沉，他悲伤地捂住双眼，温热的泪透过指缝缓缓涌出。

"豆芽儿的过世是全家最悲恸的事情，你的到来让我们看到了希望，也注定无法走出失去豆芽儿的痛苦，你们长得实在太像了。后来，我和父母都选择了隐瞒。父亲和母亲并没有重男轻女，他们是不敢面对你，只要一看到你，就想到死去的豆芽儿，他们对豆芽儿的思念变成了无限的循环。父亲对你严格，也只是让你好好学习，奔个好前程。况且那时候，家里欠了好多钱，父亲和母亲又整日为豆芽儿的离去而痛苦，为了不让他们伤心，我将豆芽儿所有的东西都装进了这个行李箱，对你编造了谎言，唯独亏欠了你！"

马媛媛沉重地跪倒在父母的坟前，温馨而残酷的真相几乎让她忘记了所有的怨、所有的恨。原来，父母是爱她的，哥哥三番五次的折腾，都是为了还债。

"小豆芽儿，对不起，父亲的抚恤金都用来还债了，我欺骗了你。这些年，我一直在拼命地挣钱，我担心你会生病，担心没有钱救你，毕竟白血病是有家族史的，我真是怕再失去一个妹妹啊！"

马媛媛早已泣不成声，她扑倒在哥哥怀里，喊出压在心底的两个字，"哥哥——"

哥哥欣慰地拍着她的肩膀，红着眼睛："小豆芽儿，我的小豆芽儿——"

当晚，兄妹俩回到了久违的家。

夜深人静的时候，马媛媛缓缓地闭上双眼，她在黑暗的边缘又看到了那双眼睛，她含着热泪唤了一句：

"豆芽儿姐姐——"

父爱深沉

苏 漫

　　我叫陈锋，今年四十岁，开了一家装修公司，住着独栋的别墅，开着四个圈的豪车，还有一个漂亮贤惠的妻子，以及听话懂事的孩子。我的妻子出生在大城市，家中岳父岳母都是高职位人员。我曾经颇为自豪的就是以自己这样的农村户口娶到了像妻子这样有才华又有家世的女人。我们育有一个儿子，今年九岁，长相与我有三分相似，被妻子照顾得极为精致，平时出门没少被夸赞。

　　很多人对我的评价是：事业有成，家庭美满。

　　我对这样的赞誉很是沾沾自喜，觉得自己从一无所有的农村青年做到现在的成绩，真的算是不错了。

但是这一切，悄悄发生着改变，而我却浑然不知，直到后来，我才明白。

（一）

往常我回家的时候，儿子总会出门相迎，嘴巴甜甜地喊着："爸爸、爸爸……"

但是今天我到家时，发现家中气氛有些凝重，妻子满脸怒气地抱臂坐在客厅的沙发上，儿子在一边嘟着嘴巴歪着脑袋大气儿也不敢出。

"这是干什么？吵架啦？"

我笑嘻嘻地放下公文包询问，儿子努努嘴不说话。

妻子冷着脸回道："他们学校组织学生下乡体验农村生活，要去一个星期，你儿子闹脾气不肯参加！"

"我才不是闹脾气！好好的为什么要去农村啊！那地方又脏又乱的，我一点儿也不喜欢！"儿子不满地在一边大叫。他虽然年纪小，但是从小被妻子养得有些轻微的洁癖，最是看不得脏乱。

母子俩的对话含着一丝火药味，于是我在一边打马虎眼，和稀泥道："农村都是这样的，你难得去尝试一下新环境也不错。"

"我才不要！农村就是和爷爷家一样的，连条像样的马

父爱深沉

路都没有，到处都是那些动物的大小便，我每次去爷爷那，鞋底都会沾上各种鸡鸭鹅的粪便！"儿子急吼吼地大叫起来，"又脏又臭，恶心死了。"

"说什么呢！你爸爸我就是在那里长大的！"

听到儿子的控诉，我有些不悦。虽然自己心里也不喜欢，但是毕竟是当初成长的地方，现在被儿子这样嫌弃，心里不觉有些说不出的滋味。

儿子见我脸色一板，表情严肃，瞬间觉得委屈起来，眼眶一红，冲着我大声嚷嚷起来："爸爸别装了！你还不是一样嫌弃那地方！每次回去连板凳都没坐热就要回来！你现在说的感觉自己很喜欢似的，假惺惺。"

我被儿子这话一噎，顿时有些难堪，不觉脸色也阴沉了下来，"我那是事情多，忙得没空！"心里暗暗自责，难道自己表现得那么明显吗？应该没有吧？

"胡说，你就是嫌弃，你每次回来了，第一时间就是洗澡，还擦得香香的。"儿子耿直道。

"哪有，我没有。"这话说得有点儿心虚。

"你有，你就是有，你还不承认。"儿子大声地指着我，"爸爸撒谎。"

我不禁有点儿恼羞成怒，脸色一板对着儿子吼道："反正这次你不去也得去！"

儿子撇着嘴，瞪了我一眼后转身"噔噔噔"跑去了自己的房间，还把门甩得震天响，以此来表达他的不满。

我心里气愤不已，冷着脸坐到了妻子身边。

妻子在我和儿子交流时并不参与，而是等我坐到她身边后才开始指责，"你怎么不会好好和孩子说话……"

"我怎么不好好说了……"我也有点儿委屈，哪有老子被儿子说得心虚，无话可说的？这才多大的小屁孩，嘴巴就如此凌厉了。

妻子白了我一眼，没好气道："你儿子不喜欢去乡下，你又不是不知道，再说，他这话也没说错，你不也一样不喜欢？！"

这话让我有些不悦，不由得反驳道："我怎么不喜欢了？"

妻子看着我笑了笑，意味深长，没再说话。

也是她这样的表情，反倒是让我有些不自在起来。

或许是吧，在我心里默默地承认了。

（二）

当天晚上洗完澡，我躺在卧室那张欧式的大床上，柔软的席梦思床垫几乎能把整个人包裹进去，很是舒适，也放松了我一天因为工作而紧绷的身体。

我躺在床上模模糊糊地想着，自己小时候在农村可没有这么舒服的床垫，那会儿的床就是个长方形的木架子，上面架了几块板子，再铺上一层又硬又重的棉絮。

父爱深沉

　　躺在那样的床上，不只是不舒服，更重要的是冬天还特别冷……

　　我在心里感慨着小时候的生活，意识开始模糊起来。

　　恍惚间，我好像又一次睡到了小时候的那张木板床上，身下的木板硌得后背发疼，身上厚实的棉花被又压得人喘不过气来，我有些急促地呼吸着，觉得自己再被压下去，会被压到窒息！

　　就在我慌恐不安的时候，有人轻轻地拍了拍我的脸，还顺手把我的棉被扯开了一些。

　　我睁开沉重的眼皮，映入眼帘的是一张黝黑、布满沟壑的中年男人的脸孔。

　　这是我的父亲……

　　我的父亲是寸安村的一个农民，极为普通又不是很普通。

　　说他普通是因为这个村里和他一样的农民太多了，说他不普通是因为他的右手有六根手指头。

　　据村口那些没事聚在一起聊八卦嗑瓜子的三姑六婆说，父亲刚生下来的时候就有六根手指，奶奶还在月子里就吓得闹了起来，还说要把这个畸形的孩子给丢了。还是当初无意间到这里看诊的赤脚大夫看热闹看到了，给解释了一下说这不是大问题，不算畸形。父亲才被留了下来。

　　不过我那爷爷奶奶虽然没把人丢掉，但是，对父亲却一直不怎么亲近。因为他们的嫌弃，让父亲的六指，被村里的人嘲笑了一辈子。

奶奶虽然不喜欢父亲，但是对我这个隔着一辈的孙子却十分喜爱。

她经常给我一些小零食，一把花生或者瓜子，一颗芝麻糖或是一小块儿白米糕。

她把东西递给我的时候总会摸着我的头一脸叹息地说："锋啊，你看你，什么都好，就是有那么一个爹，可是拖累喽……"

现在回想起来，她对我好，可能就是因为我的手是五根手指头，和正常人一样。这让她松了口气，觉得父亲的异样，可能只是意外。

也许是在她潜移默化的影响下，我从幼时就开始嫌弃自己的父亲，觉得他给了我一个被人嘲弄厌弃的童年。

犹记得在我五六岁时，已经是似懂非懂的年纪了。时下的农村，没什么多余的娱乐，平时也就是串门，聊些八卦是非。当时隔壁的王大叔家的儿子比我大两岁，吃得又胖又结实，村上的毛孩子都尊他为孩子王。

吃过晚饭，我们一群小毛孩在他家的后院里抓蚂蚱。我抓到了一只蚂蚱王，得到了众多羡慕的目光。小胖子眼红得紧，让我把蚂蚱王给他，我当然不愿意。他觉得自己的地位受到了挑战，于是用他那肥厚的手掌一把把蚂蚱拍死了。

我气疯了，和他吵了起来，他抬脚把我踹倒在地上，嘲笑着说："你不会是遗传了你爹的六根手指头，所以才能抓

父爱深沉

到那么大的蚂蚱吧？！哈哈哈……"

"你瞎说！我明明是五个手指头！"

"还有一个没长出来呢！搞不好哪天你一觉醒来，那根手指头就长出来了！"

小胖子说完这话，站在一边看热闹的小孩都笑了起来。那些笑声在我脑海中残留了很久很久，久到那一段时间我每次入睡的时候都会惊恐不安，担心自己睡着了，第二天真的会长出第六根手指！

那天后来还发生了什么我有些记不清了，只隐约记得我是哭着回去的。

再后来，模糊的印象中，父亲在那年夏天的一次打谷时，意外把那根多余的手指头打掉了。

听母亲说，那根手指掉了后，父亲手上的血止都止不住，一直流个不停，把她吓得魂都要丢了。

好在当时村里的赤脚大夫医术很好，在他的帮忙下，父亲的血止住了，但是那根伴随了他几十年的碍眼的手指，也就此消失了……

后来那段时间，父亲的手上一直绑着厚厚的绷带，偶尔还会渗出一些黄中带红的液体。母亲每次看到总会唉声叹气一番，我却一点儿也不为此担忧，反而在心里窃喜。父亲少了那根手指，让他变成了正常的五指，以后再也不会有人为此嘲笑我了！

果然，因为父亲的断指意外，后来村里的闲话便渐渐少了，他的绰号六指头也因此慢慢消失在我的童年记忆中……

我渐渐地长大了，因为响应号召，建在村里的破旧学堂被拆除了，村里所有的孩子都要去镇上念小学了。我和所有的小毛孩一样，激动又紧张。对于那会儿的我来说，镇上就是很特别的地方了，比那到处都是田地平房的农村档次不知道高了多少倍！

小小少年时的我，逐渐生出了虚荣心。上学的第一天，还特意换上了平时不舍得穿的崭新的衣裳。

父亲乐呵呵地说要送我去学校，开的是他在村里拉货用的拖拉机。

坐在拖拉机上吹着微风，我心里还挺得意，因为路上看到了好几个走路去上学的孩子。我想着，这回到了学校该出风头了。

可不是出风头了……

父亲那辆拖拉机停在镇上小学门口的时候，那些正准备进校门的学生都看呆了。

看过之后便在那里交头接耳地说笑起来，有些细碎的嘲笑声传了过来，"这什么人哪，居然开着拖拉机来了……"

"哈哈哈……这就是拖拉机？！我还是第一次见呢……可比自行车拉风啊！"

"哈哈哈，这人谁啊？"

那些声音一点儿一点儿地透过风声传递过来，我的脸色也随着那些说笑声渐渐僵硬难堪起来。

父亲有些忐忑地看着我，刚想说话，校门口的门卫室里跑出来一个老头，对着我们狐疑地打量了两眼，挥着手说："校门口不能停车！你这拖拉机不去村里拉货，怎么跑到这里来了？"

一些路过的学生和家长听到后不由得大声笑了起来，我瞬间觉得整张脸"腾"的一下就好像燃烧起来！

我急匆匆地从拖拉机上爬下来就跑，父亲着急地跳下车追着叫我："锋子！你的饭盒还没拿！"

"疯子？！哈哈哈……这什么怪名字啊……"

"好搞笑啊……"

…………

那些人一边谈笑一边把目光转移到了我的身上，这种带着嘲笑的目光让我浑身不自在，不由得气急败坏地对着已经走到自己身边的父亲低声吼道："不要了，你赶紧回去！别在这儿丢人了！"

说完，我就抓着新买的帆布包，快速地跑了。

当时的我也没转身去查看父亲的反应，但是我还能听到身后那个看门的老头和父亲说话的声音："赶紧的啊……你这么大的拖拉机停这里，人都不能进门了！"

"哎！我马上开走！"

我脚步顿了顿，继续往前跑去，心里却想着，如果我有一辆自行车，就可以自己骑车来上学，也不会因此而受到众人的嘲笑了！但是我知道不能，因为我家太穷了，就是父亲开来的拖拉机也是公物，他不过是个"开拖拉机的"而已。

第一次，我心头生出了对家庭和父亲的不满。

那天，是我第一次在明亮整洁的教室里上课。但是我却高兴不起来，因为同班的几个同学，早上目睹了我上学的全过程，他们把它当成笑话说给其他人听。不过短短的一个上午，我就成了整个班级的笑话！而那个"疯子"的绰号，也因此伴随了我整个学生时代！

这一天，因为我拒绝了母亲准备的午饭，在学校挨着饿过了一整天。当我肚子饿得"咕噜噜"直叫的时候，我就咬牙在心里告诉自己，将来的我绝对不会像父亲那样，做个一无是处的农民，一辈子面朝黄土背朝天。

恍惚间记得，那一天回家后，父母还特意准备了较为丰盛的晚饭。

父亲有些不好意思地让我上桌吃饭，其间数次想张嘴说话都被我不耐烦地打断了。饥肠辘辘的我，那一顿饭吃得比过年的饭还香。可是就算如此，吃完饭后，我还是没有给父亲好脸色。那几天，父亲看我总是眼神复杂、欲言又止，我却视而不见。

因为这次丢了丑，之后我便拒绝了父亲再送我上学的请求。一直这样，过完了整个小学和初中时期。

到了高中的时候，我已经是个十七八岁的小伙子了，成绩不是很好，但也不差。我结识了很多镇上的同学，跟他们接触得久了，我开始对自己的生活质量感到格外不满。

记得当时有一项旱冰娱乐运动很流行，四个轮子穿在脚下，在地面上滑来滑去，真是显得极为潇洒又神奇。

班上有同学买了旱冰鞋，我格外羡慕。回去和父亲讲了，他沉默了一会儿，说家里没那么多钱。

我当时是怎么回答的？好像是说他作为父亲，这么多年来，连一个像样的要求都没满足过我……

是不是这么说的不记得了，大致是这个意思。

那天父亲一改沉默和我吵了起来，我气急之下推开他，头也不回地跑了。因为这事，我赌气借住在同学家，两天没回去。

还是母亲找了过来，在我的坚持下答应给我买一双眼馋已久的旱冰鞋。不过因为钱不够，最终买了一双试用鞋。我抱怨那是一双二手的，板着脸不开心了很久。却并不知道为了买这双鞋，家里存着的钱花了不少。为了贴补家用，父亲去工地上帮忙卸货，结果不小心撞伤了肩膀。

那双鞋子最终也没有穿过几次，乡下比不了大城市，没有光滑的地面让你穿着旱冰鞋尽情翻飞，有的不过是裂了口子的水泥地和铺满碎石的石子路。任你对未来的憧憬多么美好，最后也只能对着这片黄土地望而兴叹。

后来那双鞋被我扔到了角落里，随着时间的推移逐渐地被埋没在了尘土中。

而我记忆中，父亲却不知道从什么时候开始，每逢雨夜肩膀就会酸痛难忍。有几次下大雨，我路过他的房门口，都能听到他有些压抑的呻吟……

（三）

高中三年匆匆而过，到我上大学的时候，父亲的腰身似乎也像熟透的麦穗一般，弯了下去。

而我一直都没有发现。

直到有一天，我在学校如鱼得水的时候，无意间接到一个广播通知，说父亲在门口等我，让我快点儿过去。

同寝室的室友们听到了，笑着说要一起去看看，我没借口拒绝，只能不情不愿地带着他们一起去了，顺便在心里祈祷他特意来市里一趟能穿得体面一点儿。

但是事与愿违。当我走到门口时，看到父亲从门卫室里兴冲冲地跑了出来。他穿着一身洗得发白的藏蓝色粗布外衣，裤子上还有几个补丁，一双大头的红军鞋，上面还沾着尘土，最可怕的是他手里还提着一个蛇皮袋，里面不知道装了些什么。

"锋……"

"你来干吗？"

在他刚说出一个字的时候我赶紧打断了他，就怕那个好不容易远离我的绰号因为他的到来而重出江湖！

父亲见我打断他的话，不由得讪讪地停下了话头，他应该是想起了我以前总是抱怨他对我的称呼。

不过他也只是"羞愧"了一小会儿，很快就再次展开笑颜。他的脸因为长年累月的风吹日晒布满了深深浅浅的沟壑。不光是肤色暗沉发黑，他的头顶还满是灰白的头发，本来看起来就很沧桑，一笑显得更加苍老！

我下意识地朝身边的室友看了过去，虽然他们没什么表情，但是不知为什么，我莫名觉得他们在心里耻笑我，笑话我有一个看起来又老又脏的父亲……

我不由得咬了咬后槽牙，有些不耐烦地问着："你怎么来了？"

父亲的目光落在我身上，眼里饱含着关爱，当时的我却根本看不见。

"我给你带了点儿家里种的红薯，今年雨水少，红薯可甜了，这些是昨天刚从地里刨出来的，你看……你妈还给你晒了点儿红薯干，没事可以嚼着吃！"

他一边回话，一边把手在裤腿上蹭了蹭，擦掉了一些汗液。笑嘻嘻地把蛇皮袋拎到我面前，迫不及待地打开了麻绳。

"你带这些东西来干吗？我在这里什么都不缺！你带回去吧！"

我看都不想看那些被放在蛇皮袋里的包裹着泥土的玩意儿，这些东西我从小吃到大，已经吃得想吐了！

父亲闻言，脸上的笑意缓缓地退了下去，嘴唇颤抖了一下，随即扯出一个有些勉强的笑容，看向我身边的室友，对着他们露出温和的笑意："这是你的同学吧？"

我敷衍地点点头，催促他早点儿回去，父亲本来明亮的眼睛渐渐黯淡了下去。他点着头："哦哦哦……这就走了……这些……"

"都说不要了！你带回去！"

我不耐烦地说完，身边的一个室友突然出声："留下吧……我还没吃过地里刚刨出来的红薯呢……"

父亲的脸上瞬间露出惊喜的笑容，他有些拘谨地站在那里对着我的室友讨好地笑着："新鲜着呢！你们喜欢，下次我再背点儿来！"

室友脸上露出笑意，对着他点点头："叔叔太客气了，你大老远背来多辛苦，这里买点儿也不贵。"

父亲还在和他说着没事，我在一边却不高兴。

室友到底是不是好意我并不知道，但是我下意识地觉得远道而来的父亲给我丢了面子，这些不值钱的东西哪值得他大老远地背来，根本就是在惹别人笑话！

室友提着父亲带来的一袋子红薯回到了寝室，他打开袋子的时候还惊讶地说："你父亲居然把红薯上的泥巴都洗掉了！我还以为会有一袋子的土呢……我想用上面的土种花，听说乡下的土比较肥沃……"

我的脸色随着他说的话逐渐变得阴郁、暗沉起来。

最后那袋红薯被室友分发给了其他寝室的同学，他还特意和所有人说了这是陈锋的父亲从乡下背来的，自家地里种的。

那段时间，我时常觉得走在路上那些同学看我的眼神都带着异样！好像在说：原来这就是从农村来的陈锋啊……

这让我一度觉得自己低人一等，没脸见人……

也是这件事后，我要改变自身的想法愈加执着、坚定了。我利用碎片时间努力地多学习，寒暑假的时候寻找机会勤工俭学。

大学四年，我没怎么回过家，每次父亲借村里安装的那部老旧的电话机打来电话时，我总是不耐烦地随意说几句就挂断了。

很快，毕业后，我开始在大城市寻找机会。但是这个城市对于一个刚毕业的年轻人来说太不友好。踢到几次铁板后，我在城市中游荡，突然觉得人生很是无望。

直到我认识了人生中的第一个贵人，他给我介绍了第一份工作。

工作期间，我很是努力勤奋，想着笨鸟先飞的故事，总觉得只要自己做好一切就能升职加薪。可惜，每个圈子都有同一种规则，无论我怎么努力和坚持，也无法走在前面……

这让我很是沮丧和迷茫。

两年后，我义无反顾地辞职回到了老家。

（四）

父亲得知我回来后很是高兴，距离我们上一次毕业相见已经有一年多的时间了。

当他得知我是辞职回来后，一整天都显得紧张和不安，想说什么又有些不敢。

晚上吃饭的时候，他似乎准备好了很多说辞，刚准备开口我就抢先一步说："我想创业。"

父亲愣了一下，嘴巴动了动，最终只开口问了一句："为什么？"

我不耐烦地回道："哪有那么多为什么！"

父亲被我吼了一嗓子后有些沉默，他拿起旁边的劣质香烟，刚抽了一根出来，看到我皱起的眉头后又哆嗦着放了回去。

他沉默了一会儿，再次开口："这创业，可是要不少钱吧？"

我吃着饭，头也不抬地回道："不要钱我回来干什么？"说话间，我吃完了最后一口饭，把碗筷一搁，"这次回来就是想问问你那有没有存款，先借我，等以后赚了钱还你。"

父亲咂了一下嘴巴："一家子谈什么还不还的。"

"账还是算清楚点儿，就当是你借我的。"

父亲闻言没有再说话，只是脸上的神情看着有几分失落。

我继续问他："你那里有多少？"

父亲沉吟了片刻，让母亲去房间里拿出来三张存单，我看了一下算起来大概有个几万块。

这些钱在那个时代的农村家庭中算是不少了，但是对于一个准备创业的年轻人来说，还是太少。

虽然事先就有了猜测，但我还是有些失望。我拿着几张存单，抿着嘴唇想着自己的创业计划，心情有些郁闷，话都没说就站起来回了自己的房间。

第二天早上，我洗漱完去吃早饭的时候，在那张满是划痕、缺了一个桌角的桌子上看到了用旧报纸包着的一摞方方正正的东西，打开一看，里面是几扎整齐的红色大钞。

我又是惊喜又是激动地清点钞票的时候，母亲走了进来，她看到我满脸的欣喜，解释说："这是你爸昨晚上去借的……"

她还在絮絮叨叨地说着话，我却根本没听，确定手头的钱够我开始创业的第一步后，我的心情很是激动，迫不及待地想要去一展拳脚。

我很快就回房间收拾好了行李。母亲跟在我身后，得知我马上就要离开后不觉有些惊讶："锋啊……你爸还没回来……要不等他回来了你再走？"

那会儿的我满心斗志，根本就没想理会父亲："他又去哪里了？不等了，我先走了，你跟他说一声不就行了……"

说着我就背着行李包大跨步走出了家门，母亲在身后追着我："锋啊……你爸他……"

母亲的腿早年受过伤，走不快。她追着跟了没一会儿就被我拉远了距离，那时候激情澎湃的我哪里还有心情听她后面说了些什么……

也是几年后，在我事业已经有了起色，拿着钱来还债的时候，母亲一边欣慰地给我夹菜，一边说起了当初的一切："那天晚上你爸走了好几个亲戚家去借钱，晚上黑灯瞎火的，不小心被二赖子家的狗咬到了腿……"

父亲在一边有些不好意思，粗着嗓子对母亲说道："说啥子呢！"

我心里有些微的感动，不过也只是当时有这样的感受，因为送完钱，第二天我就再次离开了。

我的事业发展得越来越好，回家的时间也越来越少，结识了妻子后，更是一年难得回一次。

妻子是典型的城里人，家境殷实，优雅动人，也有着城里人的娇气。我带她回过一次老家，虽然父母竭尽所能地把最好的展现在了她面前，但还是不可避免地让她觉得不能适应那里的生活。

谈及婚嫁的时候，我接父母来了城里。想着给自己长长面子，特意给他们准备了新的衣物。但是他们对于这个陌生而庞大的城市却有着天然的畏惧和恐慌，那种天生自带的骨子里的没有见识，使得他们在酒店吃饭的时候表现出瑟缩和

父爱深沉

胆怯，这让我在妻子的家人面前感到很丢脸。

我在心里埋怨他们，一直没怎么给他们好脸色。第二天，父亲就说要回去，我并没有挽留。

离开前，母亲拍着我的手对我说："转眼你都长这么大了，终于也要结婚生子了，我和你爸都很欣慰……我们一辈子窝在村里，没什么见识，我看你这朋友家，都很好……"

母亲絮絮叨叨地说了很多，直到父亲催促了，这才准备离开，临走前，她给我留下一个小包："这是你爸交代给你的，你们谈婚论嫁要用到不少钱……你爸说他没本事，这些钱，是这些年存下来的，就为了给你娶媳妇用的。"

"不用了……我现在赚了不少钱。"

我很是不在意地回答。

父亲正在穿鞋，听到我的回答，穿鞋的动作一顿，身子似乎微微地颤动了一下。

这些钱最终还是留了下来，因为父亲这么多年来，第一次发了火。他把那袋钱砸在了地上，梗着脖子粗声粗气地说："你赚多少钱是你的事，反正不管你拿不拿，今天我都不会带回去！"

撂下这句话，父亲就气吼吼地带着母亲离开了。

不知道为什么，他离开时那弓着的腰身和脚上的那双洗得有些发白的千层底布鞋，在之后的一段时间里一直在我脑海中闪现……

可是那段时间我太忙了，事业的上升期使得我虽然感觉到了心里的异样也很快就忽略了。

（五）

后来，我和妻子结婚了。再后来，我的儿子出生了。我身处繁华的都市，身边有温柔的妻子相伴，和岳父岳母也有共同话题，能探讨事业上的问题，也能聊聊国家大事。

这些都是我那对没有文化的老父母参与不了的，我觉得现在这样的人生才是圆满的！

以前没什么归属感的我终于感觉到了自己是有家庭的人了，我对自己的小家付出了最大的耐心和热情。早已经忘了远在乡下小村落里的父母亲因为常年见不到儿子而失落伤感，每次回去都是匆匆地来匆匆地走……

"丁零零……"

闹铃的声音把我从睡梦中吵醒，我皱着眉睁开眼睛，视线被窗帘外洒落进来的阳光刺得睁不开眼睛。妻子刚好打开门，对我说："你儿子昨天偷偷跑出去了，我刚接到他同学妈妈的电话……"

我顿时一紧张，从床上跳了起来："他什么时候出去的？"

妻子白了我一眼，看起来也有点儿不高兴："我怎么知道……你快把他接回来！"

我一边穿衣服一边想着，这小子真是胆儿肥了，居然还能赌气跑出去夜不归家！等见了他，要好好地教训他！当我匆忙赶到后，却没想到儿子居然不肯回来。才十岁的他梗着脖子威胁说："除非你给我们老师打电话说我不参加这个活动，否则我就不回去！"

这一瞬间，我似乎在儿子那张和我极为相似的幼嫩小脸上看到了十几岁时的自己，那时候的我是否也是这样的一副姿态和母亲进行谈判，威胁着如果不给自己买下那双旱冰鞋，就再也不回家了，不顾家里的情况，自私地只想着自己……

儿子回到家的时候哭着给妻子告状，说我拎着他的耳朵从同学家里出来，被看了笑话，他恨死我了。

妻子一脸心疼地把他抱在怀里安慰着，看向我的眼神也带着一丝抱怨。我没有理会他们，转身去了书房。

那天，我在书房的椅子上坐了很久，回忆起了很多往事，渐渐发现，儿子的身上隐约闪现着自己当初的影子。现在身份转换，重新换一个角度去看待以前的事物时，我才发现自己似乎无意或有意地遗漏了很多重要的东西……

现在回想起来，我的所有行为都昭示着嫌弃自己的父亲。年少时的虚荣让我觉得这个父亲很无能，一辈子面朝黄土背朝天，不能给我创造优越的条件。大学的时候，嫌弃父亲比实际年龄要显得沧桑的脸孔，还有他永远伛偻着的身影和他藏着黑黄色污垢的指甲缝……

当初我拿着父亲的钱开始创业。当我打上领带穿上西服的时候，并没有意识到那笔钱是父亲毕生的积蓄，是他为了儿子将来娶媳妇努力存下的。他半夜走访多家亲戚，低下头为自己的儿子开口借钱，却在回来的路上被狗咬伤了腿，第二天去医院打针，回来却连儿子的面都没见着！当我开起了小汽车住进了小洋房，也没意识到就是因为这笔钱，我才会有现在的生活。

或许那时候的我还总觉得，这些都是靠着自己的拼搏和努力换来的，却潜意识地把源头遗忘掉了。

而今天，儿子的举动无意中给了我当头一棒，把一个装睡了几十年的人彻底打醒了！

这个世界上，谁都可以嫌弃父亲，只有自己没这个资格！

第二天，我回绝了一场同学聚会的饭局，开车匆匆赶回了老家。

车子停在熟悉的碎石地上时，我的心中满是感慨。踩着那些碎石朝着记忆中那栋老旧的房子走去时，口袋里的手机突然响了起来。我接起电话，那边有些陌生的声音传了过来："陈锋，你怎么没来参加聚会？我是××，自从毕业后，我们就没再见过啦……"

我这才想起来对方就是和自己同寝室住了四年的室友，当初拿着红薯到处分发的那个人。

我对这个人印象不好，但是这么多年做生意养成了见人三分笑的习惯，便敷衍着说了几句话。

对方似乎没有察觉到我的不悦，絮絮叨叨地说着话，临挂电话前，他很是感慨地说着："陈锋，你不知道，当初你爸大老远地给你背来了一袋红薯，我可羡慕了你大学四年！我爸很早就和我妈离婚了，在我小时候的记忆中，他从没有来看我一次。如果不是每个月打在卡里的钱，我还以为他早死了……当时我吃着你爸送来的红薯，晚上躲在被窝里偷偷想，如果我也有你这样时刻都想着自己的爸爸就好了！说来不好意思，你爸的样子到现在我还记得呢……哈哈哈……"

挂断电话的时候，我的心情真是五味杂陈，就连走向家门的脚步也变得沉重起来。特别是在看到敞开的门扉之后，我竟然产生了一丝退缩的念头……

就在我踌躇不定的时候，一个矮小干瘦的身影从里面走了出来。

父亲弯着腰敲着烟袋缓缓走来的那一幕，好像一瞬间时光倒流，我再次回到了小时候，看到了那个还比较年轻的、有着六根手指的父亲正对着我喊："锋子……快来，爹抓了两条长蛇，晚上给你烧汤吃！"

那一刻，我突然觉得自己无颜面对此时的父亲，我的脸犹如被火烧一般，灼热而疼痛着……

我在这个从小长大的家中住了两天，和已经年迈的父亲聊着从前的一切，聊着我的年少无知和虚荣自私。父亲并不指责我，反而还笑着说："没有娘嫌儿丑的，自然也不会有父嫌子过。"

那两天回程后，我背起了背囊，和儿子一起走上了去往乡下的体验之旅。

坐在巴士车上的儿子满脸狐疑地问："为什么你也去？"

我沉默了两秒后回答："去怀念曾经没有珍惜的一切……"

这个世界如果还有会为你无私奉献、不求回报的人，那应该只有你的父母。

母亲的爱，温柔慈祥；父亲的爱，深沉厚重。

父爱深沉

最亲爱的人

苏　漫

程洁下班回家，已经是晚上九点多了。她从楼下看过去，自己家的那扇窗户是紧闭的，里面黑漆漆的一片。她想，今天丈夫和女儿睡得很早啊……

他们家住在四楼，最近她爬楼梯到家门口的时候总感觉气喘吁吁心跳加快。程洁觉得这几年自己身体明显开始变差了，不得不承认，人到中年，身体的各部位已经走向老龄化。

以前的她总是觉得自己很年轻，可两年前开始，做事的时候，她明显地感到心有余而力不足。

她拖着有些疲惫的身体，一步步走到了家门口，掏出钥匙打开门，屋内突然响起灯控开关的声音，随之而来的是满室的光亮！

"祝你生日快乐……"

女儿在屋里唱起了生日歌，一旁的丈夫正从厨房往外端菜。

"你可回来了，我们等你好一会儿了。"

丈夫摆着盘子，笑眯眯地抬头看她。女儿在一边起哄："可不是，为了这顿饭，爸爸从早上就开始忙了！"

程洁感动地坐到了桌前，看着满桌都是自己爱吃的菜，有些感慨日月如梭，她已经四十岁了。

女儿给蛋糕插上了蜡烛，对着她一边拍手一边说："妈妈，快许个愿！"

"啪"，丈夫把灯关了，一时间，房子里只余下浅浅的烛光。

程洁闭着眼睛的脸映衬在烛火下，忽明忽暗，看起来有些神秘。女儿玩笑道：

"妈妈这会儿想到了什么？"

想到了什么？

眼前一片黑暗的程洁突然被女儿的话语惊醒，就在睁眼的一瞬间，她恍惚看到了坐在自己正对面的一张熟悉的脸。

那是一张上了年纪的女性脸孔，她的眼唇间生了不少细碎的皱纹，年轻时那对微微上挑带着三分泼辣的细长丹凤眼，现在看起来显得温和慈爱了不少。那条总是垂在身侧的乌黑的长辫子也被细碎灰白的短发所取代。所有代表当初那个年轻身影的标志都已消失不见，留下的只是一个普普通通、被病魔摧残、身躯孱弱的孤寡老人……

那个老人，就是她的母亲，死于半年前的一个清晨。

程洁的母亲一辈子好强，到老也是一样。甚至在她临死前，还在安慰这个已近四十岁的唯一的女儿："人都有一死，我活了这些年岁了，也活够了……"

那时候人到中年的程洁莫名觉得自己好像又变成了原来那个总是会在午夜缩在被窝里偷偷哭泣的孩子。只是这次哭泣的原因，从对母亲的各种怨恨变成了害怕她离开的恐惧……

无论她有多不舍，多愧疚，多痛苦，母亲还是离开了。她走的时候，蜷缩着四肢，干瘪的身体看起来极为瘦小。

母亲死后，程洁开始一夜一夜地做梦，梦里都是小时候的回忆。那些记忆在母亲活着的时候很模糊，但是在母亲死后，却在梦中被一次次地回顾，变得格外清晰。

程洁很小的时候父亲就因一场意外去世了，守寡的母亲一个人拉扯着她长大。

在幼小的程洁有限的记忆中，父亲刚去世的那一阵子，母亲经常偷偷地躲在厨房无声地哭泣。

有一次，家里来了几个亲戚，在客厅聊了很久，程洁在房间玩洋娃娃都玩腻了，他们才离开。就是那天，程洁晚上睡觉的时候总觉得耳边有压抑的抽泣声。她狠狠地哭闹起来，任母亲怎么哄都没用，最后，满身疲惫的母亲不知道受了什么刺激，把她从被窝里拎了出来，狠狠地抽了一顿！

从那以后，母亲就变了。

也许是父亲的早亡，使得母亲由温柔体贴变得泼辣又市侩。这一切，都是因为家中缺少了顶梁柱。

但是程洁并不知道。

她只是惶惑为什么以前温柔慈爱的妈妈突然变得凶悍刻薄，难道她被巫婆施了魔法？

因为这个想法，那段时间她在睡觉的时候常常会嘀嘀咕咕地念咒语，期待着哪一天，那个她喜欢的好妈妈能快点儿回来。

偶尔程洁也会想到那个没什么印象的父亲，特别是有一次，她划破了家里的沙发，被母亲拧着耳朵大骂时，她脑子里突然浮现出一个男人挡在她的身前保护她的身影！

那个身影她觉得应该就是她的爸爸……

后来，程洁看到别人家的孩子都有爸爸疼爱，她就会羡慕嫉妒。她想，如果她有爸爸，是不是就会把坏妈妈打跑呢？但是她没有爸爸，她也不知道爸爸去哪了……

不过那时候的她还很天真，想着，也许哪天爸爸就会回来了！

最亲爱的人

这个想法被她深埋在心底。

有一次，程洁看到隔壁邻居家的小孩缠着父亲买了一架遥控飞机。程洁也很喜欢，她也想玩，于是她用一块糖果换来了那架遥控飞机的使用权。

但是在她操控下飞机砸到了墙面，掉下来的时候摔掉了一个翅膀。程洁吓蒙了，那小孩看到遥控飞机少了一个翅膀，心疼地哭了起来，嘴巴里的糖果也掉了下来，在地上滚了两圈，最终停到了缩着脚的程洁旁边。

听着耳边的哭声，看着脚边沾满灰尘的糖果，程洁心里很是惶恐，她不知道该如何交代。小孩的爸爸听到哭声跑了出来，得知事情经过后并没有责怪程洁，反倒是安慰了她，说没关系，他可以再买一个。程洁这才心安起来，看着那年轻的父亲抱着小孩亲吻安慰的时候，心里生出了一种说不清道不明的滋味。

母亲回来得知了这件事，抿着嘴唇一言不发地回屋拿了钱敲响了对面的门。

因为这个意外，家里一个月的伙食费没了。程洁吃了一个月的小葱拌豆腐和炒青菜。那时候还不太懂事的她哭闹着摔了筷子，说："为什么不给肉吃！"

母亲淡定地扒着饭说："这都是你自己造成的。"

程洁不高兴了，嚷嚷着："人家的爸爸都会给买好玩的好吃的，我为什么没有？"

本来还很平静的母亲突然烦躁起来，声音提高了一些，说："因为你没有爸爸！"

程洁被她的话一刺激，一手扫了过去，直接把桌上的碗筷全砸在了地上，尖叫着："你不是我妈妈！你是被巫婆施了魔法的坏人！"

伴随着清脆的陶瓷碎裂声，她迎来了人生中的第一个巴掌。

当天晚上，她躲在被窝里，一边流泪一边想着，如果她还有爸爸，那就好了。

后来，她睡得迷迷糊糊时，感觉有人进来给她盖了盖被子，又摸了摸她留着红印的半边脸，之后似乎还有淡淡的叹息声响起。但是那会儿的她实在太累了，根本就没有注意到走进门来的人是谁。

那次以后，程洁就再也没有想过为什么自己没有爸爸。看到别人家都是一家三口时，她也不再怀着羡慕嫉妒的眼神去看他们。

随着时间的流逝，她渐渐适应了母亲的改变，也适应了没有父亲的生活。

进入初中后的程洁也和普通女孩一样，开始了青春期的情窦初开。

她偷偷地爱慕班里那个长相俊秀学习又好的男同学，私下里默默地观察着他的一切，甚至还自以为隐秘地写下了好几封情书藏在书包里。

可是不知道怎么回事，那些情书后来竟出现在了对方的课桌里，又意外地被其他同学看到了。

一时间，所有人都知道了她的暗恋事件。

程洁觉得很丢脸，又疑惑为什么自己藏好的东西会不翼而飞？

后来她发现这一切竟然都是自己的同桌所为，愤怒的程洁和对方理论并吵了起来，因为太过激动，两个人动了手，程洁不小心抓破了对方的脸。

这件事闹大了，被学校老师得知，因为影响不好，班主任当天就通知了家长。

母亲从纺织厂里匆匆赶了过来，她身上还穿着纺织厂工人统一的暗蓝色粗布衣裳，头上戴着一块三角巾，虽然打扮很是俗气，但因为她有张还算漂亮的脸，使得这身打扮看起来反倒有几分朴实无华的感觉。

程洁有些紧张地等在办公室门口，这时母亲冷着脸快步上前，一把抓着她的头发用力扯着将她拖进了办公室里！

程洁尖声惊叫，抓着母亲的手腕，被拉扯着往前走时，眼角的余光透过垂下的头发缝隙看到了一双穿着球鞋的脚。那双鞋子她看到过无数次，她甚至想象过自己就是这双鞋子，能和它的主人亲密接触……

随后，听到熟悉的声音响起来时，那一秒，程洁羞愧得恨不得从楼上跳下去！

她的母亲，在自己情窦初开的暗恋对象面前，像个泼妇一般，扯着她的头发把她拖进了老师的办公室……

可能是因为母亲的壮举，这个影响恶劣的事件，最后居然不了了之了。

而那几年，程洁在学校却再也没有抬起过头。随着她那颗萌动的少女心一起碎裂的，是小时候那个单纯的希望巫婆解除魔咒的美好愿望。

十几岁的少女在那个心碎的晚上，无助又绝望地躲在被窝里哭了一整夜。

从那以后，程洁就变得安静孤僻，她开始把自己的心事以日记的方式记录在记事本上，和母亲的交流也越来越少。

因为把所有的心思都放下了，程洁的学习反倒越来越好。可能，她想着，自己唯一的出路也就是学习了。

程洁以为最坏的事情已经发生了，但是有一次，当她回家的时候看到早归的母亲正拿着她的记事本翻阅时，她才发现这一切只是一个开始！

她冲进去抢回了记事本，和母亲狠狠地吵了起来。她觉得母亲不尊重她的隐私，根本没有把她当成女儿来看待。在学校的那一次，不由分说地扯着她进去给人道歉，这次又没有经过自己的同意翻看她的日记。

那天，她把记事本拿到房间用打火机烧掉了。看着被火舌吞没的纸张，她又掉下了眼泪……

程洁觉得，自己的人生就像一个黑洞，又可怕又充满猜忌！

可能是觉得这一次自己做得过分了一些，母亲在之后的几天变得温和了不少。但是伤害已经造成，程洁觉得这些事后的弥补不过就是惺惺作态！

两个人的关系也开始变得微妙起来。

就这样，程洁在和母亲的对峙中，升入了高中。

她本以为，她和母亲会以这样的方式纠缠不清地生活一辈子。但是就在那个时候，一场意外发生了。

程洁发现母亲有异样的时候，她已经有很大的变化了。她的头发不再像以前那样简洁地编成麻花辫，而是披散在了脑后。一向对衣着没什么要求的她身上居然穿着连衣裙！连一直紧紧抿着的唇角也松散开了，整个人就好像由一朵坚持着不肯凋谢的残花变成了含苞待放的花骨朵……

就连母亲对待程洁的态度也越来越温柔了，甚至让她产生了那个记忆中温柔的妈妈再次回来的错觉！

母亲的变化让程洁感到了惶恐不安，她敏锐地从中察觉到了什么，却又不敢确定！直到有一天，学校意外停课，程洁到家后没多久，母亲也带着一个憨厚的中年男人回了家。

看到她的时候，母亲有些紧张，她解释说这是厂里的同事，帮她搬了点儿东西回来。

程洁不说话，有些阴郁地盯着那个男人。对方似乎被她看得有些不好意思，从口袋里掏出一包糖，笑着递给她。

母亲在一边有些不好意思地笑着说："这怎么好意

思……这孩子都大了，不吃糖了。"

男人也笑了，看起来憨憨的："别客气，刚好带着，吃点儿吧……"

母亲闻言便接过来递给程洁。

但是程洁低头看了一会儿，突然一挥手把糖拍掉了，还冷冷地看着母亲说："我不喜欢吃糖，你也说了，我都这么大了！"

那男人和母亲都愣住了，程洁顺势从他们中间挤过，朝着外面跑了出去。

她一口气跑到了附近的小公园，在里面的一条石子路上来回走了很多遍，脑子一片杂乱。一会儿想着那个男人，一会儿想着母亲……

等到她回去的时候已经是晚上了。

那时候的天空没有那么多的雾霾遮挡，天上的星星又多又闪亮。她借着星光走回家，打开门的时候看到一个黑影坐在客厅的沙发上睡着了。

她什么也没说，换了鞋子朝自己的房间走去。

就在她打开门的时候，母亲的声音在背后传来，她说："囡囡，我给你找个爸爸好不好？"

程洁握着门把的手一紧，良久，她嗤笑着回答："我早过了找爸爸的年纪了！"

从那天起，程洁和母亲的关系变得更加恶劣了。

为了表示不满，她开始结识一些社会上的二流子，跟着

最亲爱的人

他们混社会。穿着流里流气的服装，化着非主流的烟熏妆，随便爆粗口。

一开始母亲并没有察觉，直到后来收到了老师通知，说程洁没有去上学，是不是家里出了什么事。

她这才意识到问题的严重性，特意从厂里请假回来，在游戏机房里找到了程洁，一脸怒气地把她从里面拖了出来。

程洁甩开她的手大喊大叫着："你干什么？！"

也许母亲这时候才发现，原来程洁长这么大了，已经能轻松甩开她的手了，再也不是小时候那个挨了打，只知道哭的小女孩了……

她愣怔了一下，但是很快就恢复过来，对着程洁怒吼："你看看你像什么样！还像个学生吗？你们学校的学生、老师都看过你这副模样吗？你还要脸吗？"

程洁冷笑连连，毫不客气地反问："你才要点儿脸吧！我爸才死了多少年，你就想着找第二春了！"

母亲顿时被气得举起了右手。

程洁看到了，没躲反而凑了上去，脸上带着嘲弄和讥讽："你打呀，你打呀……反正你也不是第一次打我了！"

母女俩的目光在半空中紧紧地缠绕在一起，充满了火药味。也许这一刻，她们都觉得，谁先转移视线谁就让步了。

良久，母亲有些颓然地放下了手，神情显得有些疲惫，她说："你回去好好上学，以后别再这样了……"

程洁没有回话。

那天，程洁还是跟着母亲回去了，她们走在路上，没有交谈，就好像陌生人一般一前一后地走着。

当天晚上，程洁把自己关在了房间里没有出来，就算母亲做好了晚饭，敲响了她的房门，她也没有出去。

后来母亲也不再叫她了，自己收拾了碗筷。

程洁隔着门板，听着外面传来的"叮叮当当"碗筷碰撞的声音，坐在书桌前的椅子上发呆。

她不知道怎么从口袋里摸出了两根香烟。当她点燃那两根烟的时候，一点橘黄色的星光在空气中亮了起来，她看了半天，放在嘴里小心翼翼地抽了一口。

一股浅淡的烟雾从嘴角边散落了出去……

她咂了下嘴，发现味道并不是很难闻，但是也不好闻。她好像找到了一个新的乐趣，把两根香烟都燃尽了。

很快房间里充斥着一股浓郁的烟草味，程洁好像在那片烟雾中，再次看到了小时候的自己。小小个头的她站在泪流满面的母亲面前，一脸的天真无知。而母亲，穿着黑色的长裙，头上别着一朵白色的绢花，她的身后，是一张黑白的照片，照片上，是一个年轻的男人……

第二天醒来，程洁发现自己居然趴在书桌上睡了一夜。窗户外散落的阳光把整个房间都照得很亮，昨天的那些烟雾早已消失不见，连一丝残留都没有。一同消失的，还有那张黑白照片上的人的面容。

她看着桌上的两个烟头，沉默了很久，最后任由它们散落在书桌上。然后她背起书包，头也不回地离开了。

　　程洁以为自己和母亲的这场仗会持续很久，她甚至想过也许哪一天，她回家的时候家里就多了一个人，那么她会怎么做呢？

　　她思考着这个问题直到放学。

　　当她走出校门的时候，看到三三两两站着的穿着稀奇古怪的男女时，不知道为什么，心情有些莫名的烦躁。

　　那些人看到她，笑着和她打招呼，说等会儿他们要去飙车，让她一起去。

　　程洁拒绝的话还没出口，突然想到了自己思考的那个问题。她又不想拒绝了。

　　然而意外出现了，他们一伙人在一条废弃的公路上狂欢的时候被一辆突如其来的工程车碾压了过去。程洁站在最外围，和死神擦肩而过，却目睹了那些人被车子碾压而过时的惨烈景象！

　　程洁在警察局做笔录的时候母亲匆忙赶来，当着所有人的面给了她一巴掌，颤抖着声音说："你是不是真的以为我不敢打你？你是我生的，你如果那么想死，我打死你还干脆一些！"

　　派出所里的人都被母亲突如其来的举动弄得有些惊愕，纷纷在那里安慰着。程洁缩在角落里不说话，整个人显得狼狈不堪又很是凄惨可怜。

　　母亲把程洁带回了家。到了晚上，程洁怎么也睡不着，她只要一闭上眼睛就会想起当时那些人的死状，太可怕了……

她开始整夜整夜地做噩梦，脸色难看，神情憔悴，整个人了无生气。

母亲请了长假在家里陪着她，白天和她一起去散步，晚上陪着她一起睡觉。

程洁觉得，那个小时候温柔慈爱的母亲好像又回来了。

有天晚上，她依偎在母亲的怀里问："你会一直陪在我身边吗？"

母亲笑着回道："当然会。"

程洁接着说："你陪着我，我陪着你，就我们，就我们俩，好不好？"

黑暗中，程洁问出这句话后紧张地握紧了自己的拳头。

良久，她听到母亲轻柔的回答："好……就我们俩。"

程洁高高吊起的心终于落回了肚子里，这一刻，她无声地笑了。

自从那天晚上母亲做出了承诺后，她果然又变回了原来的那个她。垂在脑后的长发重新编成了麻花辫，穿着的裙子也换成了衣裤，唇角的微笑也浅淡了一些。虽然程洁觉得她好像又变回了泼辣的模样，但是却莫名地感到一阵心安。

就这样，程洁和母亲终于相安无事了。

那个看着憨厚的男人再也没有出现过，程洁也回归到了正常的生活，努力地学习，争取上一所理想的大学。

高中三年一晃而过，程洁的努力没有白费。她收到了心仪的大学的录取通知书。

母亲很高兴，做了一桌的好菜。她们围着餐桌开开心心地吃了一顿饭，庆祝着她的新生活。

暑假过后，程洁背起行囊离开了这个生活了十多年的家。

母亲送她去车站的时候，虽然满脸欣慰，但是眼底却若有似无地带着几分惆怅。可惜，那时候满心欢喜的程洁并没有发现。她在畅想自己的大学生活，早忘了，她离开后，母亲只有孤孤单单的一个人……

程洁的大学生活很新奇，她每一天都过得快乐充实。在那里，她结识了新的朋友，参加了社团，还利用空闲时间勤工俭学。她很忙，忙得没有时间去想那个曾经是她全部的母亲。

大学四年很快过去了，程洁回家的时间越来越少，她有了工作，认识了心仪的男士，并和对方相知相许。很快，她拥有了自己的小家，自己的女儿……

她好像离母亲越来越远了，当初的那个承诺，母亲一直在遵守，但是她却毁约了。

那些记忆就好像快速倒带的影碟，将程洁带回了她年少的时代。

当初，她害怕母亲再婚，内心惶恐不安，怕被抛弃，便故意学坏，想让母亲担忧，这样她就没有精力再去想自己的事情。她在房间抽烟，把烟头故意留在了桌面上，就是想让母亲发现，让她知道自己如果没有人管教会越来越堕落。她趁着那次意外，把自己的状态搞到最差，利用这个机会让母亲做出不再结婚的承诺，以此满足自己的私欲……

程洁想到高三的那一年，有一次她回家的时候无意间听到母亲和楼下邻居的谈话。

对方说要给她介绍一个对象，母亲笑着拒绝了，她说自己不想找。邻居还笑话她死脑筋，"你总要为自己打算打算，你还那么年轻，难道真的守着你女儿一辈子吗？以后她会有自己的家庭，自己的生活，到那个时候，你就只能孤零零的一个人过着凄凉的晚年。"

那时的程洁听到后觉得很生气，也很担心，彼时她想的最多的是如果母亲再婚了，那么自己就成了那个多余又可怜的人。为了自己不那么可怜，她是不会让母亲再婚的。

好在母亲一直记得那个晚上做出的承诺，无论对方怎么劝解，她都没有答应。

程洁觉得很高兴，她想，以后她是一定会陪着母亲的……

但是这个想法在后来的几年中，渐渐被遗忘了……

一直到程洁结婚生子了，母亲也渐渐步入了中年。

那些老邻居对母亲的评价也变了，他们说，母亲太傻，太重情，临老连个伴都没有。

那时候，程洁已经隐约知道，这一切，都是她造成的。

后来，母亲得重病在医院重症监护室抢救的时候她才发现，自己当年要求母亲做的那个承诺，她做到了，自己却没有做到……

程洁意识到，是她的自私让她得以威胁母亲那份纯真的慈母爱，母亲为她操心，贡献了一生的青春和美好，直至年老体衰，最终孤零零地死于医院的病房。

回忆在母亲去世的那一刻戛然而止，程洁好似从梦境中醒来一般。

当女儿摆着生日蛋糕，点燃蜡烛熄灭灯火的时候，她好像在昏暗的烛火中看到了母亲就坐在对面的椅子上，她还是年轻时候的模样，扎着一根粗粗的麻花辫，脸上带着笑意殷切地看着自己，"囡囡快点儿吹蜡烛！"说话间，还小声嘀咕着，"这洋玩意儿，花了我两天的工资！可真贵！"

程洁瞬间笑了起来，眼角洒落的泪花沿着脸颊一直往下滑落，最后掉在了桌面上。

碎裂的泪珠中，母亲的人影也跟着支离破碎，只残留最后一抹笑容久久不散……

程洁耳边传来女儿惊讶又夸张的笑声："妈妈，我就是给你买个蛋糕，你不至于感动成这样吧！"

我的罪犯父亲

顾七兮

（一）

今天是清明节，尤棋和丈夫带着孩子一起去墓地扫墓。两个孩子帮她拿着一捧白菊，争论着应该谁去献花，聒噪得让人心烦。

丈夫呵斥了几句，两个人才消停下来，一同小心翼翼地把白菊花束放到了墓碑前面。

因为今天下着小雨，小女儿躲在她撑开的伞下，仰着小脸，童声稚气地开口问她："妈妈，外公睡在这里会冷吗？"

"不会，外公不怕冷。"尤棋看着墓碑上的黑白照片上，父亲那张苍老却带着笑意的脸，温和地回答小女儿的问题。

"外公不怕冷，那么他一个人住这会不会很无聊？"大宝也跟着好奇地问。

细雨纷纷的时节，尤棋注视着这个埋葬了自己父亲的墓地，思绪翻涌，也不知道应该怎么回答孩子。

父亲其实习惯了寂寞吧，毕竟活着的时候，那个家只是名义上的家，实际上早就支离破碎了。

身边两个孩子开始站不住了，等不到妈妈回答，他们叽叽喳喳地继续询问着："为什么外公不和我们住在一起？"

"外公会想外婆吗？"

"妈妈，我都不记得外公长什么样子了。"

大儿子和小女儿的问题，让尤棋有些无法招架，尤其最后那句，简直就是扎心。

尤棋很想说，孩子，不只是你，就算是妈妈，对外公的记忆也很模糊了……毕竟这么多年，她从来没有把父亲放在心里，有时候回想起来，悔恨得恨不得掐死薄情的自己。

见尤棋神色不佳，丈夫只好转移话题："外公收到花好开心，来，让妈妈和外公聊聊天，爸爸带你们去车上玩玩具好吗？"

"好。"

两个小不点儿很高兴地同意了，丈夫拍了拍尤棋的肩膀，牵着儿子抱着女儿离开了。

（二）

尤棋坐在父亲墓碑前，将包里的东西拿出来，一坛酒，两个杯子。

酒是自家酿的米酒，尤棋还记得父亲上一次挥汗如雨酿酒的过程。

转眼却物是人非，尤棋擦了擦湿润的眼睛，小心翼翼地将杯子里倒满酒，对着墓碑敬酒："爸，我来看你了。"脑海里清晰地浮现他浑身打满了绷带，明明丑得跟木乃伊一样，却依旧笑得憨厚的脸。

那张苍老布满皱纹的脸，既黑又粗糙，胡子拉碴的，毫无美感可言。小朋友第一眼看到都能吓得做噩梦，可是此时想来，却是那么亲昵。

脑海里像放电影似的一遍一遍重复播放着他跟自己说话的场景，他说："别人说喝酒伤身，那是没喝到真的好酒，好酒是补气养生的，尤其咱家这个米酒，我一喝，人的精神倍棒。"

"爸，你小声点儿，医院可不让喝酒。"尤棋笑。

"好吧，我就偷偷喝一小口。"父亲像个孩子一样，喝了一小小口，满脸的心满意足，"果然是好酒啊。"小声感慨。

"那是，我们尤家的米酒，那可是祖传的绝活，应该申请专利。"

"呵呵，还是我闺女亲。"父亲笑得灿烂如花，却气若游丝地说道："等我这次身体好了，我就好好想想，开发专利，做咱们自己家的米酒品牌好吗？"

"对对对，你先要申请专利，然后我开店卖品牌，最后咱们要开遍全国连锁。"尤棋笑着哄父亲开心，夸张地说，"国内开满了，咱们就开到国外，等以后整个地球都是咱们家品牌的米酒。"

"你啊，净说瞎话。"父亲显然被尤棋给逗笑了，虽然说话开始吃力起来，但是依旧努力地憧憬着，"开遍全球不指望，开很多连锁我也不敢想，我就想等以后能开一家小店，我就心满意足了。"

"这愿望简单，你赶紧好起来，我去帮你找地方，等咱们出院，就开酒店。"尤棋神色悲伤地说，其实她自己也知道，这些话，不过是哄哄老人，不过是想让他能够开心地走……

这辈子，父女两个从来没有如此和谐过。

或许，人之将死，一切是非恩怨都应该了结了吧。

父亲紧紧地抓着尤棋的手，目光眷恋："棋棋，我的好孩子……"

"爸……"尤棋哽咽着喊出声。

"以后要好好的。"父亲严肃地叮嘱，"好好照顾你妈，我害她苦了一辈子……"

听到这里，尤棋的眼泪怆然而下，哇的一声大哭起来。

父亲张了张嘴，却什么都没有说出来，化作一声叹息，缓缓地闭上了眼睛。

"爸，爸……"尤棋悲伤地摇晃他的身体，企图唤醒他，"你不要走……"

虽然尤棋厌恶了父亲一辈子，打心眼儿里瞧不上自己的父亲，父女俩也曾差点儿决裂，她也无数次抱怨自己摊上这样的父亲，但是当父亲这样离开的时候，她还是会心疼跟不舍，毕竟生命就一次，没了，以后就真的没有了。

这是一场谁都料想不到的意外，匆忙得让人发蒙。

丈夫过来将尤棋带离病房，之后便安排葬礼，直到下葬，尤棋抱着父亲的遗像，都没从恍惚中回神，她父亲，真的就这样没了？

无数次诅咒他死，当他真的没了，尤棋才发现，血浓于水，她心痛得无法呼吸。

父亲，如果再有来生，我们千万不要再遇见了，因为相爱相杀真的好累。

父亲，愿你，一路走好。

我的罪犯父亲

（三）

尤棋年轻的时候很不喜欢自己的父亲，记忆中想到父亲也只有烟鬼、酒鬼、瘸子、劳改犯这样的代名词。

她那时候无比厌恶他，因为那些不光彩的往事，让少年时期的她被耻笑过无数次，也被小伙伴欺负过无数次。尤棋童年没有玩伴，长大了，不敢交朋友，性格孤僻古怪。

如果不是遇到性格开朗的老公，尤棋想，她这辈子或许只会生活在阴暗的角落里吧。

而造成这一切的，都是她不成器的父亲，尤棋对他的恨，不是三言两语能够形容的。

父亲走了，这一切就算了吧，尤棋深深地叹息。

（四）

尤棋的老家在一个不算贫困但也绝对不富裕的乡村。

那时候刚实行计划生育，他们家就生了她一个。母亲说，尤棋小时候很喜欢父亲，同样地，尤棋是父亲的命根子、眼珠子，他把她看得异常珍贵。后来，母亲也想不明白，父女俩为什么会越来越陌生。尤其那一年之后，差点儿就敌对成为仇人。

其实尤棋自己也想不起来，到底从什么时候开始，她对父亲会有那么多偏执的看不起。

或许，从懵懂的童年记事时起吧，稚嫩的她刚会辨别好坏，瞧着别人家爸妈都正常，而自己的父亲却是个瘸子。

他不是天生的瘸子，听村里人的闲言碎语说，是年轻的时候偷鸡摸狗摔断了腿没钱治才变成了瘸子。

尤棋无数次想起第一次听到别人说自家的闲话时，那一种羞愤，痛苦得揪心疼，难受得睡不着觉，哪怕很多年后回忆起那个场景，都会气得浑身发抖。

父亲可以贫穷，可以长得有残疾，但是为什么人品会差呢？这让她完全抬不起头来。

这样人品极差的父亲，怎么娶到善良的母亲？

尤棋心里为自己亲爱的母亲深深地抱不平。

父亲家里本来就穷，腿瘸了后，十里八村的没一家肯把姑娘嫁过来，再加上他名声又不好，到了快三十，砸锅卖铁才好不容易从更穷的地方说了个媳妇来，就是尤棋的娘。

尤棋娘是个老实姑娘，家里比尤家还穷困潦倒，留着她是给弟弟换娶媳妇的聘礼的，结果弟弟不成器，一直说不上媳妇，她便也被耽误成老姑娘了。农村人娶媳妇不喜欢老姑娘，名声不好听，尤其还带着穷困的娘家、不成器的弟弟，尤棋的娘是抱着感恩的心跟着尤棋爹的，毕竟为了娶她，尤棋爹花光了自己的所有。

尤棋的爹很穷，为了娶媳妇，掏空了家底，更穷了，新婚夜两个人别说摆酒席请客人，就连一口热乎的饭都没吃上，因为家里最后一点儿米都被拿去当聘礼了。

饿着肚子洞房花烛夜，第二天便去摘野果、挖野菜充饥。

好在尤棋的娘是个勤奋的人，平日里在家也过惯了苦日子，所以恶劣的生存环境让她任劳任怨地扛起了生活重担。日子一点儿一点儿在艰苦中改善，渐渐地有米了，能吃饱饭了，有菜下饭了，偶尔也会有荤菜上桌打牙祭。当然更重要的是，尤棋娘没多久就生了尤棋，尤棋爸爸终于当了爹，很是高兴，常常会抱着她玩，瘸着一条腿，逢人就说自己孩子漂亮聪明，还有一双大长腿。

村里人明着没有冷嘲热讽，但是背地里却依旧戳着他们脊梁骨，各种版本的闲话都有。

但那时候的尤棋很小，什么都不懂，她爱自己的父亲，丝毫不嫌弃他残疾，会时刻跟在他屁股后面，甚至学着他一摇一摆地走路。

笑声叠着笑声，那一段童年时光，或许是父亲跟尤棋这辈子最甜蜜的时光了。

也或许，这一段时光，支撑着父亲，眼睁睁地看着自己宠在手心的宝贝，一点点远离自己，最后差点儿失去了她。

（五）

慢慢地，尤棋长大了，她发现母亲做的永远比父亲多。因为是瘸子，父亲干不了重活，家里多半农活都是母亲在干。

尤棋从小就听到村里人笑话她妈，好好的姑娘嫁了个瘸子，还要跟个男人一样干活养家，而且肚子还不争气，生了一个没前途的丫头片子，以后都没人养老什么的……

是啊，农村人兴养儿防老，女儿是赔钱货。

尤棋妈倒是无所谓，依旧默默地埋头干自己的活，对任何闲言碎语充耳不闻。

但是总有些唯恐天下不乱的"好心"邻居，甚至会建议母亲，要么离开这个没前途的父亲，要么把尤棋这个女儿卖了或者扔了，重新养一个儿子傍身，不然等以后母亲老了，干不动活了，瘸子父亲帮不了忙，没儿子扛家里重担，那一家老小都会饿死。

母亲脸皮薄，不会跟那些人较真，也说不过人家，有些话听过就算了。尤棋爸爸听到闲话，喝酒上头的时候，会脸红脖子粗地跟人吵上几句，但是对方不但肆无忌惮，更加会嘲讽他是个瘸子，一无是处，没有本事，害自己的娘儿们像个糙老爷们儿一样。这是事实，无法辩驳，尤棋爹便会歇阵。

或许，这就是一种自卑吧。瘸，或许也是父亲心里一个难以言喻的伤痛吧。

但是听多了这样的闲话，尤棋慢慢觉得父亲真的一无是处……他保护不了母亲，也保护不了年幼的尤棋被流言蜚语中伤，甚至他都无法保护自己。

而归根究底，村里人爱说他们家的闲话，源头只有一个：父亲是瘸子，他的瘸是因为人品不好。

人品不好的人家，被其他人踩上一脚，是再正常不过
的事。

（六）

再长大点儿，远离村里的流言蜚语，上小学了的尤棋，
本来已经像个正常孩子那样交朋友，有自己明辨是非的能
力，可是因为那一场雨，她再次缩回了壳里，成了全班的
笑话。

尤棋清楚地记得那一天，母亲临出门前关照，变天记得
带伞。

可贪玩的尤棋转个身便忘记了，到学校上了一堂课就开
始变天，下暴雨，雨太大，没有伞，她中午饿着肚子没能回
家吃午饭，下午临放学前，父亲来学校给自己送伞跟吃的。

同学们暗地里对尤棋的瘸腿父亲指指点点，窃窃私
语："尤棋的爸爸怎么是那样的……"

尤棋那个小胖同桌，是同一个村子的，但平时就跟她
不和，听到同学们的话后，站起身子，扯着嗓子说："我
知道尤棋的爸爸为什么是瘸子，因为他偷东西，被人打断
了腿。"

一瞬间，尤棋的脸红到脖子根，那是一种愤慨，她气得
一把揪着小胖猛地朝他身上打去，"你胡说八道什么！"

小胖仗着自己体形优势，立马跟尤棋打了起来，嘴里更是叫嚣道："我说的是事实，你爸爸就是小偷，你以后也会是小偷。"

尤棋叫道："我不是。"两个孩子狠狠地扭打到一起，其他同学面面相觑却不知道该怎么去拉架。

尤棋爸爸冲了过来，将小胖跟尤棋一手抓一个，大力地扯开。

小胖哇的一声大哭起来，恶人先告状道："尤棋爸爸打人。"

老师进来时，正看到尤棋爸爸一手拎着一个孩子，小胖还哭得那么惊天动地，不由得脸色大变，快步走过来，不问青红皂白就批评尤棋爸爸："你怎么能打孩子呢？"

面对老师理直气壮的问话，尤棋爸爸词穷，结结巴巴地解释："我没打，我没打……"

"打了，老师他打我了！"小胖干吼着嗓子，"尤棋爸爸是坏人。"

围观的孩子众多，老师面色一冷："你们三个跟我去办公室。"指着小胖、尤棋、尤棋爸爸。

在办公室里，老师了解清楚了事情的前因后果后，对尤棋爸爸敷衍地道歉："那个，尤棋爸爸，不好意思，刚才误会你，我也是情急。"听小胖说他是偷东西被打断了腿，潜意识里，老师便不喜欢这个人品不好的家长，当然这只是开始，这根刺一直挂在心上，以至于后来又发生了一件不愉快的事。

尤棋爸爸倒是大度地摆摆手："没事没事，是我不好，给你们添麻烦了。"

老师不痛不痒地批评了小胖几句，然后让尤棋跟爸爸离开了。

不知道为什么，或许是尤棋敏感吧，她觉得本来和善的老师，瞧着她的眼神有些说不出来的怪异，但是具体怪在哪里，她也说不清楚。

（七）

第二天，班里有同学丢了钱，同学们竟然眼光一致地看向尤棋，包括来调查询问的老师，也第一个问尤棋。

同学们甚至肯定地猜测："一定是小瘸子拿的，她爸爸就是小偷。"

年幼的尤棋被这种误解伤到，她拼命地解释，不关她的事，可是似乎没有人相信，包括她所认为的好朋友。

老师请来了家长，尤棋爸爸，他认认真真地看着尤棋问，是不是她拿的？

尤棋摇头，拼命否认，尤棋爸爸便对老师说，肯定不是我们尤棋。

可老师却轻描淡写道："就算我相信，同学们也不会相信。"随即眼神直白地看向尤棋爸爸。

尤棋爸爸顿时明白了她的意思，心虚地低下头："那个同学丢了多少钱，我赔。"

"赔什么？我没拿，干吗赔？"尤棋偏执地吼着她爸爸，"都怪你，要不是你有前科，别人怎么会怀疑我？"

尤棋爸爸幽暗的眸子闪动了一下，张嘴想解释点儿什么，但是最终却什么都没有说，他后来对老师说："你们查吧，如果真是尤棋拿的，就开除我们。"然后拖着瘸腿，头也不回地离开了学校。

尤棋第一次知道憎恨一个人是什么感觉，这一刻，她不但受了父亲前科的牵连，更主要的是，父亲竟然不管她，就这样走了，年幼的她除了哭泣，一点儿办法也没有。

老师又继续询问盘查，事实真相是那个同学自己把钱藏在文具盒里忘记了。

尤棋偷盗罪名虽然被洗刷了，但是从这时候开始，但凡同学们丢了什么，大家会习惯性地想到尤棋，因为她的父亲。

不但这件事是尤棋的阴影，"小瘸子"的绰号更是犹如噩梦一般伴随她度过了整个小学。

还记得第一次被小胖子叫出"小瘸子"的绰号时，她憋红了脸，深深地感觉到自尊心受伤了。

毫不意外地，她跟小胖子又狠狠地打了一架，结果请来双方家长互相赔礼道歉才算完事。

尤棋回家后委屈地大哭了一场，并且哽咽着求以后让母亲来学校。

父亲忧郁地看了一眼哭得跟个泪人似的尤棋，最终无奈地叹了口气，从此再没去过学校。

（八）

父亲不但是别人眼里异样的瘸子，而且他在村里还是有名的酒鬼，没事喜欢自娱自乐喝上几口，尤棋的母亲在家忙得团团转的时候，他竟然能够纹丝不动端坐在桌前，哪怕没有任何下酒菜，他都能眯着眼，喝个畅快。心情颇好的时候，还会来几句五音不全的山歌。

母亲忙得喘不过气，父亲却跟个老佛爷似的被伺候着，尤棋就是在这样极端的环境下，耳濡目染地长大，她在心里发誓，以后长大了一定要对母亲好，加倍地好，至于这个闲着多事的父亲，就让他自己一个人慢慢过吧。

小学毕业后，尤棋因为成绩好被老师推荐到了城里的一所学校念初中，但是因为没钱，父母想了很久，还是推辞了，为此，她把自己锁在那间破旧的房间里哭了一上午。

第二天她父亲就推着家里的三轮车去了镇上，她以为爸爸去给她筹钱了，结果等了一天等到了警察局的人，她的父亲，被抓了进去。

因为和人发生口角动了手，把人打残废了，父亲被抓了进去。尤棋和母亲去看他的时候他低着脑袋什么都没有说。

警察局里的人也是一脸嫌恶的表情，看得尤棋都没脸再继续待下去。

她妈一边哭一边问他到底怎么回事，他却一句话都没解释。最后没办法，尤棋和她妈只能回去了，没多久，有消息来说父亲认罪被判了三年。

就这样，尤棋的绰号"小瘸子"没有了，多了一个"小劳改犯"的绰号。

父亲入狱后，她妈有一段时间整日以泪洗面，尤棋跟着一起哭，哭自己怎么投胎到这么个家，哭她没有希望的学校，唯独没有想到她父亲入狱了，以后的日子该怎么过。

或许在她心里，父亲这个角色并不太重要，而她也习惯了依赖自己的母亲。

（九）

偷盗、坐牢，在朴实农村人眼里是罪大恶极的，因此父亲的名声极烂，使得家里的亲戚看到她们母女俩是能躲多远便躲多远，恨不得没有这样的亲戚。

她走在村里，总能听到人家指指点点暗骂的窃语声。

尤棋小小年纪就觉得人生已经绝望了。而这一切，都是因为她的瘸腿父亲。

尤棋恨他，恨不得他在牢里再也不要出来。

就在她痛苦不堪的时候，家里来了一位客人，就是这个人改变了尤棋的一生。

我的罪犯父亲

那时年幼的她被关在门外，躲在窗边偷偷地窥视她妈和那人谈话，可惜并没有听到什么有用的消息，只知道那人走后，母亲抱着她哭得撕心裂肺。

那年开学，她如愿进入了市里的学校。

母亲说，那人是她的远房亲戚，知道了家里的情况，又听说尤棋读书上进，才借给她们一笔钱供她读书。

因为这个，尤棋对那人怀着深深的感激和敬意。

一眨眼，三年很快就过去了，尤棋果然以优异的成绩考取了重点高中。那一年，父亲出狱了。

尤棋推托有事，没有去接他，甚至在母亲喜气洋洋地和父亲一起回来前，特意收拾了东西去同学家住了几天。尤棋不想看到自己的父亲，如果有选择，她真恨不得一辈子不要再相见。

她永远不会知道，当她父亲回来后看到空荡荡的屋子是怎样的难堪和伤心。

（十）

父亲在狱中的三年，她从未去探望过，只是以这样的父亲为耻。父亲回来后，尤棋也没有一句关切的询问。父女之间的关系，冷漠到了近乎陌生。

父亲试探着想靠近尤棋，却被她紧闭、排斥的心门一次一次推远，在尤棋的意识中，一个坐过牢，又一无是处的男人根本就不配当她的父亲。

母亲并不知道尤棋的想法，她只以为孩子常年不见父亲和他生疏了，于是在她耳边唠叨父亲小时候有多疼爱她，说多了，惹得尤棋总是躲在房间里，连母亲都不待见。

摊上这样的父母，她恨不得自己是孤儿，至少能博得别人的同情，而不是像现在这样，徒增别人笑柄。

青春期是个少男钟情、少女怀春的懵懂时代，尤棋虽然一心学业，但是漂亮的学霸总是能招惹男生的钟情，她冷漠地拒绝了一个又一个男生，明明一身正气的好女孩，却被她拒绝过的男生恶意传出种种乱七八糟的事迹，一次一次地传，明明是假的，却说得头头是道，比真的还真。甚至居心不良地查尤棋老底，在知道她有个坐过牢又偷盗什么的坏爸爸后，这些传言似乎变成真的了。

尤棋找到那个流言传播者，没有一丝一毫的犹豫，就猛地一顿打，男生面对情绪失控的尤棋没敢还手，事后却赖在医院里，说各种重伤，要学校严办尤棋。不然就报警，告尤棋故意伤害罪，也告校方故意包庇罪。

尤棋成绩是校方的骄傲，但是这件事造成的影响太恶劣了，他们也不敢轻易做决定，开了几次会，却拿不定主意，男生家里最后动用关系，以势压人，校方抵挡不住压力，想开除尤棋，将这件事平息下去。

父亲跑到教导处，跪了一天，请求查明真相。

尤棋却冲着父亲赌气地大喊："你给我滚，我不需要你来丢人现眼。"她甚至都做好了被开除的准备，只要被学校开除，她就拿着平日里积攒的钱，一个人去远方，她肯吃苦，相信不会饿死自己。

而这个畸形的家，她再也不想回来了。

就当自己没有父亲，没有母亲，是孤儿院长大的孤儿。

学校最终也不敢单方面做出开除决定，彻查了事情真相，虽然尤棋动手打人是错，但是念及是对方主动生事，学校决定从轻处罚，记尤棋大过处分，留校观察。

风波虽然过去了，但是尤棋的性格更冷了。尤其面对父亲，虽然这次没有他的请求，她可能真被开除了，但是她非但没有感激，相反她更远离了父亲。

因为这件事，大家都知道了尤棋那些难堪的往事，虽然没有人再敢造谣，但是，说起她家里的事，也都幸灾乐祸。

事实如此，她根本无力辩解。明明想遮着、藏着的秘密，却没想到摊在公众面前，成了大家的笑柄。

尤棋自嘲，这就是地狱式的人生，她没有能力选择父亲、母亲，注定了她的万劫不复。

（十一）

就这样过了几年，尤棋在学业上很是努力，成绩也很好，等她终于熬到大学毕业，毫不犹豫地在其他城市定居下来，这才算松了口气，有一种活过来的感觉。她讨厌自己的家，所以从来不会想回去，要在母亲几次三番的催促下，才心不甘情不愿回老家看看所谓的家人。

当然，看的也只是母亲，至于父亲这个角色，她一直觉得自己的人生是残缺的。父亲虽然是生理上的残疾，但对于她而言却是心理上的残缺。

尤棋二十六岁时认识了她现在的丈夫，第一次带他回乡时心情很是忐忑，她害怕男友看到自己那个瘸腿又是酒鬼的父亲后会看不起她。

为此她找了很多借口，推托了无数次，直到实在没办法拖了，才咬咬牙带着他回了趟自己生活的乡村。

男友是城里人，将礼物塞满了后备箱，真诚地上门。

那时候轿车还不普及，村里人看到后都夸尤棋找了个好对象，她爸咧着嘴直笑，一副与有荣焉的样子，看得尤棋一阵心烦，心里暗骂他没见识。

男友性格好，脾气温和，看到这么多人围着他也没表现出不悦，甚至在看到尤棋父亲的瘸腿时，也只是微微地愣了一下很快就回过神来，一口一个叔叔地叫着，尤棋父亲听得很高兴，两个人一起坐在天井里的木桌上聊了起来，吃饭的时候，父亲拿出大坛子酒，招呼他："小伙子，这个酒可是我自己酿的，我们尤家的绝活，你一定要喝喝看。"

尤棋拧着眉，不悦父亲跟男友一杯一杯地喝着，她担心父亲酒后失态让男友瞧不起自己，也担心男朋友不胜酒力，喝坏了身体。

我的罪犯父亲

可两个爷们儿没有一个理她的劝，一口走一杯，喝得欢乐，后来尤棋实在看不过去，就早早地睡下了。

母亲后来说，她男友跟父亲都喝大醉了，就直接趴在桌上睡了，父亲很高兴，醉了还一个劲夸她男朋友。

尤棋并没有接话，说实在的，带男朋友回家，她都没考虑过万一父母不喜欢怎么办？反正只要她选择，她喜欢就好，父母意见并不重要，她是个任性的孩子。

母亲还说，小伙子人挺好的，实在，是个适合结婚的对象。

尤棋敷衍着点点头，"这些我都知道。"但是心里忐忑，她不知道男朋友会怎么样看待她，她害怕男友知道家境真相后，也会像其他人那样戴着有色眼镜鄙夷她，她甚至都不敢去找男朋友。

还好，第二天男朋友神色如常，待她也依旧宠爱有加。

临走的时候，父亲拉着尤棋的手，悄悄地说："酒品等于人品，你男朋友是个踏实的小伙子，我放心把你交给他。"

尤棋压根不当回事，心里还沾沾自喜，我挑的男人，自然是比你好一千一万倍的，同时心里为自己的母亲惋惜，那么勤劳、诚恳、朴实的好女人，却跟着你操劳辛苦了一辈子。

说到底，尤棋是从骨子里瞧不起自己的父亲。

如果有的选择，她是分分钟都想给自己换血脉，跟这个瘸子父亲一点点关系都没有最好。

回去后，男友告诉尤棋，她父亲很伟大。尤棋嗤之以鼻，男友拍了拍她的头，说："丫头，天下的父亲都是一样的。"

一样什么呢？他没有说。

尤棋却觉得自己的父亲是不一样的，他是瘸子，还喜欢喝酒，小时候家里很穷，买不起什么好酒，他就自己酿米酒，再后来他逢人就说，这米酒是尤家祖传绝学，吹牛也不打草稿，明明就是买不起酒又贪杯好面子而已。

（十二）

后来尤棋结婚了，婚后和丈夫生活在城里，她没带父母一起安享晚年，甚至有些排斥接他们养老，除了每个月给他们固定打笔生活费报答养育之恩，她是不想跟他们接触太多的。潜意识里她还是为有这样的父亲感到不齿。

直到家里传来消息，父亲被坍塌的围墙砸断了脊椎骨，她和丈夫连夜赶了回去，父亲被转了三次医院，最终还是恋恋不舍地走了。

父亲火葬那天，她妈哭晕了，尤棋自己都觉得云里雾里的，怎么就这么突然地走了呢？

后来她才知道，原来是母亲在后院给家里养的鸡喂食，前几天下了暴雨，那处老旧的围墙坍塌了，刚好父亲在旁边种菜，察觉到了意外将母亲护在了身下，自己却被几块大的砖石砸到了脊椎上。

尤棋从来不知道父亲也有这么勇敢的一面，也许是对父亲没有太多的感情，她并没有多伤心，只是觉得心里五味杂陈。

父亲出殡下葬那天，母亲又一次哭晕了，尤棋长那么大，从未看到坚强的母亲如此失控。

那时候她的心情难以言表，父亲活着的时候她并不觉得他有多好，当他离开后，才觉得或许他身上有些优点，才会让母亲如此深爱。至少这么多年，别人都鄙夷父亲，瞧不起他，甚至连自己这个亲生女儿都不待见她，唯有母亲，对他始终是死心塌地。

尤棋一直替自己母亲惋惜，觉得她是一个太保守的人，面对这样劣迹斑斑的父亲，竟然丝毫没有动摇，她是一个愚蠢的女人，愚蠢到无可救药。但是尤棋不敢当着母亲面说，毕竟从小到大，她能拥有这一切，都是母亲任劳任怨换来的，对待父亲，她薄情，但是对待母亲，她只有莫名地心疼。

（十三）

父亲去世后的第二年，尤棋将母亲接到了城里和他们生活在一起。同年，她生下了大儿子。

母亲这段时间也慢慢地走出了父亲离开的阴影，无意间和尤棋聊天，说起了父亲的往事。

"当年，我还只有十二岁，不懂事，被拐子骗走了，还好碰到了邻村的你爹，他那时候已经是二十多岁的青年了，人热情还憨实。我从那拐子处逃了出来，却被逮住了，那人想抓我回去，刚好你爹路过，听到我的喊叫声和那拐子争执了起来，却被那拐子一棍子打断了小腿骨……"

母亲聊着，整个人也进入了恍惚的回忆中："当时我特别害怕，就偷偷躲了起来，那拐子打完人就跑了。你爹痛得哇哇叫，刚好有好心人经过，踩着三轮车将他送到了临近村的赤脚大夫那，我就趁机偷跑回了家。"

竟然还有这么一段离奇的往事！

尤棋听得整个人都蒙了，那个她一向瞧不上眼的父亲，年轻的时候，竟然也是这样英武神勇。

母亲还在那边絮絮叨叨地说着："后来我把这事告诉了家里人，他们怕说出来名声不好就没提。再后来，我才无意间得知你爹延误治疗腿瘸了，还有不知道哪个缺心肝的竟然说是他偷东西才被打折的腿。"母亲说到这里不禁愤愤地哼了一声，尤棋闻言心中懊悔，当初自己怎会道听途说就真的以为父亲是偷鸡摸狗之辈呢？

父亲，原来是因为母亲才瘸的。

难怪母亲这辈子不离不弃地对他那么好。因为在母亲眼里父亲是她的救命恩人。

"因为这事，你爹到了三十都没人肯嫁给他。这事，我家里人都是知道的，后来，实在良心过意不去便将我嫁了过来。"

原来事实的真相比苦情版的流言更震撼。曾经她为母亲的打抱不平，而今看来，真是荒诞可笑。

说起这个婚嫁的缘由，母亲脸上泛起了笑意，语气也变得犹如小女孩一般带着娇羞："我这辈子最高兴的就是嫁给了你爹，他在我心里就是英雄……"

"小时候，每次看到您一个人忙着农活家务，我就特别厌恶他，觉得他好吃懒做，还爱喝酒，根本配不上您。"尤棋沉默了片刻才说出了十几年前的想法。

母亲满脸诧异地看着她："你怎么会有这样的想法？你爹他自从腿骨断了后就落下了后遗症，只要一干重活，断骨处就会疼痛难忍。他那时候喝酒，只是为了利用酒精麻痹减轻疼痛。"

原来这才是事实真相！

这一刻尤棋的眼睛不知不觉湿润，她突然发现自己这么多年从未真正了解过自己的父亲。

"棋棋，你爹那是真的疼爱你。"母亲叹息了一声，娓娓道来，"你知道你那几年的学费是怎么来的吗？"

"不是你的远房亲戚借的吗？"尤棋反问，她甚至在工作后省吃俭用了很久才还清。

母亲摇头，"不是的，那是你爹用三年牢狱生活换的。"

"你说什么？"尤棋顿觉晴天霹雳，这听起来简直就是天方夜谭。

"你还记得你爹当年踩着三轮车去了镇上吗？那时他的一个朋友在镇上上班，他本来是想去找他借点儿钱的。去的那天刚好那人在值班，于是你爹就去了他厂里。那时候天还早，就这么撞到了厂长的儿子和一个年轻工人发生了争执，两个人一言不合打了起来。后来就是你知道的，那工人被打残了，那厂长的儿子逃了，唯一在场看到的就是你爹。"母亲的语气平和，尽可能将事实描述得清楚，"后来那厂长赔了那工人一笔钱，让他们回乡去了。又怕他儿子年纪轻轻的影响不好，刚好知道你爹急需钱，你爹为了给你筹钱读书，答应了那厂长的要求，替他儿子顶罪，坐了三年牢。"母亲说着情绪也激动了，稳稳心神才继续说，"他用三年的时间，换来了你初中、高中和大学的学费……"

尤棋的心瞬间好像被一双手狠狠地拽住，难受得有些透不过气来，父亲，那个她一直鄙夷，瞧不上眼，恨不得不存在的父亲，竟然是这样的人。

"你爹处处为你着想，他知道你介意他的瘸腿，你说不让他去学校，他就不去，但是每次特别想你的时候都会偷偷地去看你。他也知道你对学习的渴望，才会在实在无能为力的情况下，宁愿背负坐牢的罪名也要为你筹到钱，他还怕你知道了会愧疚，所以一直让我瞒着你。但是你知道吗？其实他一直知道你看不起他，棋棋，你爹他那么爱你，你怎么不知道呢？"在母亲颤抖的声音中，尤棋哽咽着垂下头，泪水顺着她的脸颊滑落到嘴角，她突然发现原来眼泪是苦的……

（十四）

父亲，你知道吗，这样的真相让我恨不得自插双目。

我瞎，一定是我瞎了，我才看不透你这样沉重厚实的父爱，也一定是我瞎了，才随便听信别人的流言蜚语，就对你的爱熟视无睹。

生生错过了这么多年，本该和谐的幸福之家。

父亲，对着你的墓碑，我第一次哭得撕心裂肺，这一次不再是那所谓搞笑的自尊，也不是那所谓的难堪的流言，而是我的悔恨。

父亲，你能听到我的忏悔吗？如果有下辈子，我还愿意做你的女儿，在全世界都不懂你的时候，我会坚强地站在你的身后，骄傲地跟他们说，这是我的父亲，因为他，才有我。

父亲，你能听到吗？

我端起酒杯，自己一口喝完，给他满上一杯……

我的养母叫晓晓

顾七兮

（一）

到现在，我都不敢相信晓晓所说的事，陈宇飞竟然丢下我走了？他竟然不管不顾我在狱中的生死，带着他的情人走了。

"晓晓，你是在跟我开玩笑吧？"一定是这样的，不然我怎么会听到这种类似噩耗的事？

再说，我跟晓晓已经三四年没有任何联络了，为什么我一出事，她会第一时间跑来看我？

"晓晓，我知道你看不得我幸福，我知道你是想看我笑话，但是，请你不要开这种无聊的玩笑来伤害我，我会生气的。"

晓晓的神色遮掩不住地哀伤，眼泪就这样刷刷地落下来，"雅雅，你到现在还觉得我是想看你笑话，我是见不得你幸福吗？"

"我不知道。"我不敢看晓晓的眼睛，因为我心虚，我也不知道该不该相信晓晓。毕竟想到四年前那一场争执，将我们亲密的关系，彻底撕开，决裂，那些伤心欲绝的画面，总是在脑海里徘徊，无数次想要回头跟晓晓道歉，却又拉不下脸。

四年前，我跟晓晓是因为陈宇飞发生的矛盾。

晓晓跟我说，陈宇飞对她动手动脚，这个男人的人品不咋地，不可以交往，也不能谈婚论嫁，早早分手才是正道。

我却偏执地以为晓晓同样看上陈宇飞，故意逼我放手，毕竟晓晓跟陈宇飞认识在先，我和陈宇飞恋爱在后。

所以当时，我很果断地跟她说："晓晓，如果你非得逼我放弃陈宇飞，那么我只能放弃你。"

就算四年的时间过去，但晓晓那失望、痛心的眼神，却如烙印一般刻在我心里无法忘记，她颤抖着手，指着我，一字一句地问："丫丫，在你眼里，在你心里，我是那种人吗？"

我当时是怎么回答她的？好像跟现在差不多吧，我也是泪眼婆娑地摇着脑袋，不断地说："我不知道，我不知道……"

"丫丫，你说，为了跟他在一起，宁愿放弃我，这是真的吗？"晓晓收住眼泪，眼神冷厉地盯着我问。

"晓晓，你不要逼我好吗？我跟陈宇飞是真心相爱的，我要跟他在一起，我死也要跟他在一起。"

"丫丫，我不同意，打死我也不同意你们在一起。"晓晓的态度从来都没有那么果断、狠绝，"你如果坚持跟陈宇飞在一起，那么就当我们从不相识，我们之间的所有情谊，一刀两断。"

晓晓从来没有用那么严肃的口气跟我说过话，更没有用那么强势的态度来逼过我。

当时被感情彻底烧热血液的我，根本没有什么理智，为了爱情，为了陈宇飞，赌气地跟晓晓选择了一刀两断。

后来虽然也曾后悔自己的草率，也曾悄悄找过晓晓，想看看是不是有什么合适的机会，能够和好如初，但是晓晓离开了这座城市，也换了手机号码，跟所有我们共同认识的朋友，都断绝了联系。

干净利落，果断而又狠绝。

我知道，晓晓是发狠了，也知道晓晓是不会原谅一意孤行的我的。

但是我能怎么办？我既然做出了选择，那么接下来的

我的养母叫晓晓

路，便是咬牙坚持地走下去。

陈宇飞，一个阳光帅气的男人，如果撇开他好一点儿小酒这个缺点来说，他算是一个好老公。每天风雨无阻地接送我上下班，我在家做饭，他就会帮忙打个下手，拖个地，简单收拾家务，周末去双方父母家，哪怕我从小是个孤儿，算不得有真正的娘家，他也一定会贴心地提前按照喜好准备好礼物，交到我手里，摆明从不厚此薄彼，我们两个人的感情也一直浓烈甜蜜，结婚三年，他不时还会买点儿礼物来哄我开心，给我惊喜。

逢年过节，那是妥妥地秀恩爱，撒狗粮。

如果我的婚姻不是跟晓晓决裂换来的，我一定会觉得人生圆满了。

当然，哪怕陈宇飞没这么好，为了自己的咬牙坚持，我也一定会把日子稳稳当当过下去，毕竟这婚姻来之不易。

可是现在呢？

我真的不愿意相信，这个好男人，竟然会丢下我不管。

更不愿意相信，他对我的好，都是因为心虚，而他早在三年前就跟女同事出轨了，对象还不止一个……

原来所有我自认为是幸福的模样，不过是他遮掩丑陋真相的一种手段罢了，亏得我心满意足那么久，却不料自己早已成为知情者眼里的笑话。

"晓晓，我不相信，你说的，我一个字都不相信。"我心痛得已经无法呼吸，泪如雨下。

"就算你不相信，这也是事实。"晓晓同情地看着我，认真地劝说着，"雅雅，真相很残忍，但是你已经长大了，要有面对的勇气。"

"不，我不相信，你别说了，你滚。"我情绪失控地对着她大吼了一声，宣泄自己内心的暴躁。

晓晓叹了口气，默默地转身离开。

看着她的背影，我顿时热泪盈眶，喃喃自语："晓晓，对不起……"我只是不知道该怎么面对你。

如果可以，我此时的狼狈，最最不希望被你看到。

这是我不听你的劝告，自食的恶果，我活该。

（二）

我掰着手指数了数，我进来三天了，陈宇飞一丁点儿消息都没有，哪怕他自己不方便出来跟我通气，好歹让他爸妈出面，来探望一下我。可是平日里客客气气的公公婆婆，这会儿真是连个影子都见不到。

看来，我所谓的幸福，就像是泡沫，一碰，就碎了。

我不知道这一晚我是怎么过的，如果有镜子，我想一定能够照出我失魂落魄、丑得像鬼魂的模样。我的一头乌发，甚至能以肉眼可见的速度变成苍苍白发……

痛苦、纠结、矛盾、懊悔，积压在我的胸口，让我的每一分钟，每一秒钟，都备受痛苦的煎熬，心里头的沉重，压

我的养母叫晓晓

得我透不过气来。

有那么一瞬间，我真的好想就这样死了，死了的话，或许就不会有这么痛苦了。

可是，很可惜，我连死的资格都没有，我必须眼睁睁地看着丑陋的真相，我也必须接受心理上这种凌迟的惩罚、折磨。

第二天，晓晓又来看我了，她身边还带着一位看似很精明、果断的律师，她温和地说："雅雅，你也别死撑了，把事实真相说出来吧。我知道你不是那样的人。"见我沉默，晓晓继续鼓励道，"我一定会尽力帮你的。"

"晓晓，我不需要你。"我冷冷地打断，"我的事不用你管。"

"雅雅，我不管你，现在还有谁管你？"晓晓也动了火气，大声、尖锐道，"陈宇飞现在带着小三跑了，跑了，你懂不懂？你在这边帮他扛着事，他却在外面逍遥快活，你图什么？"

"我不相信你说的话，一个字都不相信。"我倔强地不承认，眼泪却如断线的珍珠一般，落个不停。死死地咬着唇，努力让自己不大声地哭出来。

晓晓眼神怜悯地看着我，深深地叹了口气："雅雅，其实信不信真的无所谓了，现在是要帮你解决问题。"

那个律师推了推眼镜，口气清冷地开口插了句话："如果你选择包庇到底的话，先不说你也触犯了法律，就道德上，你对得起死者吗？"

我沉默，因为这几天我的良心始终不安，可是想到我的逞强，能够挽救我幸福的家，我便咬牙死撑着，只要熬过去这一阶段，所有事情都会过去，坚持，再坚持会儿。

哪怕天天失眠，午夜梦回总是被噩梦惊醒，我依旧无怨无悔，因为我只想保全那个自认为幸福到无懈可击的家。

哪怕幸福真的只是泡沫，我也想多坚持一会儿。

我的童年，我的青春期过得够辛苦了，好不容易拥有的孤注一掷的全新的婚姻生活，我真的不能失去，失去了，我就一无所有了。

"雅雅，这里是陈宇飞这几年的开房记录，还有非正常手段截图，你可以不相信我，但是别怀疑这些高科技。"晓晓扬了扬手里那沓A4纸，陈宇飞清晰而又模糊的俊脸，隔着玻璃，直直地看进我的眼里，耳边回荡着晓晓痛苦的嘶吼，"雅雅，你醒醒吧，这个男人就是个渣男。"

今天晓晓这句话，这沓资料，对我而言就是晴天霹雳，震碎了我所有的伪装跟逞强，我不想，也不愿意相信，但是，这是事实。

"雅雅，你自己好好想想吧。"晓晓咬着唇，犹豫了下道，"你为你老公付出一切的决定我理解，你想要保全你支离破碎的家，我也能理解，但是我真的不赞同，因为他不值得。"

我的养母叫晓晓

我抬起脸，神色恍惚地看着晓晓，见她絮絮叨叨地骂着："你为他坐牢，被受害者家属打骂，而他躲起来就算了，竟然还带着小情人远走高飞，雅雅，我的傻瓜，他是恨不得你死在监狱里啊。"

"我……"我哑口无言，这好像真的是事实。

"雅雅，你冷静想想，这件事不是儿戏，也不是你能够乱来的。"晓晓隔着玻璃，想要伸出手来握一握我，哪怕明知道握不到，她也傻乎乎地做着这个举动，妄想给我一些温暖，末了，深深地叹口气，"雅雅，你是个聪明人，关键时刻，可不要犯糊涂。"

我则回给她凄凉的一笑，认真地点点头："我会好好想想的。"

"你放心吧，我会竭尽全力把你带出拘留所的。"晓晓的表情严肃而又认真，"你别怕。"

"嗯，我不怕。"

"无论什么时候，我都在你身边，会一直陪在你身边。"晓晓郑重地承诺。

其实看着晓晓的表情，她比我这个当事人还要害怕，毕竟晓晓是个天性善良的好人，如果没有她的大发善心，或许我也就无法活在世上了。

（三）

晓晓是我的养母，但是因为只比我大了8岁，所以我一直没叫过她母亲。

我在她家的户口本上，也都是妹妹的身份。

小时候我会天真地喊她晓晓姐，后来长大了才明白，她不是我的姐姐，而是我的养母。

晓晓的原名叫小小，我嫌弃太土，就帮她换了晓晓，而她也觉得我取的名字洋气，所以小小就是晓晓了。

而我，原名叫丫丫，后来才改的雅雅。

好吧，晓晓跟我其实都是特土的孩子，一个没有上过学，另外一个也只是勉强技师毕业。

但是我跟晓晓的感情特别好。

晓晓在十六岁那年捡到八岁在垃圾桶边流浪的我，把我带回家洗干净，换上她的旧衣服后，对我说："小妹妹，我要把你送去警察局，让你回到你家人的身边，你能想起点儿什么线索，一定要乖乖跟警察说哟。"

我摇摇头拒绝："我不想回家，我没有妈妈，我爸爸天天打我。"说着伸出手去，让她看看我满手的烟疤，还有各种纵横交错的伤口，与其说我是流浪，不如说是离家出走。

晓晓的表情立马变得心疼不已，拉过我的手仔细看着："哎哟，这么可怜！"

"大姐姐，我不想回家，我能跟你回家吗？"我可怜巴

我的养母叫晓晓

巴地拉着她的手恳求着。

"可是，我连自己都养不活，我怎么养你呀？"晓晓稚嫩的脸上带着点儿忧伤，表情认真地问，"小妹妹，要不然我送你去福利院吧，那儿会有好心的人家收留你的，就算没有，也能吃饱，穿暖和……"说到后来，晓晓的神色有些黯淡，她记得奶奶说，如果奶奶也不在了，你活不下去了，就去福利院，那是你唯一可以生存的地方。

现在，晓晓有奶奶，晓晓还撑得住，晓晓不想去福利院。

但是晓晓却将我送去了福利院，可是，我当晚就跑了出来，因为我不喜欢那个说话很大声的院长，看到他，我潜意识地会想起我那暴戾的父亲，总觉得他会打我。

我是真的被打怕了，小小年纪便有了心理阴影吧。

再次无家可归的我，真的不知道该去哪里，只能再次回到了晓晓当初发现我的垃圾桶边，而且运气不错地再次遇到了捡破烂的她。

"我说妹妹，你是迷路不认识福利院的路吗？"晓晓还以为这一次我是走丢了，立马牵着我的手，"姐姐送你回福利院。"说着准备将我再次送回去。

我挣脱开来，戒备地看着她，恼怒道："我不回去，不要回去，院长好凶，会骂人……"

晓晓便耐着性子劝我，可是好说歹说，劝了好半天，我就是不肯去，说得多了，我就捂着脸呜呜地哭了起来。

最后她没办法，叹了口气："算了，小妹妹，这会儿天也不早了，你先跟我回去吧。"表情无奈地将我带回家，也不管我听不听得懂，就絮絮叨叨地告诉我，她是个孤儿，但不是天生的孤儿，而是父母在外打工的时候，被黑心老板坑了，然后父亲出事，母亲拿了大笔赔偿金，攀上了个金主，跟人跑了。

而晓晓在认识我之前，还有爷爷照顾，可是爷爷去世后，丧失劳动力的奶奶便只能靠着带晓晓拾荒，勉强度日，最近奶奶还在生病，也不知道还有多少日子，她自己都可能要撑不住去福利院了，所以根本不能收留我……

说真的，我不懂她说的这些，但是我知道她家的条件虽然很苦，但是人都很善良，晓晓善良，那个躺在病床上的奶奶也满脸慈祥，她拉着我的手，叹了口气："作孽啊，要是奶奶有本事就好了，就能养你们两个了……"

"奶奶，我现在长大了，我能养活自己，也能养活你。"晓晓抬起头，神色纠结地看了我一眼，试探着商量道，"奶奶，小妹妹吃得少，我分点儿东西给她吃，暂时就让她留在我们家吧。"

奶奶之前听过我离家出走，又从福利院跑出来的事，知道如果不留下我，我可能会走失，成为流浪儿，虽然觉得不太合适，但是目前也没有什么更好的办法，她只能硬着头皮答应把我留下。

家里条件清苦，多了一张嘴，真是苦上加苦了。

我的养母叫晓晓

接下来的两年，我跟着晓晓吃了很多苦，因为晓晓没成年，她找不到工作，只能靠捡破烂为生，养我，养病恹恹的奶奶。

我的童年，最深的记忆便是与无数的垃圾为伍，但是我却过得很踏实，因为晓晓从来不会打我、骂我，所有好吃的，她都会分一半给我，甚至在我嘴馋的时候，自己不舍得吃，全部留给我吃。

哪怕屋里又脏又乱的垃圾再多，晓晓也会将我们收拾得干干净净，晓晓说，这样出去就不会被人看不起，也不会受欺负了。

晓晓比亲姐姐还疼我，也比我的母亲更懂我。她用自己的方式，宠爱着我。

所以有时候，我尽管受了欺负、委屈，我也不告诉她，我会给她最纯真、灿烂的笑容，一再跟她强调，我现在的生活很满足，我也很幸福。

晓晓成年后，因为没有文凭，只能做最底层的劳动者，干着又脏又累，钱还不多的活儿，但是她踏踏实实地赚每一分钱，因为她要供我读书，让我做个有文化的人，她知道，知识能够改变命运。

很多人骂她傻，小小年纪带个拖油瓶，而且还是那种没有任何血缘关系的拖油瓶。一旦我翅膀硬了，绝对会飞得无影无踪，而她所做的一切，就叫作血本无归。

晓晓她也不辩解，只是默默地做好自己的工作，竭尽所能帮我改善生活，让我像普通孩子那样，有新衣服穿，也有微薄的生活费可花，而她，我记得很清楚，在20岁之前，几乎没有买过新衣服，穿的都是捡破烂的旧货改出来的。

我也曾无数次地问她："晓晓，你为什么对我这么好？我只不过是你捡来的。"

"你不是我捡来的，你是上天送给我的礼物，如果没有你，我也不知道我的生活会变成什么样。"晓晓总是温和地摸摸我的脑袋，笑着说，"雅雅，我没文化，我的人生注定了这样碌碌无为，我要尽自己最大的力量，把你培养成材，我会觉得很开心，因为你能弥补很多我可望而不可即的遗憾。"

二十岁的晓晓，说出来的话，充满了沧桑，仿佛她的人生已经看到头，一辈子像个齿轮一样，过着默默无闻的生活。

我不懂安慰晓晓，我唯一能做的事，就是好好学习，天天向上，多多拿奖学金，减轻她的负担。希望她能够善待自己。

可是晓晓的日子依旧过得简朴，不舍得吃，不舍得穿，唯一爱美的阶段是二十一岁那年，那年，晓晓倒是给自己买了几套花衣服，因为她遇到了一个白马王子，她珍惜这份感情，所以才会花心思穿得体面。

我打心眼里为晓晓感到开心，毕竟晓晓穿着新衣服很漂亮，她笑起来很甜美。

只不过幸福的日子没过几天，就发现这所谓的白马王子，不过是个骗子，他骗晓晓的感情不说，还把她的钱都骗没了。

那一次，晓晓抱着我，哭得撕心裂肺的，她发誓，以后再也不会轻易相信男人了。

十三岁的我，根本不懂该怎么去安慰她，只是抱着她，不断地跟她说："没关系，以后有我——"我会有本事，我会有出息，我也会报答她，对她好。

晓晓擦干眼泪，亲昵地摸了摸我的脸："雅雅，还是你最乖，好好学习，以后千万不要做个像我这样没用的人，谈个恋爱还被人骗得血本无归。"自嘲的时候，眼泪无声无息地落下来。

我帮晓晓擦干眼泪，跟她说："晓晓，不哭。"

是的，晓晓擦干眼泪后就不哭了，然后第二天，她又多做了一份兼职，整个生活除了晚上休息的五六个小时外，不是在打工就是在去打工的路上。

那时的晓晓，在我的印象里，就像个陀螺一样忙得团团转，半刻不得闲。

在我心里，晓晓也是最厉害的人，我喜欢她，我崇拜她……

毫不夸张地说，晓晓几乎用整个珍贵的青春，点亮了我的人生，如果没有她对我无私的付出，就不会有我如今踏实、安逸的生活。

我以为我是个有情有义、知恩图报的人，我也以为我一定会在有本事的时候，承担起照顾晓晓的责任。

我在学校毕业后，找到了一份稳定的工作，赚的第一个月生活费，便给晓晓买了花衣服，又用一年攒的钱，给晓晓报了补习班，按照我的计划，我会尽自己最大的努力，补偿晓晓所缺失的。

未来，只要我能够做到的，能够给晓晓的，我都会毫不犹豫地给她。

可是，计划不如变化快，我才供了晓晓三年的时间，我便遇到了我的白马王子，陈宇飞。

说真的，不管谈恋爱也好，结婚也罢，我从没有想放弃对晓晓的供养，更没有想过，会为了陈宇飞跟我的晓晓决裂。

在我的心里，晓晓对我的恩情，那是一辈子都还不完的，我有责任跟义务，让晓晓往后过上属于自己的幸福人生。

（四）

可是，我不但食言了，我还成为伤害晓晓最深的人。或许，我真的是个性情淡漠的人，也或许旁观者清吧，我为了陈宇飞，做了回忘本忘义的白眼狼。

十几年的肝胆相照、亲密无间，却抵不过被爱情冲昏的头脑，也抵不上男人的花言巧语。

一刀两断，就当从未相逢过。

本来以为我跟晓晓之间的故事终止了，毕竟四年多没有联络，而且所有的联系方式都断得干干净净了，午夜梦回的时候，我都曾恍惚，我跟晓晓是不是真的经历过那些苦涩，但是却踏实的日子？

或许有，又或许没有。

如果有，为什么一个人能够消失得那么彻底？就好像从没有出现过一样。

如果没有，那些眼泪跟回忆的交织，却又历历在目地徘徊在心头。

我也从来没有想过，我跟晓晓的再次见面会是以这种方式。

难堪，愧疚，痛苦，充斥着我的心扉，我甚至都不敢抬起脸去看她。

晓晓却盯着我看了很久，很久，最后深深地叹了口气："雅雅，如果你放弃自我救赎的话，我真是想帮都帮不了你。"

而我则是不断地掉眼泪，心里的防线，早已溃不成军，悔恨道："晓晓，对不起，我不该不听你的话。"

一失足成千古恨。

一步错，此时变成步步错了。

"雅雅，过去的事，咱们不说了，这一次，你听我的好吗？不要为了那个渣男赔上你自己，不值得呀。"晓晓的眼泪流得比我还多。

我轻轻地点点头："好，这次我听你的。"

（五）

说到我进拘留所这件事，就得从上周末说起了。

那天陈宇飞约了几个好哥们儿去郊外玩，我跟着他欢喜地去了，也确实度过了愉快的一天，晚上在那边农家乐吃饭的时候，他们兴致高昂地喝酒，我劝说无效，只能看着他喝得面红脖子粗，满身酒气。

结束以后，我要他喊代驾，他说从乡下开回市区太远，嫌代驾太贵，信誓旦旦地说自己没事，麻利地打开车门坐进了驾驶座，我没办法只能跟着他坐进副驾驶座，我抢了他的钥匙，不让他开车，可陈宇飞坚持酒驾，逼着我拿钥匙出来，我不给，他气得差点儿动手，后来硬从我手里抢过去钥匙，恶狠狠地说："你要么跟我回去，要么滚下去，老子自己回家。"

婚后，我们从来没有这样大声地吵过，我也是第一次看到他动怒的样子，心里有点儿犯怵，犹豫之间，他已经踩着油门将车开了出去。

我压根就劝不住，我能怎么办？真丢下他，自己下车打车回家吗？

的养母叫晓晓

显然不能，明知道酒驾不对，明知道有危险，可是，我不得不硬着头皮陪着他胡闹。

怪我这个妻子无能，管不住自己的丈夫，说的话不顶用。

"陈宇飞，你知不知道酒驾犯法的？"

"没事，我就喝了一点点。"陈宇飞嬉皮笑脸，对着我安慰着说，"你别啰唆了，我保证不会有事。"

"不行，我来开吧，你别开了。"我硬着头皮提议。

"就你那菜鸟技术，考出来驾照就没摸过车，还不如我呢。"陈宇飞鄙夷地扫了我一眼，提醒道，"安全带系上。"随即又沾沾自喜地说，"你放心，你老公车技好着呢。"

"被查了怎么办？"我说不过他，而自己技术确实不好，真让我开，我也不一定能开得回去，只能不安地问。

"不会的，这一带没警察查，我们来过很多次了。"陈宇飞刚说完，见我疑惑地看着他，忙转移话题，"哎呀，你就别担心了，我保证我开得很慢，很慢，好不好？"

"那还是我来吧。"我依旧不放心。

"你再烦，我真的丢你一个人在这荒郊野外的大马路上了。"陈宇飞再次恼怒地变脸，"烦死个人了。"

见陈宇飞动怒，我有点儿担心自己真被酒气上头的他丢在这荒凉地带，我瞅了一眼车窗外，黑乎乎伸手不见五指，我小时候最怕黑了，更别说这种几乎没有人烟的偏僻地带。

不由得识相地闭嘴。只小心翼翼地关照他一句："你慢点儿，不许超过三十迈。"

"知道了，啰唆。"

我紧张地盯着他的速度表，一旦超过三十迈就提醒他，终于他不耐烦地打断："你再说，我就一脚油门飙车了。"

"不要。"我刚说完，这个家伙真的一脚油门狠狠地踩了出去，我看着迈数飙上去，大叫，"你疯了……"话还没说完，他猛地一脚踩下刹车，大叫了一句："坏了。"

我被这个急刹车撞得晕头转向，顾不得身上的疼痛跟狼狈，忙跟着他下车查看，他撞到了一个骑电瓶车的人，嘴里不停地说："哎呀，你没事吧，我老婆是新手，不太会开车，我陪着练练，怎么就撞了？"然后看着我催促地吼了句，"你傻了，赶紧报警啊。"

我忙报警，然后跟他一起去看摔倒在地昏迷不醒的人，陈宇飞拉着我的手哀求我："老婆，我是酒驾，醉驾撞人，刑事责任肯定很重，而你是新手，撞了人有保险的，你替我顶了好不好？"

我看看地上昏迷的人，又看看四周，陈宇飞忙说："这里没监控，是盲区，这个人倒下都没人看到，老婆，求求你，帮帮我好吗？"见我不说话，忙加重语气，"你撞他，就算死了，也只是赔钱，可是我酒驾，我会坐牢的。"

我心里矛盾极了，也知道陈宇飞说的是事实，我撞人最多赔钱，而且还有保险。但他喝酒撞人了，就有牢狱之灾，我该顶吗？道德让我不想作假，但是陈宇飞是我丈夫，他一进去，我的家也就毁了，最终情感战胜了理智，我点头同意了。

或许，陈宇飞身上有一种让我迷失的毒药，他总能轻而易举地将我的脑子洗得没有理智，傻乎乎地跟着他的节奏走。

（六）

接着警察来了，救护车来了，按照陈宇飞教的说辞，我认下了新手练车撞人的这个谎言，那个被撞的人当晚抢救无效死亡，我便被收押了。

我以为陈宇飞会找律师救我，提前保释我出去，但是没有。

我想或许他是要避嫌，即便受害者家属情绪激动，我待在里面也安全，我便踏实地等待后续处理结果，可是打死我都想不到，晓晓竟然第一时间来看我了，并且带来如此晴天霹雳一般的消息。

陈宇飞，你是什么意思？

哪怕晓晓说得再真实，潜意识里，我还是不相信，所以我哀求着要见家属，可是结果却让我很寒心。

不管保险公司理赔还是怎么处理这件事，我身上背了一条命，这是我逃不掉的道德制裁，晓晓说："陈宇飞知道你不会坐牢，但是他提前准备好，离开你。等你出来的时候，他便会站在道德制高点，第一个谴责你。"

尽管我不想这么去想我的丈夫，但是事实就是这么残忍。有一瞬间，我甚至都怀疑，他是不是故意设套给我的？

把我名声彻底搞臭，带着他出轨的情人离开我的时候，不会挨骂，相反会获得很多支持。

毕竟我是个杀人凶手！

选择坦白这件事以后，我的心倒是平静了下来，那些怨恨、不甘、痛苦煎熬似乎都随着自己的倾诉渐渐有所缓解，而且我还拿出了最有利的证据。

是的，农家乐那一条山间小道没有任何监控，是盲区，但是车里却有记录了整个事情真相的行车记录仪，早在报警自首的时候，陈宇飞心心念念算计我的时候，我却心细地藏了起来。

我知道说出真相，我的包庇、我的顶包都会有罪，但是我无怨无悔，因为我真的无法纵容这个男人肆无忌惮地伤害我。

晓晓说得对，这种渣男就不该纵容。

入狱那天，陈宇飞恨不得掐死我，而我只是对着他凄婉地笑笑，我错过，但是至少迷途知返，我不能因为不舍得就纵容真的罪犯，逍遥法外。

当然，这些都是对外的说辞。

事实上，我没那么伟大，我只是报复渣男，用尽了全部力气，选择了一拍两散的惨烈结局。

晓晓拉着我的手跟我说："雅雅，你跟陈宇飞从现在起算是彻底分开了，那么，我有一件事得跟你坦白。"

我点点头，听着晓晓说："其实陈宇飞当时并没有对我动手动脚，但是我看到他跟别的女人开房了，我不知道该怎么跟你说，只知道这个男人不适合你。"晓晓的口气顿了顿，"我的单纯被渣男伤害过，我不想你步我后尘，所以或许我的做法过激了。"说到这里，晓晓的表情有些遮掩不住的忧伤，"但是，我也不知道，为什么最后事情变得不可收拾，我们两个差点儿成了陌路。"

"好了，晓晓，过去的事，咱们不提了。"对我来说，这一段跟晓晓走岔的路，虽然曾经以为很幸福，但是真相却是那么惨不忍睹，我不想，也不愿意再提起。

现在既然跟晓晓敞开心扉，解除误会，重归于好了，那么这过去的事，真没必要拿出来硌硬人了。

"好。不提了。"晓晓轻轻地摆摆手，心里默默地叹了口气。

四年，她默默地关注着我，却克制着自己出现在我的眼前，她也以为未来会这样下去，却没想到发生车祸这件事，她不能眼睁睁看着陈宇飞把我的人生毁掉，更不能放任陈宇飞欺负我。

于是晓晓第一时间出现了，一次一次地劝我，让我的执迷不悟，变成迷途知返。

（七）

或许是我的大义灭亲，或许是我对家属的巨额赔偿，或许是我的认错态度好，又或许是晓晓四处的奔波游走，我总算免去了牢狱之灾。

缓刑，做社会服务，用自己最大能量赎罪，我跟晓晓的感情也终于毫无隔阂，我才知道，为了帮我打官司，为了我的巨额赔偿，她卖掉了老家的房子，还把这几年的积蓄都贴了进去，但是她却无所谓地摆摆手："雅雅，你没事就好，以后好好过日子。"

"嗯。"我轻轻地点点头，"我会好好过日子的，晓晓你也一定要幸福。"

是的，三十六岁的晓晓遇到了守护她的骑士，那个我见过的律师，他们结婚、生娃，一气呵成。

我甚至一度担心晓晓这次有点儿草率，毕竟她习惯单身这么多年，突然说闪婚就闪婚了，猝不及防的。

晓晓倒是满脸轻松地说："雅雅，反正除了你，我现在什么都没有，他在我身上也没什么好骗的，就算骗了也没事，他至少给了我一个孩子。"说完满脸慈爱地抚摸着自己的肚子，"我会好好抚养他长大，让他能够在宠爱中幸福地长大。"

"你放心，我也会帮你。"我认真地承诺，余生的日子，我除了顺其自然平静地生活，就是竭尽所能地对晓

我的养母叫晓晓

晓好。

我跟晓晓从小就是缺爱的孩子，我们从小就体会着没爹没娘的苦，相互扶持，一路艰难地走了过来，仔细回想过去的岁月，确实肝胆相照，彼此无私奉献。跟晓晓分开的这几年，我深深地感到不安跟孤独。

还好，在我最彷徨迷失的时候，晓晓并没有真的放弃我，她拽了我一把，将我从泥潭里拖了出来。

现在想想，如果没有晓晓的坚持，我或许已经为了那可笑的爱情，陷入万丈深渊，心里一阵后怕。

是的，爱情可以没有，婚姻可以不要，但是不能放弃自我救赎，也不能自甘堕落。

对于晓晓来说，很多人不理解她，为什么对我这样无私奉献？

我也不止一次这样问过，晓晓却从来不正面回答，其实这件事只有晓晓心里清楚，虽然看起来是她一直在照顾雅雅，实际上，雅雅从小就懂事，也在里里外外地帮衬着她，一起捡垃圾，一起照顾病重的奶奶。

如果没有雅雅，失去奶奶以后的晓晓，就算不去孤儿院，也会去流浪，可是因为有雅雅，她承担起了责任，变得有担当。晓晓也感念雅雅，如果不是她，她真的不会如此坚强，如此正能量地活着……

雅雅跟晓晓，相互扶持，相互依赖，并肩前行。

写下这篇文章的时候，晓晓的孩子已经出生了，是一个漂亮的姑娘，晓晓的脸上都是岁月静好的幸福笑容，她对我说："雅雅，接下来，你也要加油了。"

"嗯，我会努力。"我认真地点点头，我跟晓晓之间的感情，不需要多说，一个眼神，彼此就能心领神会。

晓晓很朴实，也很伟大。

念一世情长

顾七兮

（一）

我叫田伊利，名字很好听吧？很有时尚感吧？是我十八岁成年的时候自己取的，当初要换名字的时候，把我爸妈气得跳脚，一个劲骂我是白眼狼，还又哭又闹地嚷嚷着要跟我断绝亲子关系。

我却不以为意，还悄悄地偷出了家里的户口本，一意孤行地去户籍所在地的公安分局换了名字。

因为我受够了叫田大妮这么土的名字，也受够了因为名字被人嘲笑的那些青涩时光。

我成年了，即将去外面念书，想在外面凭着自己的能力站稳脚，我也不想再回到这贫苦的地方来。

至于白眼狼、断绝亲子关系什么的，我真不在意，因为我的父母并不是亲生的父母，我从小就知道，自己是个在垃圾桶边被人捡回来的养女。

父母对我的好，也没有像书里表达的那种，含辛茹苦、无微不至，相反我的养父母一开始就很明确，养我只不过是他们不能生养，等老了，希望我能够养老送终。

如果用一个词来形容我的家庭，我想相敬如宾是最好的描述吧。

大家客客气气的，带着礼貌的疏远，也带着距离的美感。

这样的家庭，养出来的我，说真的，我一直觉得自己是个寡淡、薄情的人，对待养父母的恩情，除了尽自己的能力给他们改善生活，未来帮他们养老送终外，我不会有别的太多的情绪波动。

大学四年，我几乎没怎么回过老家，当然也没再拿过家里的钱，相反凭着兼职赚了钱，一百、两百地存，存够了一千块，我会给他们汇过去。

后来工作了，除了留下基本的生活费，我便将大半的工资寄回去，又三年，整整七年吧，除了汇钱的时候会电话联络，我没回去过，而我的养父母也从不提来看看我，或者要我回去看看他们。

通话的时候，也没有普通原生家庭的那些眷恋不舍，相反他们的日子过得很有节奏，也很悠闲，虽然贫苦，但是农村嘛，也没什么大花销，我寄的钱，足够养活他俩了。

说实话，冷漠会成为习惯，我逐渐习惯自己一个人坚强地面对所有的一切，我也凭着自己的努力为梦想打拼着，至于那个在远方的家，我从没指望是依靠，更没有指望过，那个家能够在我辛苦的时候，给我支柱，成为我温暖的避风港。

去年过年的时候，我回了一次家，跟我的养父母说，我找了个男朋友，准备结婚了。

我的养父母有些发蒙，总算仔仔细细地问了我，男朋友谈多久了，家里干什么的，两个人发展到什么地步了，能不能带回家看看再说……

如果，我们的关系和谐，如果我们是亲生的那种关系，我会觉得是父母的不放心跟疼爱，但是很可惜，我跟我的家庭，从来都不是那样和谐。所以，这些絮絮叨叨的问话，让我有些不胜其烦，不过我还是耐着性子一一回答，最后笑着说："放心吧，我有主见，这件事，就这么定了吧。"

养父母眼神复杂地看着我，却什么都没有说。半晌后，养父才开口问："既然你决定了，那就这样吧，需要家里准备啥嫁妆？我跟你妈去准备。"

我犹豫了一下，随即摇摇头，谢绝了他们的好意："不用了，我男朋友家都准备好了，只要定了日子，回头我接你们去参加婚礼就行。"

车子、房子，我男朋友家都不缺，只是对我提了个要求，以后不要跟这边的养父母走得太近。

男朋友一再保证，说我平时就走得不近，最多也就逢年过节寄点儿钱回去，以后也不会近的，毕竟我有自己的家庭生活了，跟那边牵扯不大。公公婆婆的脸色才算缓和，怜爱地跟我说："唉，可怜的孩子，放心吧，以后咱们就是一家人了，相亲相爱的一家人，我们会把你当作亲闺女看的。"

说真的，听到男朋友那样说的时候，我心里有些说不出来的硌硬，但是仔细想想，我确实就是那种寡淡的人，我跟我的养父母之间的关系，也就是那样的相处模式，便也不再为这个话题纠结。

回家跟养父母提结婚的事，其实并不是征求他们的意见，而是一锤定音接他们参加婚礼的。

"就我们俩吗？"养父的眉头深深地拧了起来，口气纠结地问，"那家里这边呢？咱们摆不摆酒？"

我摇摇头，毫不犹豫地拒绝了："家里就不用了吧。"

养母忍不住插话道："那咱们家这些亲戚怎么办？你都要结婚了，连个喜酒都喝不上，总归是说不过去的。"

"那你们随便摆几桌吧，我跟梓耀是不会过来了。"我微微拧着眉头，用经常搪塞的口吻说，"一来我跟梓耀平时都很忙，这次结婚也只请了三天假，就要回去工作了，连蜜月都没有的。二来这边交通实在太辛苦了，摆个酒来来回回要耽误好多事。"飞机、火车就没直达的，绕半天路不说，还要走老长一段山路，想想就累得不行，再加上我现在都住不惯这大农村，别说含着"金汤匙"出生的梓耀了。

养母的表情便黯淡下去，这个借口我曾经说过很多次，她不但理解，也能体谅，便拽了拽养父，轻声道："既然他们忙就算了，我们自己摆吧。"

"嗯，钱我会打给你们的，你们按照咱们这风俗的最高规格做好了。"我想这是养父母想要的面子吧，那就成全他们。反正乡下结个婚，吃个大锅饭酒席，也花不了多少钱。

养父母对视了一眼，并没有说话，默契地深深叹了口气。

（二）

婚礼前夕，我将养父母接了出来，安排住在酒店，交代他们别乱跑，好吃好喝在酒店踏踏实实待着，婚礼的时候，我会接他们，而我自己则是忙得脚不着地，养父母一反常态坚持要去我们婚房看看。我心里不耐烦，但还是隐忍着带他们去看了我们的婚房，正巧撞上公公婆婆在婚房内布置，他们的眉头微皱，却不动声色地招呼我的养父母坐，然后借着忙碌，将他们晾在一旁，看着他们拘束不安的状态，我的心里有些说不出来的感觉，陪着坐了下来，不过因为感情生疏，能聊的真心不多，就比较尴尬。

坐了一会儿，养父母便提出要回酒店了，我暗自松了口气，将他们送回酒店，顺便在路上给他们买了几套好牌子的衣服，我倒不是嫌弃他们穿得不够体面，我能看得出来，他们这次出来穿的都是新衣服，我就是觉得穿好牌子的或许更好，而养父母什么都没有说。

我真是忙得顾不上陪他们，便匆匆离开。

婚礼当天，我去酒店接养父母，他们都穿上了我买的新衣服，神色紧张地跟着我，在婚礼上交给我一张存折，然后大声地祝福我，要幸福。

因为婚礼太忙碌了，我压根没时间去看存折的数字，仪式结束，又挨个敬酒，最后我喝得昏天暗地，第二天下午醒来的时候，养父母已经离开了酒店，留言告诉我已经回了老家。

我这才翻出那张存折，上面零零碎碎地存着五百、一千，密密麻麻的好多页，最后一页的总金额是七十九万。

我生怕自己看错，揉了揉眼睛，除了自己之前打的加起来大概有三万多外，竟然还有一笔七十五万的大数额，养父母哪里来的钱？

不是我瞧不起他们，真是卖了他们也值不了这么多钱。

我给养父打电话，他跟我说，这笔钱是我亲生父母这么多年给的抚养费，他们一分钱都没动，虽然我嫁的人家条件

念一世情长

不错，但是总归有点儿自己的钱傍身，多一些安全感。

他们还再三关照我，这笔钱，不能被我老公知道，也不能告诉任何人，只能我自己守着秘密。

我答应了下来。第一次听到亲生父母这个词，我的脑袋蒙了，下意识地追问养父："亲生爸妈在哪儿？"

养父在电话那头沉默，许久后开口问我："是不是因为你亲生父母比较有钱，所以你特别想要见他们？"

这句话把我给问蒙了，我也不知道我为什么执着地想知道我的亲生父母。

养父深深地叹了口气："你亲生爸妈不在了，我们养育你的恩情你也还完了，以后就好好过日子吧。"然后挂断了我的电话。

我再打过去的时候，我养父便不接了，我给养母打电话，同样不接。

我换个电话打，接通以后，他们一听到我的声音，便挂断了电话。

男朋友，哦不，现在是老公的梓耀拍拍我的肩膀，安抚道："这样也好。"下面的意思便不言而喻了。

省得往后再牵扯不清，这次就势了断算了。

我不知道该怎么形容自己此时的心情，只觉得堵得难受。

钱，我依旧一次一次地汇过去，只是多了一次一次地退回，那边查无此人。

似乎故事到了这里要截止了，我跟养父母之间的关系也到了尽头。

那种陌生、疏远的感觉，就好像从未相逢过。

（三）

生活依旧在忙碌地继续，夜深人静的时候，心里头总有些遗憾徘徊在心头，可是我又无可奈何。

直到疗养院给我打电话，让我过去办一下手续，我去了才知道，我的养父母已相继离开，而他们又给我留了仅剩的五万块钱，还有一封信。

养父母告诉我，其实他们也不知道我亲生父母的消息，而当初结婚那笔钱是家里老房子拆迁的赔偿款，并不是什么所谓的抚养费。

他们把拆迁分的现金给了我，分到的房子卖了，然后交给了疗养院，本来身后事也不想麻烦我了，但是总归盼个养老送终，所以最后这五万块钱，指望我能买个墓地，办一场丧事，往后就再无牵连了。

我失魂落魄地回到家，梓耀看着我的表情，张口便问我："伊利，你的养父母找你是要钱花了，还是要你赡养了？我可跟你说，咱结婚那会儿可说好了，除了钱，不管他们的。我爸妈婚前也跟他们谈过话，他们也一再保证说，不会打扰我们的生活，难道变卦了吗？"

"你爸妈跟我养父母婚前见过？"我略带诧异地看着梓耀，"什么时候的事？为什么我不知道？"

"你不知道吗？哦，我忘记跟你说了。"梓耀不以为意地摆摆手，"你养父母瞧着也挺识相的呀，没拿我家钱，这会怎么了，后悔了？"

"孙梓耀，你怎么说话呢？"我一听这话，顿时就炸毛了，虽然我对养父母的感情并不算深厚，但是如果没有他们的养育之恩，哪里有我如今的幸福生活？他们是不曾给我生命，但是却延续了我的生命，如果没有他们的抚养，我也无法安然长大。

"我怎么说话的，我不就实话实说吗？"孙梓耀的表情有点儿无辜，"你跟你养父母之间的感情又不深，平日里也没什么往来，这疗养院突然叫你去办手续，还不是要你去花钱的——"说到这里，孙梓耀的口气似乎带着点儿庆幸，"不过还好，能用钱解决的事，就这样解决吧，总比他们来了，我们还得赡养的好。"

听着孙梓耀的话，我顿时无言以对。

是的，是我平日里对养父母的态度，才给孙梓耀他们错觉，我并不在乎、并不关爱我的养父母，连我自己都不在乎的事，他们作为外人，又怎么能够在乎呢？

眼泪顿时如断线的珍珠一样，落个不停，我心里满是悔恨，是的，我痛恨自己的若无其事，也痛恨自己的自以为是，养父母虽然不是亲生的，但是他们对我的关爱那是一点儿也不少，是我自己，一次一次的一意孤行，自以为孤苦伶仃，才将养父母对我的爱推远，直到我的婚礼，他们彻底心寒绝望……

孙梓耀见我情绪不对，不知所措道："怎么了？"

我终于控制不住哇的一声大哭了起来，接着眼泪是怎么都止不住了，最后甚至放声大哭。

我比自己想象中，更在乎我的养父母，虽然我一直在努力逃脱曾经那贫苦的生活……但是，我终究还是念着那些情分。

我一直以为自己是个薄情的人，却不知道原来我的骨子里，却满是深情。

我也终于明白，我堵塞在心口的那些沉闷是什么，我可望而不可即的那些过去。

养父母的离开，成了我无法面对的愧疚跟难堪，我给他们在这座城市买了墓地，几乎三天两头都会去看看，陪他们唠一唠，可是我知道，我愧对我的养父母，这辈子，下辈子，这种养育之恩无法弥补、偿还，我的心一辈子无法安宁。

写下这篇文章的时候，我还有很多很多的话想说，我跟养父母之间发生过很多很多的事，但是万语千言，到了嘴边却变得词穷，不知道该如何表达才好，只能说一句中肯的劝告吧，随着父母的老去，很多遗憾累积，就会变成无法从头再来的遗憾，也没有任何办法弥补，所以希望大家都能够珍

念一世情长

惜拥有的一切，不管是爱情、亲情，还是友情。

很多事别以为明天还能做，就拖一拖，很多人还以为能够再见，就等一等，其实错过了，可能就是一辈子。一转身，再也遇不到，见不着了。

爸妈的爱情故事

静　文

（一）

江岳瑶把自己关在卧室里，一边吃着薯片，一边竖起耳朵听着客厅里的动静，表情颇为无奈。

这是第几次了？好像是第五次，爸妈为了那件事吵个不停！

"和你说过多少遍了，你的身体经不起高原反应！"

这是江爸爸江丰的声音。

"我自己的身体我还不清楚？我是医生，总不会拿自己的性命开玩笑吧！"

这是江妈妈岳琳的声音。

"不行，我不同意！"江爸爸语气里透着少有的怒意，"你就算不为我想，总该为瑶瑶想想吧！你一走半个月，谁来管孩子？她才十六岁，正是叛逆的时候。每天谁来接送她上下学？谁给她做一日三餐？"

"你又来了，总是拿孩子说事。我是你的妻子，瑶瑶的妈妈，若是事先没有规划，我怎么会和院领导申请去西藏？"

两个人说话间，熟悉的脚步声响起，原本坐在床上大吃特吃的江岳瑶忙将吃了一半的薯片塞进被窝，一边将右手的指尖擦干净一边飞奔到书桌前，伸出左手去抓丢在桌上的课本。

江岳瑶刚刚坐稳，刚将书本打开竖起来，房门就被江爸爸打开。

"你看看，孩子现在正是关键的时候，下星期还有一场重要的模拟考试，你总不能撇下孩子就这么走了吧！"

江爸爸的声音预料之中响起，江岳瑶扭头看向门口，不禁耸了耸肩膀。

江丰虽人到中年，却一点儿都不油腻，没有秃头没有啤酒肚，刚毅的面孔，深邃的五官，鼻梁上戴着的一副黑框眼镜，更是为他添了几分儒雅。他这款是线下最流行的事业有成美大叔，这种老干部可是会瞬间秒杀少女心，俘虏一群爱慕者。

　　站在江丰身边的江妈妈岳琳，已经四十岁的女人却有着十八岁少女的面容，精巧的五官，娇嫩的肌肤，甜美的气质。江岳瑶每每和亲妈走在大街上，不熟悉她们的人一定会认为这是一对姐妹花。

　　这样一对中年男女站在一起，男的儒雅挺拔，女的温柔娇小，竟有了金童玉女的既视感。江岳瑶托着下巴，不由得想起在姥姥家听说的爸妈的爱情故事，眼底闪过一抹暖色。

　　"我知道你工作忙，担心你照顾不过来瑶瑶，我早就安排好了。"江妈妈说话的语气还是一如既往的温柔，"我去西藏的这半个月，瑶瑶去姥姥家小住。爸妈那边我都打好招呼了，他们会帮忙照看咱们闺女的。再说了，瑶瑶也是大姑娘了，可以自己照顾好自己的，对不对，瑶瑶？"

　　猛地被点名，江岳瑶下意识地点了点头。顿时，江爸爸投射来两道幽怨的目光，她忙换上了一副可怜兮兮的小表情，弱弱地摇了摇头。

　　城门失火殃及池鱼。她这条小鱼儿太弱小，还得在爸妈手下讨生活，为了每个月的零花钱，她不得不两边应付讨好，她容易吗？

　　"好了，你就别没事总瞪咱闺女了，真是孩子气！"江妈妈柔柔开口，冲江爸爸眨了眨眼，"厨房炖了银耳桃胶羹，加点儿冰糖马上出锅，你要不要来一碗？"

　　江爸爸面色微缓："嗯，来一小碗就行。我最近减肥。"

眼看着江妈妈成功转移了话题，江岳瑶松了口气，将拿倒了的书本偷偷正过来，拿起笔开始温习明天的功课。

"不行，你还是不能去！"江妈妈转身时，江爸爸拉住了她的胳膊，又给江岳瑶使了个眼色，"你妈妈有高血压，现在非要去援藏。虽说只有一星期，可我还是不放心。瑶瑶，你也不放心妈妈的，对吧？"

江岳瑶无奈地撇了撇嘴，转过身面向父母的时候已经换上了一副委屈幽怨的表情："妈，你又不是不知道，爸是东亚醋王，护妻狂魔。你去年单位体检血压只高了那么一点点，他就担心得不得了！你这可是去西藏，一走还是十多天。这么长时间，我爸见不到你怎么受得了！必然是食不知味，夜不能寐。最后受牵连的还不是你女儿我？"

"对对对！"江爸爸此刻哪里还有国企领导的威仪，点头如捣蒜道，"你妈这一走我肯定是吃不下睡不着。女儿看我这样，也不能安心学习。"

"没事，我早就有准备。"江妈妈笑眯眯地看了江岳瑶一眼，从睡衣兜里掏出一张纸来，"我不在的这一星期，瑶瑶就住姥姥家，从那边走，上下学都方便些。你工作忙，接送她的任务我已经交给咱爸了。咱妈出去旅游还没回来，爸一个人在家正无聊，瑶瑶过去正好陪陪他老人家。至于你，一日三餐，每天的穿衣搭配我都写在这张纸上了。我雇了临时的做饭阿姨，她会按照我列的菜单，按照你喜欢的口味做一日三餐，顺便每天过来打扫家里的卫生。"

江爸爸拿过那张纸看了看，唇角扯动了几下，一张脸彻底黑成了锅底。

显然，江妈妈为了这次西藏之行早有准备。

"瑶瑶，你要不要也来一碗？"江妈妈已经转身进了厨房，"这银耳桃胶不胖人的，作为消夜少吃点儿不会长肉肉的。"

"嗯嗯！我也来一碗！"江岳瑶起身伸了个懒腰，眼见这场夫妻小吵不出意外地以江妈妈的胜利而告终，她不由得松了口气，不然这三天两头地为了这件事闹腾，她也跟着瞎操心。她就知道，她妈有这个本事，她爸一直被她妈拿捏得死死的。

江岳瑶蹦蹦跳跳地走出卧室来到餐厅，餐桌上已经摆好了三碗银耳桃胶。微微的甜香在空气中弥漫，白色的瓷碗里银耳晶莹剔透，桃胶微黄呈半透明状，看起来极为可口。

"你早就决定了，对不对？"江岳瑶坐下来，刚刚吃了一口江妈妈精心做的饭后甜品，就听江爸爸微怒的声音再次响了起来。

"你这么做就是不考虑我的感受，岳琳，我真的太失望了！"语落，已经换上了西服正装的江爸爸大步走到玄关处，换了鞋，头也不回地拉开了门。

咳咳咳！

老爸，你这是闹离家出走了吗？

这回事儿可闹大了！

江岳瑶眼见着江爸爸走出了门，忙站起来想要将他拉回来，坐在她身边的江妈妈却暗暗地拉了拉她的胳膊。

江岳瑶不解地低头看向江妈妈，见她一副云淡风轻的模样，心里突然有些心疼她老爸。

于是，她只好静静地坐了回来，目送江爸爸孤单的背影被"砰"的关门声挡在门外。

"没事，吃甜品。"江妈妈用调羹搅了搅熬得黏稠的银耳桃胶，抬眼看向憋了一肚子话的女儿，笑道："没事，过一会儿你爸就回来了。"

"妈，我印象里，你和我爸从来没红过脸。"江岳瑶看着江妈妈一脸淡然，闷闷地说道，"你看，爸他多在乎你。要不，你妥协下？"

"瑶瑶，我是医生，救死扶伤是我的天职。"江妈妈放下调羹，定定地看向江岳瑶，声线柔和，语气却透着坚定，"这一点，你爸爸在娶我之前就已经知道。你是我的女儿，应该也早就明白。"

江岳瑶点了点头，她妈妈是一名产科医生，这些年加班熬夜是常态，半夜里被一个电话叫过去急诊也偶有发生。作为医生的女儿，妈妈的工作性质她确实早就了解。这次江妈妈和江爸爸起争执的事她也多少知道一些，江妈妈想要去西藏支援当地医院的产科建设，去给当地医院的产科医生做专业知识培训，为期不长，算上往返路程大概需要半个月的时间，在当地停留一周左右。

江妈妈身体向来不错，只是从去年开始偶有头晕、耳鸣的症状，恰逢单位每年例行体检检查出她血压偏高，江爸爸担心她的身体承受不住高原反应，这才一再阻拦她的西藏之行。

"妈，你能告诉我，为什么一定要去西藏吗？"江岳瑶在做最后的努力，"你们科室那么忙，你每天手术就要安排五六场。你这一走，那些一直找你做孕期检查的产妇生产了，怎么办？她们只信任你，你不在她们会不安心的。"

"我经手的产妇都建立了电子病历，昨天我就整理好了她们的详细病例，分配给了其他同事。我们医院的产科医生个个技术过硬，即便我不在也不会出乱子的。"看出来江岳瑶在曲线救国，江妈妈笑了笑，道，"瑶瑶，你知道吗，西藏那边的医疗条件比咱们这差了许多。我要去培训的那几家医院，产妇和新生儿死亡率比我们医院高出了五倍。"

闻言，江岳瑶被说服，不好再劝。

老爸，我已经尽力了！

"吃完了回屋学习，我和你爸的事儿你不用跟着掺和。"江妈妈交代了一句，起身将江爸爸那碗一口没动的银耳桃胶拿到了厨房。

江岳瑶吃完了甜品，去厨房洗了碗，见江妈妈拿着一本专业书窝在沙发上翻看，她叹了口气，径直回了自己的卧室。

江爸爸离家大概是晚上九点钟。江岳瑶将第二天的功课

爸妈的爱情故事

预习了一遍，又做了一套数学卷子，眼看着快要到深夜十二点了，江爸爸还没有回来，她有些坐不住了。

起来去客厅倒了杯水喝，江岳瑶瞥了眼淡定地继续坐在沙发上翻书的江妈妈，柔和的灯光下，她神色宛然，长长的睫毛下一双眸子清亮得如同夜空中最闪亮的星辰。

"时间不早了，明天还要去上学。瑶瑶，你去睡吧。"江妈妈抬头看了江岳瑶一眼，语气温柔地说道。

"妈，你明天上午不是也有三场手术吗？你也去睡吧。"

"嗯，你爸回来我再睡。"

闻言，江岳瑶不再言语，她知道老爸不回来她妈是不会一个人去睡的，忙回到卧室翻出手机，给江爸爸发了条微信——

"妈等你呢，明天上午她可是有三场手术要做。"

发完了微信，江岳瑶钻进了被窝，依旧竖起耳朵听着外面的动静。

转眼间，三分钟过去了，江岳瑶估摸着她老爸应该快回来了，心里默默地开始数数：一、二、三……

她翻个身的工夫，外面传来钥匙开门的声音，紧接着就听江妈妈道："回来了？"

"嗯。"江爸爸闷闷地应了一声。

"要不要吃银耳桃胶？一直给你温着呢。"

"不了，太晚了。"

"那就洗漱休息吧，小点儿声，瑶瑶刚睡下。"

"嗯。"

听到这里，江岳瑶彻底放心了，合上双眼，很快就进入了梦乡。

（二）

江妈妈是坐飞机去的西藏，听说下了飞机要倒客车，坐三个小时的大客车后还得再坐两小时当地的小客车才能抵达目的地。

出发的前一天晚上，江爸爸将江妈妈的行李箱检查整理了一遍又一遍，把提前买好的缓解预防高原反应的药放在了她随身背的背包里。

"给你新买了一个保温杯，放在背包外侧的兜子里，渴了记得拿出来喝。"江爸爸拿着一张纸，一边说一边在"保温杯"三个字后面画了个"√"，"记得喝温水，到了那边万一吃了上顿没下顿的，再喝凉水你该胃疼了。"

"好。"江妈妈笑眯眯地坐在沙发上，任由江爸爸替她收拾行李，一脸幸福地听着他碎碎念，那表情像极了小学妹看着倾慕崇拜的学长。

"怕你饿，我买了些巧克力、面包、牛肉干，一部分放在背包外面这个口袋里了。"江爸爸说着拉开了背包外侧口袋的拉锁，从里面拿出了一块巧克力，"饿了记得吃，你行李箱里还放了很多吃的，别不舍得吃，别饿瘦了。"

"好。"江妈妈双手托着下巴，答应得干脆。

江岳瑶做完作业，去餐厅喝水，就被秀了一脸的恩爱。

老爸一副心上人要远行，牵肠挂肚，小心翼翼服侍的模样；老妈则一脸开心的笑，任由他在客厅里转来转去地闹腾，那双眸子仿佛映了满天星辰的大海，晶亮清澈，里面满溢着粉红色的泡泡。

"这次你们几个人去？"江爸爸冲江岳瑶挥了挥手，"给你妈倒杯温水。"

江岳瑶顺从地点了点头，端了两杯温水过来，给爸妈一人一杯。

"我们科室新来的毕业生小李，还有麻醉科的刘医生。"江妈妈喝了口水，道，"你别神经兮兮的，我的身体我最清楚。在那边满打满算待上六天，就回来了。"

"西藏也太远了，来回路上就够你折腾的。万一你小腿又水肿了怎么办？"

江妈妈长期站立做手术，有时一站就是一天，长时间下来小腿水肿得厉害。

江妈妈："你不是为我准备了'长途旅游充气脚垫搭脚踏'这种神器吗？"

"长途旅游充气脚垫搭脚踏"是什么鬼？

江岳瑶拿出手机，进入淘宝，将"长途旅游充气脚垫搭脚踏"输了进去，搜索了一番。

简单浏览了销量前三，江岳瑶不禁暗暗为她老爸点赞。

都说男人粗枝大叶不懂得体贴照顾人，她爸对她妈还真是体贴入微、心细如发。

江岳瑶这边逛淘宝，就听江爸爸又道："万一那个也不管用呢？要不要再买点儿别的？"

江妈妈："别再买了，现在网上买明天也到不了货，用不上不是。"

江爸爸："好吧，你说什么都对。"

江妈妈："哎呀！老江，我很快就回来了，你就别瞎操心了！"

江爸爸："琳琳，要不我请年假，陪你一起去吧！"

江妈妈："你就别和我添乱了，你和我一起去算怎么回事？同事会笑掉大牙的！"

"怎么？我就这么拿不出手，让你丢人现眼了？"江爸爸抑郁了，脸上写满了"宝宝心里苦，宝宝很委屈"。

江妈妈麻利地开启顺毛捋模式："我老公最帅了！和你走在大街上，多少女人看我的眼神充满了羡慕嫉妒恨！你前几天不是说单位那边新承接了一个大项目？我这不是担心影响你的工作嘛！"

江爸爸瞥了江岳瑶一眼，江岳瑶受到被嫌弃的信号，她也不想再充当电灯泡，脚底抹油地溜了。

关上房门，江岳瑶就听江爸爸压低了声音，说道："工作哪有宝宝你重要！"

宝宝？

爸妈的爱情故事

江岳瑶脊背一僵，很难想象在外面叱咤风云的老爸会说出这么黏糊的话。

今天晚上江爸爸做了江妈妈最喜欢吃的糖醋排骨，她这个亲闺女跟着借光，也吃了不少。不过，她现在有点儿后悔了，吃得太撑又被强塞了一嘴的狗粮，这种人在家中坐、狗粮天上来的感觉实在是非常无奈！

第二天，江岳瑶去学校上学，放学时自然回到了姥爷家。对于江妈妈如此安排，江岳瑶感激涕零。要知道，老妈不在家，她老爸必然是魂儿都丢了，根本就看不到她这个亲闺女的存在！

姥爷家在江岳瑶所在市第一高中的家属区，姥爷退休前是第一高中的副校长。听姥爷说，她爸妈高中三年也是在第一高中念的，江爸爸比江妈妈大了一岁，是她的学长。

姥爷家经济条件不错，姥爷是副校长，姥姥是医生，是当地的书香世家。江妈妈学习好人又漂亮乖巧，是那个年代学校里不少男生心中的女神。江爸爸是农门子弟，世代务农，家里穷得很，念高中的学费都是乡里乡亲东拼西凑借来的。当年，江爸爸对江妈妈一见钟情，江妈妈对他这个憨厚老实的学长也颇有好感，只是那个年代的男生女生即便彼此都有意也不会捅破那层窗户纸，直到江爸爸一鸣惊人地考上了北京某重点大学，他才跑到姥爷家去找江妈妈表白。

江爸爸跑到了姥爷家楼下弹吉他，引得家属区里所有住户都打开了窗户看热闹。姥爷是个老学究，只觉丢脸，江爸爸人上了二楼还没进门，就被当成登徒子打了出来。姥爷手持扫帚，直追出去三条街。江妈妈趴在二楼窗户上，远远地冲挨打的江爸爸粲然一笑，那一笑蓦地刻进了他的脑海里，永世难忘。

后来，姥爷知道他打的是个尽人皆知的学霸，这才没有阻拦江爸爸和江妈妈两个人来往。江爸爸念大一时，江妈妈念高三。一年后，江妈妈也如愿考到了北京去念大学，两个人正式确立了恋爱关系，从此你侬我侬，甜甜蜜蜜地谈了几年恋爱。不要问江岳瑶是怎么知道的，她爸妈异地恋一年互通的书信就有上百封，两个人大学期间的相册就足足有三大本，这几天江妈妈不在家，江爸爸怕是要把相册翻烂了吧……

后来，江爸爸大学毕业去了国企，工作稳定下来后又自己攒钱买了房子，亲自登门提亲，终于抱得美人归。

婚后，江爸爸实力宠妻，家务活全包，从来不让江妈妈下厨，说炒菜油烟大对女人的皮肤不好。江妈妈大学毕业去了市里的妇婴医院工作，每每轮到她值夜班，江爸爸都会做好晚餐送到医院，下夜班他还会去接江妈妈回家。

江岳瑶的突然到来，江爸爸一开始并不欢喜。他本来打算婚后五年之后再要孩子，希望和江妈妈多过几年二人世界。谁料，江妈妈意外怀孕，二人世界变成了三口之家，多多少少令江爸爸觉得自己"失宠"了。待江岳瑶三岁，江爸爸特意选择了离姥爷家特别近的一所幼儿园，从此接送江岳

瑶上下学的任务落在了姥姥姥爷身上，他和江妈妈时不时地
出去逛街，吃烛光晚餐，看电影，这才对她这个女儿多了些
好脸色。

江妈妈离开的第一天，晚上九点她给江岳瑶发来了微信
视频通话，视频里江妈妈脸色看起来有些苍白，母女俩简单
聊了几分钟江妈妈就挂断了电话。

江岳瑶不禁担心起妈妈的身体，这一晚没有睡好，第二
天白天在学校也有些心不在焉。

江妈妈离开的第二天，江岳瑶放学后回到姥爷家，在小
区门口就看到了江爸爸那辆黑色奥迪车。进了门，果然，江
爸爸和姥爷在客厅里下起了象棋。厨房里，江妈妈雇来的做
饭阿姨正在忙碌，时不时飘来一阵菜香。

"爸，你怎么过来了？"江岳瑶换了鞋，走到沙发前放
下书包，问道。

"担心你在这儿给你姥爷添麻烦，我就过来了。"江爸
爸抬头，看似不经意地看了江岳瑶一眼，问道，"昨天晚上
你妈给你打电话没？"

"没打电话，不过我们微信视频聊天来着。"江岳瑶
语音刚落，明显感觉到江爸爸眉头皱了起来，脸上闪过一丝
不悦。

该不会昨晚江妈妈只给她打了电话，没有和江爸爸联
系吧？

所以，他今天跑到姥爷家，是想通过她来和江妈妈

联系？

江岳瑶看着江爸爸那黑如锅底的脸色，越想越觉得自己猜得八九不离十。

哎！真是只老狐狸！

果然，晚上八点左右，江岳瑶听到坐在客厅里的江爸爸接到了江妈妈的电话，两个人聊了不到一分钟就挂断了电话。

紧接着，江妈妈给江岳瑶打来了微信视频，江岳瑶立刻接通，第一句话就是："妈，我爸今天也来姥爷家了。"

视频里，江妈妈穿了一套玫红色的长袖睡衣，表情明显愣了一下。

同时，江岳瑶的房门被敲了三下，江爸爸推门而入，快步来到了她身边，坐了下来。

"老江，你来咱爸这边了？"江妈妈反应极快，面色镇定，语气一如既往的温柔。

"是呀，不然怎么能接到你的视频电话呢？"江爸爸淡淡地看了江岳瑶一眼，语气泛酸。

江岳瑶耸了耸肩，主动将手机双手奉上。

这个亚洲醋王，若不是她反应够快，估计下个月的零花钱就泡汤了！

江爸爸理所当然地接过手机，看向江岳瑶的眼神多了一分赞许。

于是，江爸爸拿着江岳瑶的手机回到自己的房间，和江妈妈开始视频聊天，具体聊了多长时间江岳瑶就不得知了。只知道第二天在客厅的茶几上看到自己手机时，原本满格电已经只剩下17%。

江妈妈不在的日子总是很难挨。江爸爸人虽住在姥爷家这边，但心思早就飞到了西藏。

每天晚饭后，江爸爸和姥爷例行看完新闻联播，会守着电视看天气预报。当然，主要是看西藏第二天的天气情况。

江岳瑶不解，说："你们直接手机查天气就好了呀！"

姥爷拿着遥控器，笑眯眯道："当初你妈妈去北京念书，我和你姥姥也是如此，每天守着电视机看北京的天气预报。"

江爸爸点了点头，道："爸，我懂。"

江岳瑶倒是不懂了，她懒得耗时间，伸了个懒腰，起身往自己的房间走。

拉开房门时，江岳瑶无意间往江爸爸和姥爷所在的沙发方向看了眼，但见两个男人目不转睛地盯着液晶电视，神色专注，表情严肃。

这画面太过温暖，令江岳瑶心中一动，她拿出手机，对准两人，抓拍了一张照片。

回到自己房间，江岳瑶靠在床头稍作休息，调出了江妈妈的微信，将刚刚拍的照片发给了她——"妈，你猜，最爱你的两个男人在做什么？"

江妈妈那边过了两分钟才回复，是一个哈哈大笑的表情。

又等了一会儿，江岳瑶没有等来江妈妈的微信，估摸着妈妈那边可能很忙，她将手机放在一边，起来坐到书桌前开始做作业。

当天晚上，江妈妈只给江爸爸打了电话。江爸爸高兴得很，第二天一早就哼起了小曲儿，走起路来都带风。吃早餐的时候，难得体贴地为江岳瑶剥了个鸡蛋。要知道，这可是江妈妈的专享待遇。

江岳瑶坐在餐桌旁，看着笑眯眯喝豆浆的江爸爸，心里不禁犯嘀咕：至于吗，一个电话而已，就把你高兴成这样？老爸，您霸道邪魅的大总裁人设呢？

时间一天天熬着，难挨的日子终于要过去了，明天江妈妈就要回来了，晚八点的飞机。

江爸爸早就预订好了一大束火红的玫瑰，还安排了江岳瑶来献花。

"爸，不应该是你献花吗？"江岳瑶一想到自己一个俏生生的小姑娘捧着一大束足可以将她的脸挡住的玫瑰花，站在人来人往的机场大厅里，就觉得那画面格外清奇。

"让你献花你就献花，我到时候会很忙。"江爸爸身穿新买的浅蓝色西服，站在镜子前将头发理了理，左看右看，觉得不太满意，又回到卧室换了一套。

江岳瑶无语地往沙发上一瘫，将两只脚搭在茶几上，叹了口气，拿出手机给江妈妈发了条微信："妈，你的老江已

爸妈的爱情故事

经换了第五套西服了，他还不满意，正在试穿第六套。"

江妈妈那边很快就给了回复，还是那个哈哈大笑的表情。

隔着手机屏幕，即便只有那一个简单的动画表情，江岳瑶还是体会到了江妈妈心里满溢出来的甜蜜。

她这条单身狗，又被亲爸亲妈喂了一嘴的狗粮！

"瑶瑶，帮我看看这套衣服行不行。"江爸爸换好了衣服走了出来。

江岳瑶忙正襟危坐，将西装革履的江爸爸上上下下打量了一番。

足足盯着江爸爸看了一分钟，就在他眉头皱成了"川"字，快要不耐烦时，她点了点头，"不错，还是当年那个令我妈魂牵梦萦、非君不嫁的少年。"

江爸爸闻言面上浮现出满满的笑意，显然江岳瑶这马屁拍到了点子上。

（三）

放学后，江岳瑶回到了自己家里，今天晚上江妈妈归来，明天姥姥也旅游回来，后天是周末，江爸爸说一家人好久没有聚聚了，订了饭店，打算周末一起吃顿大餐。

吃晚饭时，江爸爸就不停地看手表，一副魂不守舍的样子。

江岳瑶偷偷拿手机拍了一张江爸爸眉头紧蹙咬筷子抬腕看手表的照片，没配文字，直接发给了江妈妈。

这个时候，江妈妈应该还在万米高空之上，待她飞机落地打开手机，看到她老公这副相思模样，也不知是何心情。

吃完饭，还不到七点，江爸爸就换上了精挑细选的那套藏蓝色西服，还郑重地打了一条暗红色领带，头发更是梳得一丝不乱，俨然帅小伙儿一枚。

"爸，咱家开车到机场也就二十分钟，你现在出门咱们得在机场等一个多小时。"江岳瑶手里拿着本英语书，眼睛越过书本看向在擦皮鞋的江爸爸，突然觉得他这阵势倒像是去接新娘子。

明天要月考了，她时间紧任务重。老爸呀，你姑娘我还未成年，更没时间看你和老妈俩直播千里来相会啊！

"万一路上堵车呢？"江爸爸抬腕看了眼手表，见江岳瑶坐着没动，瞪了她一眼，"还不快去换衣服，万一飞机早点了怎么办？"

飞机什么时候早点过？不晚点就不错了！

江岳瑶刚想开口反驳，对上江爸爸那双焦急的眸子，她突然没电了，从沙发上站起来，飞快地钻进了自己的房间。

换了套白色连衣裙，江岳瑶走出房间时，看到江爸爸难得地往自己身上喷香水，她不禁莞尔一笑，上前挽起江爸爸的胳膊："爸，我准备好了，咱们这就出发去接妈妈吧。"

父女俩出了家门，江爸爸一路上把车子开得飞快，抵达机场时才19：20。

幸好江岳瑶早有准备，她带上了历史课本和地理课本，争分夺秒地复习功课，为明天的考试做准备。

人来人往的机场大厅，很多人经过江岳瑶的时候都忍不住放缓脚步朝她多看几眼。

没办法，谁让她身边的位置上摆了一束足足有半人高的火红玫瑰，不知道的还以为她是过来接男朋友的呢！

在江岳瑶意料之中，飞机晚点了。父女二人直到21：30才接到江妈妈。这期间，江爸爸不停地踱步，脖子伸得老长，俨然一枚望妻石！

"媳妇儿，你出来了没？"江爸爸好不容易打通了江妈妈的电话，急吼吼道。

"你往右边看。"江妈妈的声音含着笑意。

江爸爸拿着手机，扭过头去。江岳瑶顺着他的目光，远远地看到江妈妈一身玫红色长裙，波浪长发披散在肩头，脸上的笑容一如既往的温婉。她一只手拖着旅行箱，另一只手朝父女二人挥了挥，亮晶晶的眸子满溢着幸福的笑意。

"妈，欢迎你回家。"江岳瑶忙将放置在座位上的花束捧了起来，手里的这捧巨大的玫瑰花挡住了她大半张脸，她好不容易伸长脖子从侧面看向江妈妈。

只见，江爸爸健步如飞，奔到江妈妈面前，张开双臂将她紧紧地拥入怀中。

江妈妈先是一愣，随即放松了身体，任由江爸爸抱着，她伸手环住他的腰，在他耳边笑道："都老夫老妻了，这大庭广众的，女儿还在呢！"

"我不在我不在！你们继续，继续！"江岳瑶忙闭上眼睛，抱着花转过身去。

现在她算是知道江爸爸为啥让她献花了，敢情她就是个移动花架和超级无敌电灯泡！

过了足足两分钟，江爸爸才松开了江妈妈，他接过江妈妈手中的行李箱，另一只手紧紧拉住了她的手，生怕她丢了似的。

江岳瑶继续充当移动花架，乖巧地跟在父母身后，只觉她这电灯泡锃亮锃亮的，那光芒可与日月争辉！

一家三口上了车，江岳瑶坐在了后面的座位，将玫瑰花束放在一旁，她甩了甩手，只觉手腕酸痛。

江爸爸充当司机，江妈妈坐在了副驾驶座，她的专属位置上。

"听小李说，你们这次公出遇到了点儿意外。"江爸爸左手握着方向盘，右手紧紧地拉住了江妈妈的手不放。

"女儿还在呢，好好开你的车。"江妈妈瞪了江爸爸一眼，抽出手来，压低了声音嘀咕道，"小李怎么这个也和你说？"

"他倒是没和我说，是我看了他发的微信朋友圈，猜到的。"江爸爸语气充满了担忧，"要不是那天晚上你和我视频通话，见你没有大碍，我说什么都要过去找你。"

爸妈的爱情故事

"我真的没事，客车在半路上出了车祸，但只是简单的剐蹭。"等红灯的间隙，江妈妈轻轻握住了江爸爸的右手，柔声道，"别担心了，你看我这不是好好地回来了吗？"

"妈，到底怎么回事？"听到这里，坐在后面的江岳瑶不淡定了。

江爸爸从后视镜扫了江岳瑶一眼，叹了口气，拿出手机发了张截图给她，"你妈的性子你还不明白？她向来报喜不报忧。"

江岳瑶忙拿起手机，调出微信。江爸爸发来的是张微信朋友圈的截图，看起来应该是妈妈的同事李医生发的："挺进西藏第三天，悬崖峭壁上的盘山路发生了车祸，太惊险了，感觉捡了一条命。"

配图是一张看起来十分惨烈的车祸现场照片，大客车的车头都凹陷进去，挡风玻璃碎了一地，隐隐可以看到江妈妈脸色微白地站在客车的不远处。风吹乱了她的长发，一双眸子透着惊恐，一副惊魂未定的模样。

江岳瑶心里咯噔了一下，刚要开口埋怨江妈妈瞒着她，就听江妈妈笑道："瑶瑶，我临出发前你爸爸叮嘱我即便是坐客车也要系安全带。幸亏我听了他的话，毫发无损。和我们一起的刘医生就没这么幸运了，他被甩出了座位，骨折了，现在还在住院呢。"

甩出座位？

骨折了？

江妈妈看似安慰的话，江岳瑶却听出了危险的味道，鼻子一酸，眼泪刷地流下来："妈，答应我，没有下次了，好不好？"

　　"好好好！"江妈妈听出江岳瑶声音中的哭腔，忙抽了纸巾转过身伸手给她擦眼泪，"听你们的，这是第一次也是最后一次，你们就别担心了。"

　　"希望如此。"绿灯亮起，江爸爸一边开车，一边语气格外沉重道，"琳琳，就算你不为自己考虑，也要为我和瑶瑶多想想吧！瑶瑶还那么小，你说过的，要和我一起陪她长大，送她出嫁，照顾她生孩子……"

　　江爸爸这么一说，江岳瑶哭得更凶了，眼泪噼里啪啦往下掉，怎么都止不住。

　　"好了好了，我错了，我投降！"江妈妈让江爸爸把车停靠在路边，下车钻进了后面的位置，搂着哭个不停的江岳瑶好生安抚，哄了半天，直到她不再哭泣这才松了口气。

　　江爸爸从后视镜看到这一幕，心里又是心疼又是欣慰。他知道，江妈妈只是暂时妥协，这绝不是她最后一次挺进西藏。但，若有下次，想到女儿这场痛哭，她总是会有所顾忌。

　　夜色里，载着一家三口的车子再次启动。江岳瑶抱住江妈妈的胳膊，故意把眼泪鼻涕蹭在了她的衣服上。

　　回到家中，江岳瑶钻进卧室，江爸爸在客厅里帮江妈妈整理行李，江妈妈则进厨房炖起了红枣银耳。

拉开窗子，夜晚的微风夹杂着淡淡的青草香气扑面而来，江岳瑶看向单元楼下那抹暖黄色的灯光，愣愣发呆。

那是江爸爸担心江妈妈下夜班回来，看不清路，特地和物业沟通，新安的长明灯泡。

之前，江岳瑶一直觉得父母那辈人的爱情是含蓄的，内敛的。如今，终日目睹爸爸对妈妈的呵护疼宠，她明白了，对一个人的爱是隐藏不住的。毕竟，爱是热情的，奔放的。

淡淡一笑，江岳瑶心里仿佛被填充得满满的，格外充盈。

在爱的人面前，妈妈永远是那个笑靥如花的小女孩儿。希望她能有妈妈那般好运，也能遇到爸爸这样视她如珍宝的灵魂伴侣。

"瑶瑶，来吃甜品啦！"江妈妈的声音传来，江岳瑶应了一声，随即走了出去。

去洗漱间洗了把脸，江岳瑶看着镜子里眼皮红肿的女孩儿，无奈地笑了笑。

这时，江爸爸走了进来，递给她毛巾，压低了声音道："今晚你表现得非常好。不过，你还是要体谅你妈妈。她是医生，救死扶伤是她的天职。她这么做，是为人民服务，对不对？"

江岳瑶接过毛巾抹了抹脸，郑重地点了点头："所以，爸，你早就不怪妈妈了，对吧？她再有下次，即便你还是会和她吵和她闹，甚至还会离家出走，但最后还是会支持她的，是不是？"

江爸爸眉头蹙了蹙，仔细思考了几秒钟，叹了口气，点了点头，随即脸上浮现出一丝浅笑："女儿，你说得没错。爱一个人就要接受她的全部。你妈妈作为医生是称职的，甚至可以说是伟大的。作为她的爱人，她想做的事、愿意做的事，我都会无条件地支持她。只要她开心，就好。"

听了江爸爸的话，江岳瑶心中微动，她定定地看向他，只觉他笑起来真的很好看，就连眼角的纹路都透着温情脉脉。

"走吧，你妈妈盛好了红枣银耳羹，去尝尝。"江爸爸语落，转身率先走了出去。

江岳瑶"嗯"了一声，站在洗漱间的门口，看向餐桌旁忙碌的江妈妈。

暖黄色的灯光下，她穿了一身浅绿色的居家服，显得格外青春靓丽。她身旁，江爸爸已经坐好，一副乖宝宝等待投喂的表情。

江岳瑶拿出手机抓拍了一张照片，心里突然涌起一股暖流。

有心爱的人陪在身边，岁月静好，大抵就是这个样子吧！

温暖的幸福时光

静　文

今年S市的冬天来得格外晚，接近冬末才下起小雪，淅沥沥的，像极了春雨。

温暖行走在浓得化不开的漆黑夜色里，小雪刚落在她紧蹙的眉间便融化成了冰冷的水滴，带来一阵刺骨的寒意。她不禁缩了缩肩膀，心口的空洞仿佛呼呼地灌着冷风，浑身的血液也似凝固了一般。

这是温暖婚后第二次离家出走。上一次，正好是一个月前。

拖着行李箱走在死寂无人的大街上，温暖掏出手机，冻得僵硬的手指在屏幕上敲打出一串烂熟于心的数字。而后，她的指尖悬在拨出键上，久久没有摁下。

上一次她离家出走，好像也是在这样寒冷漆黑的夜晚，她哭着给妈妈孟小平打了电话，结果被亲妈在电话里骂得狗血喷头。她清楚地记得，妈妈在电话那头对她喊："磊子对你够好的了，这样的女婿上哪儿找？你可别再作了！磊子这样的好男人现在打着灯笼都找不到，你还不懂得珍惜！"

可是，和段磊过日子的是她啊！她过得好不好，开不开心，只有她自己才知道！

按照世俗的标准，温暖的老公段磊家境好，长相英俊，身材挺拔，工作稳定又顾家，确实是个标准的经济适用型好老公。可人是会变的。都说生娃是婚姻的照妖镜，你嫁的是人是鬼，生个娃就知道了。温暖和段磊这对恩爱的小夫妻也没有逃离这个诅咒。温暖出了月子后，两个人为了鸡毛蒜皮的小事就能三天一大吵两天一小吵，吵得她抑郁成疾，不用去看医生她也知道自己定是患上了产后抑郁。

* *

温暖是外地人，父母在小县城D市做服装生意，她下面还有一个比她小五岁的弟弟叫温江。在她的印象里，父亲温海性子温润，出口成章，写得一手好毛笔字，是圈子里少有的儒商。妈妈孟小平是个急性子，说话办事风风火火，头脑灵活，性格泼辣。他们俩一个进货一个卖货，夫妻搭档再加上夫妻同心，几年的时间里把服装生意做得风生水起，二十世纪九十年代在家乡的小县城D市便有了房子车子门市，后来又在温暖念大学的省城S市投资买了一套商品房和两间门市。一家四口不愁吃穿，在那个有山有水的小县城里，算得上殷实之家，日子过得甚是滋润。

在温暖看来，她父母是白手起家的典范，因为温妈妈嫁给温爸爸时，温爸爸只是个出身农门、在家待业的退伍兵，而温妈妈的父亲，也就是温暖的姥爷，年轻时留学日本，在当地算得上是望族，温妈妈本人又是那个年代的大学生，毕业后分配到粮食局，端的可是铁饭碗。无论从哪方面来看，两个人可谓门不当户不对。更何况温爷爷因为身体不好而欠了一屁股外债，温爸爸还曾有过一段婚姻，因丧偶而成了鳏夫。

温妈妈长得漂亮，家世又好，单位里很多年轻的小伙子追求她。谁料，她挑来选去，最后竟然嫁给了温爸爸，顿时令所有人大跌眼镜。两个人结婚时并不被看好，因经济拮据没有举办婚礼，领了结婚证后，温妈妈回到姥爷家收拾了行李便搬进了温爸爸租来的房子里。后来，为了改善家里的经济条件，尽快还上外债，江妈妈辞职并向娘家借了一笔钱，和江爸爸开始跑市场。两个人瞄准了服装生意，一头扎进这一行，起早贪黑地忙碌，吃了很多苦才攒下了如今的家业。

印象里，温妈妈相对主外，做生意是一把好手；温爸爸更加顾家一些，照顾温妈妈和一对儿女他是主力。温妈妈整日在店里忙，家里一日三餐都是温爸爸做的，就连温暖的辫子也是温爸爸梳的。他是难得的心灵手巧，编的小辫子特别新颖好看，她到了学校老师同学都会夸赞。届时温暖会骄傲地仰起头，大声道："我的辫子是我爸爸梳的，我爸爸最棒啦！"

温爸爸和温妈妈感情一直很好，结婚三十几年，从未和温妈妈红过脸，从来没有让温妈妈下过厨，也因此练得一手的好厨艺，足以媲美顶级大厨。温暖被温爸爸的厨艺喂养得嘴很刁，刚上大学第一个学期，她就不喜欢吃学校食堂的饭菜，整整瘦了十三斤，寒假归来，把温爸爸心疼得不得了。

从小目睹了父母的爱情，温暖对爱情，对未来的婚姻充满了憧憬。她从小乖巧懂事，人长得漂亮念书又好，身边自然不乏追求者。但温暖总是拿着父亲的模板找男朋友，校园里的小男生自然入不了她的法眼。

温暖念大二时，弟弟温江念初三。现在的孩子普遍早熟，温江高中期间就谈起了恋爱，为这事妈妈没少操心，担心他成绩下滑，考不上好大学。温妈妈和温暖打电话时，不免唠叨几句。和弟弟关系甚好无话不说的温暖为此特地给弟弟打电话，准备询问开导一番。

谁料，温江在电话里反过来调侃她："姐，你都上大学了，是成年人了，不像我还未成年，你怎么不谈恋爱？你是不是有恋父情结？"

温暖闻言愣了愣，仔细地想了想，道："是呀，你说得没错，我就是恋父！咱爸人长得帅，有才华能赚钱还宠妻，我就是要找他这样的男朋友！听说咱爸还有功夫，年轻时一掌劈开三块砖，真是帅炸苍穹！现在的小男生怎么比得了！"

温江在电话那端笑："姐，我知道你的想法，那你知道我是怎么想的吗？我现在谈恋爱可不是玩玩儿的，我是很认真的。"

温暖听着少年稚嫩却无比认真的语气，不由得轻笑出声："你才多大，知道什么是爱情？"

温江在电话那端语气郑重道："我很喜欢我现在的女朋友，我会为了她努力学习考上好大学，将来我还会努力工作赚钱。我们会有两个孩子，男孩儿女孩儿我都喜欢。我要买一座大房子，就像咱们一家四口这样，我们一家四口也要开开心心地在一起生活。"

听着小小少年对未来的规划，温暖似乎看到了爸妈的影子，不禁会心一笑，道："好呀，姐姐祝福你们。祝你早日心想事成。"

这就是原生家庭对子女爱情观最直白的影响吧，温暖挂断了温江的电话，脑海中不由得勾勒起未来家庭的模样，发现和温江所言几近相似。

只是，温江是幸运的，他在初三那年就遇到了真爱。而温暖就没有那么幸运了，身为学霸，她念完了大学顺利被保研，一直到念完研究生走出校门开始工作，都没有谈过恋爱。

直到工作三年，通过相亲，她认识了现在的先生段磊。温暖不禁想起她和段磊第一次见面的情形。

见面的那天天气极好，蔚蓝的天空，朵朵白云舒展其间。在见面前，段磊加了温暖的微信，两个人先是聊了几天。通过微信聊天，温暖觉得他是一个体贴又坦诚的男生。

两个人约在S市的市图书馆见了面，温暖一袭白色连衣裙，段磊则是蓝色牛仔裤配白色T恤。那天，温暖借的书是《遇见未知的自己》，段磊借的书是《邓小平传》。两个人借完书后，就近寻了一家咖啡厅。临近窗户的位置，他们相对而坐。在舒缓的音乐声中，温暖面上看似平静，心里却潮起潮落。所谓的一见钟情，大抵就是这个样子吧。那天晚上，温暖辗转难眠，眼前浮现的都是段磊那张干净阳光的面孔。

深夜两点，段磊发来一条微信："暖暖，请允许我这么唤你。今夜无眠，不知道你是不是已经睡了，我犹豫了很久不知道要不要给你发这条微信。可我等不到明天。我想，我是爱上你了。希望今天我给你的印象不是太糟糕，希望你能给我一个照顾你的机会。"

温暖是第二天起床才看到这条微信的，她面颊一红，心口一阵悸动。紧接着，段磊的电话打了过来，她指尖颤抖地划过手机屏幕，接通了电话。

温暖的幸福时光

275

"早，暖暖。"段磊的声音微微沙哑，听起来透着疲惫。

"早。"温暖心脏猛地跳动起来，面颊愈发滚烫。

段磊："你起来了吗？"

温暖："嗯，刚刚起床。那个……我……我看到你的微信了。"

"嗯。"段磊轻笑了一声，声线格外柔和，"抱歉，是不是吓到你了。我不应该这么心急，有点唐突了。"

"没……没事。"温暖起身进了盥洗室，看到镜子里，自己的脸红得似乎滴出血来。

"为了表示我的愧疚，我给你买了早餐。"段磊语气轻快道，"我在你家楼下了，你收拾好就可以下来。我送你上班。"

温暖闻言愣了愣，足足考虑了一分钟，才道："嗯，好。"

挂断了电话，温暖捂住心口，感受着自己的心跳，她跑到窗子那边，偷偷掀开了窗帘一角，看向楼下。

清晨的阳光下，段磊依旧穿了昨天的那套蓝色牛仔裤白色T恤，他一头利落的亚麻色短发，手里拎着外卖早餐，离得远看不清他脸上的表情，却能感觉到他身上散发出来的青春气息。

那一刻，温暖觉得，春暖花开！

两个人相处了一个月后，正式确定了男女朋友关系。

一年后，段磊在游乐场求婚成功。那晚，他主动提出带温暖去游乐场坐她心心念念的摩天轮。当他们抵达摩天轮最高的位置，夜空突然绽放朵朵烟花，绚丽美好的烟花吸引了所有人的目光。烟花下，段磊在摩天轮中跪地献花，当他掏出一枚婚戒时，突如其来的惊喜令温暖湿了眼眶。

第二天一大早，两个人跑到民政局领证结婚。之后，段磊开始筹备婚礼事宜，可谓凡事亲力亲为，务必献给温暖一个盛大的婚礼。

两个月后，温暖如愿和段磊举办了中式婚礼。她头戴凤冠，一袭大红色嫁衣，听着他当着所有亲友及来宾的面，对她信誓旦旦地承诺："暖暖，我会让你成为世界上最幸福的女人！"

闻言，温暖热泪盈眶，心里涌起一股暖流。眼前的男人就是她寻觅的良人，他给她的就是她想要的爱情呀！

那场盛大的婚礼后，温暖搬进了婚房，开启了两个人的幸福时光。段磊不抽烟，偶尔在家吃西餐的时候才会喝点儿红酒，他和温暖一样，朝九晚五地上班，周末休息，很少出去应酬，是个顾家的好男人。

将心爱的女孩娶回家，段磊把她捧在了手心里。和温爸爸一样，段磊也有一手好厨艺。两个人早餐和午餐在单位解决，晚上下班后一起逛菜市场买些新鲜的蔬菜水果。回到家中，温暖负责洗菜择菜，段磊这个大厨负责做饭做菜。再普通的家常菜，由段磊来做，便多了些爱的味道。于是，两个人把晚餐当成了大餐来吃，即便两个人饭后会去距家很近的公园河边散步，但结婚半年，两个人都胖了小十斤。

温暖看着镜子里日渐圆润的小脸，心里甜蜜，嗔怪地看向段磊，埋怨道："你看，我的脸都胖了一圈了。单位同事现在都说我是个小胖子。"

"那我以后就叫你小胖呗！"段磊笑嘻嘻地凑了过来，在温暖唇上香了一口，拿出手机调出通讯录，把温暖的昵称由"亲亲老婆"改成了"小胖儿"。

温暖见状揪住段磊的耳朵，在他肩上咬了一口，气呼呼道："你太过分了，段磊！你要这么做，那我就叫你大胖！"

"好呀好呀！"段磊将温暖拦腰抱起，飞快地进了卧室，将她轻柔地放在床上，双手撑在她身侧，目光中满溢着宠溺，"暖暖，无论你变成什么样子，我都爱你。"

温暖唇角弯起，双手钩住段磊的脖子，在他脸上亲了一口，笑道："那我将来怀孕了，胖成球了，你也爱我？"

"爱！当然爱！"段磊神色无比认真地说道，"你怀孕是为了给我生孩子，我感激你还来不及，怎么会嫌弃你？再说了，我媳妇儿即便是怀了娃，照样风华绝代！依旧是我心里最美丽的小公主！"

"是吗？那还等什么？"温暖看了段磊一眼，媚眼如丝，神色娇俏。

段磊呼吸加重，铺天盖地的吻将温暖笼罩起来……

＊　　＊

身后传来刺耳的喇叭声，两道雪白的车灯透过夜色狠狠地打在了温暖的身上，将她从沉思中拉回现实。

唇角弯起一抹讽刺又苦涩的弧度，温暖加快了脚步，拖着行李箱走向了路边一家营业的咖啡厅。

进入咖啡厅的那一秒，温暖下意识地朝那辆疾驰而过的轿车看去。那是一辆白色的轿车，段磊的车子是黑色的。

叹了口气，温暖心里的失落又多了几分。

上次她离家出走，段磊一个电话没有，一条微信留言也没有，只是婆婆打过两个电话催她回家带孩子，说孩子夜里哇哇哭，要找妈妈。

想起那晚的情形，温暖鼻子发酸，强忍着几乎要夺眶而出的泪水，她拖着行李箱找了个靠窗的位置坐下。

服务生小跑着走了过来，问道："小姐，请问您要点什么咖啡？"

"卡布奇诺吧。"温暖淡淡道，扭头看向窗外浓黑如墨汁的夜色，再次陷入了沉思。

一个月前，温暖刚当上妈妈一个月，她和段磊的女儿小月饼亦刚刚满月。出了月子，月嫂走了，温妈妈也走了，婆家妈留下来帮忙带孩子，段磊休完护理假也去上班了。

温暖在想，或许她怀孕期间他们两个就已经出现矛盾了，只是她一直沉浸在即将为人母的不安和喜悦中，将那些

温暖的幸福时光

矛盾自动忽略了。

温暖刚怀孕的时候，温妈妈就和小两口在电话里沟通过：温爸爸厨艺好做月子餐最适合不过，但他一个大男人过来伺候女儿月子实在不方便，家那边的生意需要留一个人打理，他得留在D市。温暖坐月子她是肯定要过来照看的，但她自己是个只会做生意的粗人，她从小就娇生惯养的，不太会做家务，更不会做饭做月子餐。总不好她过来什么都不做还得段磊和段妈妈伺候温暖和她，干脆她花钱雇月嫂来照顾自己女儿的月子，这样大家都轻松一些，她也心安一些。

温暖想着，小月饼降生，面对那样一个脆弱的小生命，大家一定手忙脚乱不知所措。她本来也有雇月嫂的打算，温妈妈的提议正中下怀，她自然乐得答应。于是，她和温妈妈一起挑选了一个金牌月嫂，安排好了之后，才告诉段磊。

现在想起来，段磊当时的脸色不太好，他问了一句："怎么才告诉我？"

温暖有些诧异，生孩子坐月子的是她，难道她预订个月嫂还做不了主了？

尽管心里不悦，温暖还是语气柔和地解释道："我是觉得我妈的提议不错，想着合适的月嫂也不是那么容易预约到，就没事先和你说这事。这不，刚定下刘阿姨，我就告诉你了嘛！"

"好吧，你觉得好就好。"段磊的语气依旧有些不满，"不过这月嫂的钱，咱们拿就是了。怎么能让你妈出呢？"

温暖："我妈她不是不好意思在这儿当闲人嘛！我本来也是不想让她出这个钱，谁知道今天她已经把钱打给家政中介了。你又不是不知道她是个急性子，又固执，咱们不随她的心意她该生气了。大不了今年过年的时候，给爸妈封一个大红包就是了。"

后来，温暖才知道，段磊一直对这件事耿耿于怀。

温暖无意间听到他和段妈妈，也就是温暖的婆婆打电话时，说："坐个月子，你来我丈母娘来，再加上我，家里三个大活人伺候暖暖和孩子足够了。真搞不清楚，我丈母娘为啥非要雇月嫂。马上小月饼就要出生了，以后花钱的地方多的是。我和暖暖都是死工资，现在养孩子多费钱呀！这孩子还没生出来，前前后后都花了三四万了。再说了，就算是雇月嫂，月嫂的工资也应该我拿才对。我丈母娘非要出这个钱到底是什么意思？我知道暖暖家经济条件不错，可咱们家也不差这点儿钱。她这么做真是太自私了，根本就没替我、替咱们家考虑。这若是外人知道了，该怎么看咱们段家？！"

听到这里，提前回家站在门口的温暖默默转身，拉开门走了出去。直到一个小时后，温暖掐着往常下班的时间，装作若无其事的样子回了家。

"媳妇儿，你下班回来啦？今天晚上想吃什么？"听到玄关处有声响，段磊腰间系着围裙走了出来。他额头上滚着汗珠，手拿锅铲的样子极富烟火气息。

"我现在已经不吐、不挑食了。你做什么我和小月饼就吃什么呗！"温暖笑得温婉，心里却涌起一阵酸楚。

"你总是这样！"段磊微微有些不满，唇角的笑意漫不经心，"媳妇儿，你老公我厨艺好着呢，你应该点菜才对。现在你肚子里可是还有一张嘴呢，你总说随便，小月饼该不乐意了。"

是小月饼不乐意还是你不乐意？埋怨的话到了嘴边，被温暖硬生生咽了回去。

"今天小月饼乖不乖？这两天爸回D市，你一个人打车上下班，这小家伙是不是又调皮了？"说着，段磊笑着蹲了下来，将耳朵凑了过来，贴在温暖的肚子上。

温暖低下头，看着自己高高隆起的肚子，这里面孕育着一个鲜活的小生命，是她和段磊爱的结晶。再过一个月，小月饼就会出生了，想到这里，温暖会心一笑，心中的阴霾一扫而空。

"做个南瓜粥吧，多放些南瓜。主食就来我喜欢吃的鸡蛋裹面包片，要刷蒜蓉辣酱。"温暖歪着头，看向直起腰来一脸认真的段磊，心里突然被塞得满满的，"炒菜就做西红柿炒鸡蛋吧，再做个木须肉解解馋。"

最近温暖的体重有些超标，医生说孩子偏大不太容易顺产，于是她最近很少吃肉，都以素食为主。

"好嘞！客官稍等，我这就去厨房张罗饭菜嘞！"段磊作了个揖，像个孩子似的，蹦蹦跳跳地进了厨房。

温暖唇角弯了弯，走到沙发那边坐了下来，静静地看着那在厨房忙碌的高大背影，叹了口气，选择了将今晚偷听到的话烂在肚子里。

月子期间，有温妈妈在，温暖还是挺开心的，身体恢复得也不错。她偶尔想起那天段磊的那番话，无比庆幸自己没有放在心上，也没有告诉温妈妈，不然丈母娘和女婿间的关系就该不和谐了。

这个孩子来得不易，她和段磊结婚后一直没有刻意避孕，想着顺其自然就好，孩子来了是缘分，只要来了，他们接着便是。他们俩结婚前做过婚前检查，两个人都很健康，生育方面没有任何问题。温暖原本还担心刚结婚就怀孕，舍不得二人世界就这么被轻易打破，谁料，这一等就是三年。结婚第二年的时候，温暖等不及了。拉着段磊去市妇婴医院做了全面的优生优育检查。结果出来了，两个人依旧十分健康。医生也说了，让他们俩放松心情，没有压力的情况下，孩子该来就来了。

温暖和段磊相识时，两个人都是三十一周岁，算是大龄未婚男女青年。眼瞅着两人三十四了，温暖肚子一直没有动静，她心急如焚，连带着段磊也着急上火。后来，段磊去家附近的健身房办了情侣卡。每天下班，他就拖着温暖去健身房锻炼身体。没想到，健身了小半年，两个人体重瘦了十几斤，温暖也顺利地怀上了宝宝。

温暖的幸福时光

那晚，当温暖从卫生间出来，拿着那根验孕棒给段磊看，两个人看着上面那两道红色的杠杠，对视一眼后，段磊竟瞬间泪流满面。两个人当晚商量了一番，决定给肚子里的小宝宝取名小月饼，象征花好月圆人团圆之意。

成功怀上了小月饼只是万里长征走完了第一步。接下来，温暖定期去医院做检查，得知自己孕酮低，谨遵医嘱地服起了保胎药。也许是因为保胎药的副作用，也许是因为怀孕前三个月孕吐反应比较强烈，那时候的温暖每天头晕恶心，闻不得一点儿油烟味儿，每天吐七八次是常有的事。吐得最严重的一次，是她抱着马桶吐了个昏天暗地后，起身时眼前一黑，直直地栽了下去。幸好被单位同事及时发现将她送到了医院。肚子里的小月饼很争气，检查了一番后发现这个小家伙安然无恙，温暖这才把心装回了肚子里。如此折腾了一番，温暖休了保胎假在家静养，段磊也推掉了一切需要出差的差事，除了上班几乎和温暖成了连体婴，形影不离地守在她身边。

保胎的两个月，一开始段磊对温暖照顾入微，真真儿地捧在手里怕摔了，含在嘴里怕化了。只是温暖怀孕第二个月时孕吐反应太严重，整个人半个月就瘦了七八斤。段磊做她平时爱吃的饭菜，她顶多吃上一两口就放下筷子，有时多喝一口水都觉得恶心。段磊坚持不让温暖吃剩饭剩菜，但时间一长，每次他辛辛苦苦做好了饭菜温暖都不太赏脸，经常一整天也吃不下一碗米饭，他心里就开始有些不舒服了。

终于，一天晚餐的饭桌上，看到温暖只吃了半个他做的清蒸大虾就放下了筷子，段磊生气了，和温暖发生了怀孕以来的第一次争吵。

　　"这虾是海虾，很贵的，我起早开了一个小时的车去海鲜市场买来的。"段磊语气透着不耐烦，却尽量让自己的话听起来柔和一些，"多新鲜的大虾，很有营养的，吃了对你好，对小月饼也好。你要不要再吃一个？就吃一个，吃完了我不勉强你再吃了，好不好？"

　　温暖看向紧蹙着眉头给她剥虾吃的段磊，胃里突然一阵翻滚，她勉强将想要吐的感觉压制了下去，段磊将剥好的虾放到了她的碗里。

　　白色的瓷碗盛满了香气扑鼻的米饭。那枚雪白的虾肉静静地躺在米饭上，看起来美味极了。若是平时，喜欢吃虾的温暖能一口气吃上十几个都不成问题。

　　可是，现在……

　　温暖叹了口气，在段磊充满了鼓励及期待的目光下，顺从地点了点头，拿起筷子夹起了虾肉，缓缓放到了嘴边。

　　一股淡淡的腥气萦绕在鼻端，温暖眉头拧成了一个疙瘩，胃里那种熟悉的不舒服的感觉越来越明显。叹了口气，温暖想要放弃，刚想开口，她明显地察觉到段磊的目光变得冰冷苛责。于是，她闭上眼睛，心一横，将虾肉塞到了嘴里。

　　用力地咀嚼了几下，将虾肉囫囵吞枣地咽了下去，温暖忙抬手拿起一旁的水杯，咕咚咕咚灌了几口白开水。

"这才乖嘛！"

段磊松了口气，话音刚落，对面的温暖猛地捂住嘴，起身飞快地冲进了卫生间。

伴随着熟悉的呕吐声和抽水马桶的声音，段磊最后一点儿耐心告罄，他手里拿着一杯温开水，站在卫生间的门口，看向跪在地上抱着马桶猛吐的妻子，语气中带着怒意："你就这么不爱吃我做的菜？之前明明很喜欢吃的呀，温暖，你变了。"

温暖此时吐得昏天暗地、涕泪横流、狼狈不已，听着丈夫说着无理取闹的话，她想要反驳却说不出话来，只能伸出手冲段磊摆了摆，示意他安静些。

"每天我都费尽心思地做饭做菜，甚至还买了书照上面列菜谱。"段磊继续聒噪，指责道，"你现在是越来越难伺候了。吃什么吐什么不说，饭量还没有原来一半多。你说你这么折腾下去，肚子里的孩子受得了吗？不得营养不良？"

温暖越听越来气，原来他关心的不是她的身体，而是肚子里的孩子！心里的委屈化作怒火，越烧越旺。若不是此刻她吐得浑身无力爬不起来，定要和段磊大吵一架。

段磊冷哼一声，将水杯放到盥洗台上，转身离开。他走进客厅打开电视，将整个人丢进沙发，拿起遥控器看起了娱乐节目。

温暖又吐了好一会儿，感觉灵魂都要出窍了！沁出的汗水将她的长发黏在脸上，眼睛似乎也被泪水糊住，她浑身乏力得很，嘴巴里仿佛喝了中药般苦涩。

想要漱口，温暖伸长了胳膊去够盥洗台上的水杯，只是她用尽了全力却只有指尖触碰到了冰冷的杯壁。努力几次无果，温暖想要扶着马桶站起来，发现一丝力气都没有。

"磊哥！"用尽了气力，温暖声音如同细蚊，她喊了足足一分钟，回应她的只有客厅里传来的熟悉的大笑声。

怒火再次燃起，温暖伸出腿蹬踹卫生间的门，"咣当"的声响终于令段磊出现在了温暖的视线里。

"怎么了，媳妇儿？"段磊脸上还带着笑容，想是刚刚电视里的娱乐节目令他心情愉悦。这笑容平日里温暖看着极为顺眼，此时此刻却觉得刺眼得很！

段磊见温暖没有回应，只是红着眼睛流着泪看着他，长发狼狈地贴伏在她的额头脸颊，一张脸白得似雪，原本红润的唇亦是毫无血色，哪里还有往日美丽温婉的模样？

大步跨进卫生间，段磊将水杯递给温暖。

温暖摇了摇头，闭上双眼："扶我起来。"

段磊将水杯放回了盥洗台，双手伸到温暖腋下将她从地上捞了起来。

温暖刚刚站稳，扬起手就在段磊胳膊上狠狠地拍了一下。

她力气本就不大，再加上最近害喜折腾的，她用尽全力的这一拍于段磊而言，无异于被蚊子叮了一下。

温
暖
的
幸
福
时
光

只是，温暖眼神中充满了陌生的恨意，令她清秀的面孔变得狰狞。

段磊被这一巴掌打得愣住了，还未待他回过神来，温暖推开他走了出去，将自己关在卧室里任凭他怎么敲门都不肯开门。

生怕温暖孕期抑郁想不开，段磊一时找不到钥匙，情急下砸坏了门冲了进去，见她一个人窝在被窝里哭得惨兮兮，心里一疼，道："暖暖，别哭了，都是我不好。我惹你生气了。"

"走开，我不想见你！"温暖哭得声音嘶哑，只觉眼前的男人今晚格外令她厌恶，甚至觉得他对她一点儿都不好，这样的男人，她就不应该为他怀孕生孩子！

第二天正好是周末，段磊将哭闹了一晚上的温暖送回了娘家D市。好在D市距离S市差不多两小时的车程，一路走高速，中午前就顺利抵达了。

回到家中，温妈妈一眼就看到温暖那红肿得像核桃的双眼，心疼得很，面上对段磊却很是客套。温爸爸早就准备好了一桌子丰盛的饭菜，大部分都是温暖喜欢吃的。

弟弟温江和弟妹孟芸婚后开起了超市，两个人这个时候都在店里忙着，饭桌上便只有温家爸妈和温暖小两口，一共四人。

算起来，过年后就没回过娘家了，看着温爸爸温妈妈，温暖心情顿时大好，吃起饭来也不觉得恶心，一口气吃了满满一大碗米饭。

"你最喜欢吃的可乐鸡翅。"温爸爸夹了一块鸡翅到温暖碗里，"我看你脸色不太好，是不是害喜了？你妈妈怀你和你弟弟时也是，前三个月吐得厉害，过了三个月就好了，吃嘛嘛香！"

"是吗？"

"是吗？"

温暖和段磊异口同声地问道。

温暖仿佛见到了胜利的曙光，掰手指头算一算，她现在怀孕两个半月了，再熬过半个月就解放了！

段磊也跟着松了口气，最近这半个月温暖食不下咽，每天吃了吐吐了吃，他从心疼到心焦再到郁闷发火，整个人的情绪也是很崩溃的。

"磊子后天周一上班吧，明天周日休息，今天晚上就别走了。"温妈妈给段磊夹了他最喜欢吃的煎小黄花鱼，"晚上大江回来，你们四个好好聚聚。暖暖，你弟妹小芸也在备孕，你是过来人，有些事她不懂，你告诉她。"

温暖和段磊孕期内的唯一一次争吵，就这样在娘家午餐的饭桌上烟消云散了。后来，温暖在娘家小住了半个多月，直到满三个月胎坐稳了，保胎假到期，段磊才把她接回去。

在温暖看来，每天都能看到爸爸妈妈，那半个月的时光因此是暖色调的。

温爸爸依旧会做很多她喜欢吃的饭菜，只要能吃到爸爸做的菜，她的孕吐难题便迎刃而解，这也是令段磊既庆幸又抑郁的地方。

在温暖看来，即便她已经成家，有自己的幸福小窝，即将生娃做妈妈。娘家对她而言，依旧是港湾般的存在，只消想起，便令她心头暖暖的，整个人都充满了力量。

她记得很清楚，八岁前，他们一家四口一直住在租来的顶层阁楼里。冬天冷得喘气都是白雾般的哈气，夏天闷热得她起一身的痱子。后来，家里的经济条件渐渐好了，在市中心买了一套一百三十平方米的大房子，温暖才结束了和弟弟住上下铺的日子，有了自己的卧室和小书房。

好多年过去了，当年的大房子变成了老房子，爸妈却依旧给温暖保留了她的房间和小书房。在娘家小住的半个月，温妈妈把店里的生意都交给了店长，和温爸爸一起陪着她在老房子里寻找她的童年印记。

老房子里有她小时候的照片，念书时获得的各种奖状，和爸妈旅游时拍的靓照，还有她从幼儿园到研究生期间的所有课本及作业本。她随意地从垒得整整齐齐的作业本里抽出了一卷高中时的语文试卷，作文的题目她写的是《我的妈妈》。

翻开泛黄的试卷，那些尘封的记忆扑面而来，温暖想起这是她高中时期唯一的满分作文，还曾被语文老师拿到各个班级当作范文来读。文章共分为四个部分，讲述了温妈妈的童年、爱情、事业及博爱的胸怀。读着自己当年写就的文章，温暖脑海中和温妈妈多年来的温情片段一一闪过。她是温妈妈的女儿，她给予了她温暖的童年，陪伴了她成长的时光；同时，她也是温妈妈生活的见证者，见证了她和父亲相濡以沫、脉脉温情的爱情。

温妈妈曾经说过："两个人在一起过一辈子，重要的是两个人都有为了家庭而共同努力的上进心，夫妻同心，还有什么困难不能克服呢？"

温妈妈对于她的"事业"也有另类的解释："我最大的'事业'，是将你们姐弟俩培养成为有用的人！"

文章的结尾处，温暖写道："这就是我的妈妈，敢于向命运挑战，用心经营着自己的家庭和事业，拥有一颗博爱的心。妈妈，小时候，您说我是您怀中的小鸟，您温暖的臂膀就是我的巢，我是快乐的，因为可以在您的天空下，自由、任性地飞翔；后来，您说我是您身边的小船，您宽大的胸怀是我避风的港湾，我是幸福的，因为可以在您的海域里悠闲、自在地游荡；长大后，您说我是您手中线的另一端的风筝，不管天上的风会将我吹向何处，那一头都会是妈妈沉甸甸的记挂，直到永远，永远……我的妈妈，女儿爱您到永远，永远……"

看到最后，温暖的眼眶红了。她的身后，温妈妈端了一杯温水，走进书房，"暖暖，还恶心吗？来，喝点儿热水。"

温暖转过身去，窗外温暖的阳光透过玻璃，洒落在温妈妈身上，她的眼睛格外温暖动人，鬓角隐隐显现几根银丝。

温暖鼻子一酸，眼泪滚落下来，她张开双臂将温妈妈轻轻拥住，在她耳边哽咽道："妈妈，我爱你。"

温妈妈端着水杯的右手抖了一下，些许温水溅落在她的手背，她眼睛里有着晶莹的泪花，忙伸出左手在温暖柔软的发顶上揉了揉，笑道："妈妈也爱你呀！你看看你，都快当妈的人了，还动不动就哭鼻子。"

温暖被温妈妈拉到床边坐下，她倚在床头上，想起出嫁当天的情形。

出嫁前一晚，她还没心没肺地对温妈妈说："妈，你说为什么女孩子出嫁都要哭嫁呢？就算是嫁了人我还是你女儿呀，难不成以后都不许我回娘家了？"

温妈妈当时也是像现在这样，揉了揉温暖的发顶，眼神忧郁道："还真是个傻丫头！"

"明天我才不哭呢！"温暖俏皮地眨了眨眼睛，笑眯眯道，"我嫁给了段磊，你多了个女婿。人家都说一个女婿半个儿，妈，你赚到了。"

"是他们段家赚到了。"温妈妈无奈地耸了耸肩，"我和你爸爸把你培养得这么优秀，他们段家是祖坟上冒青烟了才娶到了我女儿。"

"嘿嘿！妈，有你这么往自己脸上贴金的吗？"

就这样，出嫁当天温暖全程都是笑眯眯的，温妈妈一直红着眼眶，反倒是温爸爸偷偷抹了眼睛。直到出嫁后第一年除夕夜在婆家度过时，温暖才后知后觉地反应过来，她嫁人了，以后很难再和爸妈一起守岁了。那一晚，温暖抱着段磊，掉了眼泪。段磊心疼媳妇儿，大年初二便带她回了D市，还承诺以后两家轮流过除夕，这才让她重拾笑颜。

在娘家住了半个多月，又在父母和段磊的陪伴下去D市的医院找熟人检查了一番，确定小月饼很健康，顺利度过了前三个月的危险期，温爸爸和温妈妈这才放温暖和段磊回去。

结果，温暖离开的第二天，温爸爸也开车来到了S市。

因为温暖上班的单位距离婚房很远，每天往返需要90公里，温爸爸不放心她一个人跑通勤，和温妈妈商量了一番，放下了手头的生意，来到S市，做起了温暖的全程陪护。

温爸爸在温暖单位附近租了间两室一厅的房子，每天早六点起床为小两口做好早餐，待温暖起床洗漱、用完早餐后，父女俩出门，由温爸爸开车送她去单位上班。

到了单位，温暖去上班，温爸爸则一个人待在出租屋里，看看书，听听音乐。后来温暖给温爸爸用平板电脑下载了他喜欢看的老版《三国演义》，他便整天捧个平板电脑看电视剧，笑眯眯地说自己提前过上了退休生活。

中午，温暖在食堂吃完了午饭，温爸爸则在出租屋里做好了一个人的午餐，而后便站在二楼的阳台上，等温暖回来午休。

温暖每当在单位食堂用完了午餐，步行走到出租屋的小区里时，远远地便能看到温爸爸一个人站在阳台上向她张望的身影。

温家的老房子是三楼，也有一个这样的阳台，温暖记忆里站在阳台上等她的是弟弟温江。他那时还是个贪吃的小孩子，一看到她进入小区就会拉开三楼的窗子，冲她喊："姐，你给我带啥好吃的啦？"温暖这时会扬扬手中买来的水果或温江喜欢吃的零食，回道："买了买了，回家就吃起来！"偶尔温暖忘记给温江买吃的，她听到温江的呼喊，就立刻转身离开，去小区门口的小超市买来他喜欢吃的虾条、薯片、果冻之类的小零食。

温暖还记得，有一次她放学回来得很晚，温爸爸站在阳台上等她，那时已是华灯初上的时刻，父亲的身影在晕黄的灯光里变得有些模糊。那天她考了班级第一名，忍不住在楼下喊："爸，你猜我这次考了第几？"温爸爸拉开窗子，笑眯眯地笃定地说道："我闺女当然是第一！"温暖笑得咧开了嘴，"是呀是呀，我这次考了第一名！"温妈妈和温江也探出了脑袋，异口同声道："快上来，我们都猜到了，给你做了你最喜欢吃的红烧肉。"温暖忙应了一声，加快脚步进了单元楼，噔噔噔一口气爬上了三楼。

记忆里的老房子和阳台上的身影都是暖色调的，温暖唇角勾起温婉的弧度，冲着出租屋阳台上的父亲挥了挥手，加快脚步爬上了二楼。

孕期温爸爸陪伴的午间，是独属于父女俩的温馨时刻。

温暖陪着温爸爸吃饭，顺便和他聊聊单位里的趣事，像极了小时候她围着父亲讲幼儿园、学校里趣事的情形。温爸爸用完了午餐，温暖跑去刷碗，这时温爸爸会砸两个核桃，盯着她吃。温暖一般这个时候会皱紧眉头，怀孕后她尤其不喜欢吃坚果类的食物，但段磊说坚果类富含DHA，对小月饼的智力发育有好处，温爸爸便主动担负起了每天砸两个核桃盯着温暖吃掉的任务。温暖强忍着不适吃掉两个核桃仁，而后便跑去午睡，温爸爸便在一旁看起了《唐诗三百首》，为她盯着时间。她下午一点上班，温爸爸会提前十分钟喊她起床去上班。

有了温爸爸的陪伴，温暖接下来的孕期过得很舒坦。每天有爸爸陪着上下班，回到家段磊也变着法地给她做营养晚餐。而后小两口和温爸爸去离家不远的河边公园散步，日子过得温馨而平淡。七月的一天晚上，温暖散步时就觉得肚子隐隐作痛。到了半夜，小腹的剧痛令她从睡梦中醒来，段磊看她一身一脸的冷汗，咬着嘴唇痛得直掉眼泪，吓得差点儿丢了魂儿，忙不迭地敲温爸爸卧室的门，两个人手忙脚乱地将她送到了医院。

"会不会要早产？"温暖怀小月饼已经七个月，老人儿常说七活八不活，段磊握着方向盘的手微微颤抖，强撑着将痛得差点儿昏过去的温暖送到了医院急诊室。

两个人架着温暖进了医院。拍了彩超，胎儿安然无恙，胎心等各项指标均为正常。因为胎儿遮挡的缘故看不到阑尾的情况，急诊室的医生凭借经验初步判断大概是因为腹中胎儿压迫到阑尾，触发了急性阑尾炎，建议先输点消炎药试试。

温暖记得很清楚，那晚折腾完了，输上液已经是夜里两点。大概半个小时后，温暖感到疼痛明显减轻，遂确诊为急性阑尾炎。医生建议每天早晚各输一次液，至少坚持一周时间。

早晚的两次输液间隔需要十二小时以上，于是温暖请了一个礼拜的病假。每天早晨七点，段磊将温暖和温爸爸准时送到急诊室，安置好一切待温暖输上液后，他再离开赶去上班。大概一小时左右，温暖输完液，温爸爸带她离开医院打的回家。晚上六点，一家三口吃完晚饭，段磊再开车来医院输第二次液。

如此，差不多用了十天药，这场孕期急性阑尾炎风波才平安渡过，温暖算是又带着肚子里的小月饼渡过了一个难关。只是，因阑尾炎的缘故，生怕出现意外，温暖提前一个月休了产假。这一个月里，家里有温爸爸在，小两口都心安不少。

临近生产，温暖不由得焦虑起来。小月饼在她肚子里一直是臀位，也就是俗称的坐胎生。医生说三十九周最后一次检查，如果小家伙还是臀位，建议直接剖宫产。

在古代，女人生孩子就如同过鬼门关，一只脚是踏进了阎王殿的。就拿温暖这种情况来说，在古代属于胎位不正，很有可能一尸两命。三十九周检查的前两天，温爸爸回了D市，与此同时，温妈妈从D市赶往S市，从温爸爸手中接过了接力棒。

在段磊和温妈妈的陪伴下，温暖去做了检查。果然，小月饼依旧是臀位，还是比较复杂的混合臀位。温妈妈拿着检查报告和温暖一起去诊疗室找医生，温暖的主治医师向母女俩解释了混合臀位的危险性，若是坚持顺产胎儿容易窒息及骨折，建议她直接剖宫产，如在家中发现破水需立即拨打120，产妇平卧臀部垫枕头。温妈妈闻言已是白了一张脸，当场决定立即办理住院手续，听从医生建议，不尝试自然分娩，直接决定选择剖宫产手术。

出了诊疗室，段磊一听要去办理住院，愣了愣："妈，这家医院病房一直很紧张。现在办住院只能睡走廊，不如咱们回家，等手术前一天再过来？"

温妈妈坚定地摇了摇头，"不行，暖暖胎位不正。万一在家里破水没有及时来医院，脐带脱垂只要两分钟就能要了孩子的命！睡走廊就睡走廊吧！我陪暖暖！"

于是，小两口在温妈妈的坚持下办了住院手续。在走廊睡了两天，温暖这才住进了病房。小月饼这个小家伙似乎也体会到了温暖的不易，住院的这几天在她肚子里胎动正常，没有提前发动的迹象。手术前一晚，温暖的婆婆从老家赶过来，温妈妈预订的月嫂也及时赶到。

那天一大早，温暖进手术室前，温爸爸和温江从D市开车过来。在至亲的陪伴下，温暖被推进了手术室。剖宫产手术很顺利，温暖生下来一个八斤重的女儿，据说是当天最重。伴随着小月饼嘹亮的哭声，温暖眼眶一热，初为人母的喜悦令她泪流满面。

手术完毕，温暖被抬到了移动病床上，被推出了手术室，温暖一眼就看到了温爸爸、温妈妈、温江，还有段磊、婆婆及抱着孩子的月嫂阿姨。

"好了好了，过去了，都过去了！"温妈妈心疼地拉住温暖的手，一家人围着她回到了温暖的病房。

往病床上抬的时候，温暖只觉身下一热，"呼啦"一下子，流了一地的血。

温爸爸心疼得流泪，温妈妈和段磊忙跑出去喊护士医生，温江最开始是蒙的，盯着自己鞋面上的血，跑到温暖病床前拉住她的手，哭得像个孩子："姐，女人生孩子太不容易了。我以后只要一个孩子，我不要两个了。你也是，别再生了。我怕！"

温暖心里早就乱成了一锅粥，却强作镇定地安慰，"没事，你姐我啥事没有。昨天和你打电话时我录音了，若是我真的不行了，那个就是遗嘱。"

"姐，你别吓我！"温江这个一米八三的大小伙子哭得像个孩子，"你一定会没事的。放心，爸妈和我都在。"

月嫂阿姨把小月饼抱过来给温暖看，她看着那张皱巴巴的小脸儿，依稀能看到段磊和她的影子，不禁开心地笑了。

医生急匆匆赶来，简单检查了一番，确定不是大出血，众人这才松了口气，温暖也觉得还魂了。这种在鬼门关走一遭的感觉，令她格外后怕。段磊坚持让她在医院住了一星期，确定没有问题才将母女二人接回家里调养。

尽管小月饼在肚子里就是个磨人的小妖精，但她的到来还是令温暖体会到了初为人母的喜悦。有温妈妈、婆婆及月嫂在，温暖的月子坐得相对轻松。段磊暂时没有请护理假，打算月嫂离开后他再补上，这样温暖可以坐四十二天的大月子。

小月饼满月后，温妈妈和月嫂一起离开，D市的生意离不开温妈妈，她在S市待的这一个月，不知道要损失多少钱。

于是，温暖开启了白天和婆婆带娃，晚上和段磊带娃的模式。

一阵急促的电话铃声将温暖的回忆打断，她揉了揉胀痛的太阳穴，眼角瞥到被她丢在桌子上振动不停的手机，屏幕上显示的是"558"。

婚后温暖办了省内的亲情号，她是主号555，段磊是556，爸妈是559，558是弟弟温江。

"这位小姐，我们店半小时后就要打烊了，您还要点些什么吗？"

温暖指尖在屏幕上划过接通电话的时候，服务生跑过来对她说道。

温暖的幸福时光

温暖摇了摇头，拿起手机放在耳边，"喂。"

"姐，你感冒了？"听出温暖声音略带沙哑，温江皱了皱眉，"这都晚上十点了，你怎么还在外面？"

"我没事，这就要回家了。"温暖起身，拉起行李箱，"这么晚找我有事？"

"没事。"温江的语气里有着一丝隐藏不住的疲惫，"你和我姐夫都挺好的吧，小月饼呢，好带不？"

听弟弟提及小月饼，温暖鼻子一酸，半响才笑着道："小月饼现在晚上吃两次奶，吃完了就睡，可乖了。"

"姐，我现在在S市呢，你在哪？我去接你。"

听着电话那端温江语气无比认真地说出这番话，温暖愣了愣。

"你别骗我了，我知道你在外面。你微信定位给我，半小时内我就能到。"语落，温江挂断了电话。

温暖盯着手机足足一分钟，最后她点开微信，给温江发了定位。

等了大约半个小时，温江到了。在闭店的咖啡店门口，他看到温暖孤零零一个人拉着行李箱，不由得眉头紧蹙。

"姐，上车。"温江从温暖手中接过行李箱，将她迎上了车。

温暖坐在了副驾驶的位置上，将身子靠在了车门上，昏暗的光线下，脸色略显苍白。

"先去我那儿。"温江扫了温暖一眼，一时间又是心疼又是愤怒。

夜色里，黑色奥迪车冲破雨帘，飞快地行驶在空旷宽敞的马路上。

二十分钟后，温暖来到了温江在S市买的房子，推开门，暖黄色的灯光下，温爸爸和温妈妈一起站起来。

温爸爸默默地接过温江手里的行李箱，温妈妈则递了块热毛巾过来，拉着温暖冰冷的手将她带进了客厅。

坐在沙发上，温暖看着父母温和的面孔，心里一软，眼泪簌簌而下。

温江去厨房烧了热水，出来时见温暖正哭得上气不接下气，顿时炸了窝，"姐，是不是我姐夫他欺负你了？"

温暖摇了摇头，温妈妈忙给温江递了个眼色，她倒了杯热水给女儿，柔声道："喝口热水，然后什么都别想，好好休息一晚。有什么话咱们明天再说。"

掌心传递过来的滚烫温度令温暖格外心安，此刻她紧绷了一个多月的神经松懈下来，顿时觉得格外乏累。

喝了杯水，温暖在温妈妈的陪伴下，睡在了客房。

一夜无梦，温暖一觉睡到了第二天十点才起床。

起来时，温爸爸做了香甜的米粥，温妈妈买来了温暖喜欢吃的热乎乎的肉包子。

温江因为要照顾家里的生意，一大早就开车回了D市。坐在餐桌上，温暖看看温爸爸，又看向温妈妈，脸上的笑容格外灿烂。

一家三口开开心心地吃了早饭，温爸爸先下楼暖车，温妈妈和温暖随后下楼。三人去了附近的大型商场，随意逛了逛。

温暖给温妈妈买了件羊绒大衣，又给温爸爸买了双皮鞋。温妈妈和温爸爸给小月饼买了两件小衣服和一枚金锁。见温暖面露倦意，温爸爸张罗去附近的一家餐馆用餐。

进了餐馆的餐厅，段磊已经等候多时。温暖见到他先是一愣，随即明白过来。

"爸，妈，您二老想要吃什么？"段磊将菜单递过来，殷勤地问道。

"咱爸血糖高，别点太甜的东西。咱妈喜欢吃这家的东坡肉。"温暖拿过菜单，点了几个清淡的小炒，最后又不忘段磊喜欢吃辣的，特地给他点了一份毛血旺。

这顿饭吃得还算融洽，段磊时不时地说起小月饼的趣事，拿着她的满月照给温爸爸和温妈妈看，又把手机里拍的照片和小视频传到了温家的家族微信群里。

"夫妻俩小吵小闹总是难免的，把握住大方向，小事上不要太计较。"温爸爸看着小月饼笑眯眯的小模样，语气也轻快了不少，"家里本就不是讲理的地方，凡事多谦让。"

温妈妈挽起温爸爸的胳膊，道："我和你爸可是有你和你弟弟两个孩子，我俩一直是自己带孩子，没用老人帮忙，也没见闹成你俩这样。"

温暖叹了口气，看向一脸窘迫的段磊，"我和他最大的区别就是，看到地上有一盆脏水我会去倒掉，而他，会生气为什么水都脏了还没人倒掉。"

"媳妇儿，我错了。"段磊在桌子下轻轻拉了拉温暖的手，"上次把你气跑了就是我的错。这回我不该埋怨你没刷奶瓶。你带孩子已经很辛苦了，我下班回来应该多体恤你多带带小月饼。"

温暖闻言心情顿时舒畅了许多，淡淡地说道："段磊，你是当着我婆婆的面训我的。还说我，怎么带孩子就什么都做不了了？段磊，凡事要讲理讲良心。你当着我婆婆的面这么说，到底是怪我偷懒，还是怪我婆婆偷懒？"

"磊子，你上门提亲的时候，妈就和你说过。我这个女儿，书念得多，家务活做得少。这方面你得多担待。"温妈妈眼眸微冷，语气却很和善，"我可从来没说过我女儿是贤妻良母，上得厅堂下得厨房。"

"妈，我知道错了。"段磊面露愧疚之色，"暖暖这次怀孕生产都是遭了大罪的。孩子生出来，我应该多辛苦些，而不是苛责她。"

"爸妈，我也有错。"温暖打圆场道，"产后我多少有些焦虑。有时候知道段磊是为我好，可我就是忍不住想要和他吵闹。"

"好了，不说这些了。"温爸爸给温妈妈使了个眼色，"你们两个好好过日子，我和你妈就放心了。孩子还小，暖暖，下不为例，你也是当妈的人了，可不能再任性

温暖的幸福时光

303

了。爸妈就不留你了，和磊子回去好好过日子。"

一场风波就此结束。温暖和段磊回到温江的家，取了行李箱，一起回了家。

将车子停在地下停车场，段磊轻轻握住温暖的手，柔声道："暖暖，知道你带孩子辛苦，我也担心我妈照顾不好你和孩子。今天一早我去了家政公司，请了个育儿嫂回来。"

"嗯。"温暖温顺地点了点头。

"你身体还没恢复好，带孩子的事就丢给育儿嫂和我妈。"

"嗯，我知道了。"

"楼下新开了一家健身房，你愿意去就办两张卡，我陪你一起去。"揽过温暖的肩头，段磊轻叹了一声，"媳妇儿，你不许再一声不吭地就走了。小月饼需要你，我更需要你。咱们这个家，不能没有你！"

"嗯，知道了。"温暖眼底浮现出一抹暖意，轻轻靠在了段磊的肩头，静静享受着这难得的片刻温存。

"好了，上楼吧。我想孩子了。"温暖偏过头，在段磊脸颊上轻轻一吻。

"好嘞！听我媳妇儿的！"段磊笑得舒朗。

两个人一起进了电梯，看着不断攀升的数字，温暖脑海中不由得浮现出家中窗口投射出来的暖黄色的灯光，还有灯光中父母双亲温和慈善的脸庞。

那是她小时候，在老房子楼下仰望的那抹暖黄，亦是她心头永不泯灭的生命之光!

温暖后来才知道,她那晚离家之后,段磊出来找了半天,给她打电话因为她把他拉黑而无法接通,生怕她产后抑郁想不开,他这才给温江打的电话。

好巧不巧的,温爸爸最近身体不适,温妈妈和温江陪他来S市检查身体,这才让他们知道了温暖离家出走的消息。

接下来的日子,温暖过得舒心多了。或许是因为见过温爸爸、温妈妈,她产后情绪好了许多,或许是因为段磊最近对她宽容体贴了不少。育儿嫂的加入,令温暖偶尔能睡上整宿觉,白天还能去楼下的健身房做做瑜伽。

半个月后,温暖的公公崴了脚,她婆婆不得不回老家照顾。婆婆离开的第二天,温妈妈竟闻讯而来。

拉开门,见到温妈妈的那一瞬间,温暖先是一愣,随即惊喜道:"妈,你怎么来了?"

"昨天听你电话里说你婆婆回老家了,怕你一个人应付不来。"温妈妈在玄关处换了拖鞋,去洗漱间洗了手,忙将温暖怀里的小月饼抱了过来,笑道:"小家伙又胖了,现在多少斤了?"

看着从天而降的温妈妈,温暖紧绷的神经松懈下来,忙了一上午她连口水都没喝上,一边倒水一边道:"快十三斤了。妈,您老人家还真是及时雨!我婆婆回了老家,育儿嫂上星期就和我说这几天请假回家给她父亲过六十大寿。我一个人倒是也能带孩子,就是真的忙得别说吃饭了,喝口水的时间都没有！"

　　说着，温暖一口气喝了一大杯水。

　　"剖宫产的伤口现在怎么样了？"温妈妈心疼地看着自己女儿，"你现在虽说是出了大月子，但还得多注意身体。你那可是动了刀子的大手术，伤元气的。"

　　"我恢复得挺好的。"温暖凑过来，在温妈妈脸上亲了一口，"最近有育儿嫂和婆婆在，我除了给小月饼喂奶，陪她玩，几乎什么都不管。"

　　"这就好。"温妈妈见温暖气色不错，笑道，"来的时候我还在想，这有差不多一个月没见到我闺女了，不知道有没有受气，是不是又抑郁了。"

　　"谁能给我气受？"温暖笑嘻嘻道，"妈，你和我爸就别替我们操心了。对了，你过来了，店里的生意怎么办？我爸他看店吗？"

　　"嗯。你爸看店。"温妈妈神色微变，忙低下头哄孩子。

　　小月饼睡着了，温妈妈将她轻轻地放进了婴儿床，而后和温暖去了客厅。

　　"妈，我给爸打个电话，告诉他你到了。"温暖察觉到温妈妈神色异常，也不说破，拿起手机就要给温爸爸打电话。

　　"这时候店里忙，你给你爸发个微信就行。"温妈妈眼神稍显慌乱地说道。

温暖心中一紧，总觉得今天的温妈妈哪里不太对劲。

"妈，是不是我爸他出事了？"温暖想起来上个月温爸爸他们来S市检查身体，顿时紧张了起来，"妈，有事你就直接和我说，别瞒着我！"

"没事，你爸的检查结果半个月前就出来了，腿上有个脂肪瘤，已经割掉了，前几天刚做了手术。"

"前几天做了手术？"温暖鼻子一酸，起身就要穿衣服出门，"这么大的事你们怎么把我瞒得死死的？我还是不是你们的女儿了？"

"只是个小手术，在S市人民医院做的，怕你跟着上火回奶，这才没和你说。"温妈妈拦住了温暖，道，"手术那天磊子去了，跑前跑后的没少帮忙。你爸现在住你弟弟那。"

"妈，段磊帮忙是应该的。"温暖眼眶红了，"在你们眼里我就这么禁不住事儿？我爸做手术我就应该在手术室外守着，他出来第一时间就能看到咱们一家人心里才会舒坦。"

温妈妈忙安抚道："这不是孩子小，离不开你嘛！好了好了，别哭，等磊子下班开车带咱们娘儿仨去看你爸。"

温暖气呼呼道："段磊也是，这么大的事儿和你们串通一气瞒着我，真是太过分了！"

温妈妈："是我们坚持不让他告诉你的。你可别因为这个和他吵！"

"妈，若不是我婆婆和育儿嫂不在，你不过来帮我带孩子，是不是打算瞒我一辈子？"温暖又气又心疼，"我爸他现在怎么样了？不用等段磊了，咱们现在就打车过去。"

温妈妈："你这孩子，你爸啥事没有。你非要现在过去，我让你弟开车过来接咱们。"

"那还是等段磊下班吧。大江过来，爸身边连个照顾的人都没有。"温暖虽心急如焚，却也不失理智。

就这样，当天晚上，段磊下班后，将娘儿仨接到了温江的家中。

见到了温爸爸，见他精神头不错，看了病例确定只是割了一个腿部的脂肪瘤，温暖这才放下心来。

眼看到了饭点，段磊下厨，温暖打下手，小夫妻俩做了一桌子丰盛的饭菜，一家人难得在一起吃了个团圆饭。

看着坐在餐桌旁的父母，温暖心里不禁感慨：父母就是那个你有了困难会第一时间出现，对你毫无保留伸出援手的亲人；但当他们自己遇到了难事，对你能瞒则瞒，生怕给子女添一丁点儿的麻烦！

吃完饭，温暖抱着小月饼，和段磊一起离开。走到楼下，温暖仰起头看向那窗口暖黄色的灯光，心中的那抹暖黄冉冉升起，照亮了心底的每一个角落，扫尽了残余的阴霾。

此时此刻，温暖体会到了"有爸妈的地方就是家"这句话的真谛。

于她而言，有温爸爸和温妈妈的地方，便是她心灵的港湾。她累了，可以停靠在这里，享受和风细雨及片刻安宁；她开心时，也可以回到这里，和他们分享喜悦，只要看到他们的笑脸她便充满了力量。

爸爸妈妈，女儿爱你们，永远永远！

在心中默念了一句，温暖这才转身离开。

温暖的幸福时光